A ROGUE

ne Basso

恋の始まりはやむを得ない結婚から

アドリエンヌ・バッソ著
阿尾正子・訳

ラズベリーブックス

今日までずっと私を励まし、支えてくれた
かけがえのない家族と友人と読者のみなさんに
愛と感謝を

恋の始まりはやむを得ない結婚から

主な登場人物

エマ・エリンガム……………エリンガム家の三女。
ジョン・バーウェル……………ケンドール子爵。
ドロシア・グレイソン……………エマの姉。アトウッド侯爵夫人。
カーター・グレイソン……………ドロシアの夫。アトウッド侯爵。
グウェンドリン・バーリントン……………エマとドロシアの姉。
ジェイソン・バーリントン……………グウェンドリンの夫。
シビル・バーウェル……………ジョンの母。先代のケンドール子爵夫人。
セバスチャン・ドッド……………ベントン子爵兼ティンズデール伯爵。
ダイアナ・ディケンソン……………ジョンの元婚約者。
ヘクター・ウィンスロープ……………ダイアナの兄。
ジェラルド・ディケンソン……………ブレイヤー男爵。ダイアナの夫。
ミスター・ノリス……………ジョンの助手。

1

一八二四年
英国のとある地方

花嫁の到着が遅れていた。しきたりに反するほど、娘らしい恥じらいなどという言葉では済まされないほど、大幅に遅れている。

憂慮すべきほど。

目に余るほど。

許されないほどに遅れていた。

先ほどまで小さな礼拝堂のなかを吹き抜けていた春のそよ風はとうに止み、満員の招待客は蒸し暑さにいらだちを募らせ、そわそわしはじめていた。これまでそれとなく礼拝堂の入口をうかがっていた者たちも、いまではあからさまに戸口をじろじろ見ていて、花嫁はなぜこうも遅れているのかと囁き合う声も大きくなりはじめていた。

「なにか見える、カーター？」アトウッド侯爵夫人ことドロシア・グレイソンが訊いた。

夫の侯爵は素直に首を巡らせ、顎を上げて、開け放たれた礼拝堂の入口をちらりと振り返った。

「なにか聞こえる？」ドロシアの姉のグウェンドリン・バーリントンがそう続け、手さげ袋（レティキュール）から取り出した扇子で盛大に顔をあおぎはじめた。

「なにも見えないし、なにも聞こえない」カーターが答えた。アトウッド侯爵はたいていの男性より背が高かったから、ほかの客のようにわざわざ首を伸ばさなくても見通しがきくのだ。

　ふたりの姉、グウェンドリンとドロシアに挟まれて無言で座っていたミス・エマ・エリンガムは、頭をもたげて堂内を見まわして初めて、なにか変だと気がついた。それまでずっとまわりも目に入らないほど物思いにふけっていたのだ。

　それも無理はなかった。エマは、ハンスボロー公爵家の跡取りでアトウッド侯爵である義兄カーター・グレイソンへの配慮から、お義理で式に招かれただけなのだ。カーターとエマの姉のドロシアは新郎の隣人で、現在、姉夫婦の屋敷で世話になっているエマだけを式に呼ばないのは礼儀にもとると考えたのだろう。

　新郎のケンドール子爵とはひと月前にちらりと顔を合わせたことがあったけれど、新婦については顔すら見たことがなかった。このぶんだと、どうやらこの先もその機会は巡ってきそうにないけれど。

「結婚式当日の花嫁は、とくに若い花嫁は、ひどく緊張するものだとか」エマはいい、急いでつけ足した。「そう聞いたことがあるわ。たぶん今日の花嫁はお式の前に気持ちを落ち着けるための時間が少しだけ余分に必要なのよ。たしかまだほんの十九歳のお嬢さんだといっていたわよね、ドロシアお姉様？」

「ええ」ドロシアはエマを見て片方の眉を上げた。「あなたが覚えていたことにびっくりだわ。わたしがその話をしたときはまるで聞いていないように見えたから」

エマは顔を赤らめた。先月、長女グウェンドリンの家を出てドロシアとカーターのもとに身を寄せてからというもの、ふたりはどこまでもエマにやさしかった。そのあたたかいもてなしと、エマを除け者にすまいとする配慮には感謝していたけれど、正直いってありとあらゆる社交行事に連れまわされることにはうんざりしていた。憂鬱な気分を引きずったままのいまはなおさらだ。

いくら考えまいとしても、将来への不安が頭から離れなかった。この先どうすればいいのだろう。なにせ二十二年の人生で一度も絶えることのなかったもの――創作意欲が消えてしまったのだ。

画家になれないならなにをすればいい？　絵を描く以外にわたしにできることってなに？　そう考えはじめると怖くてたまらなくなる。その問いへの答えが見つからないことが恐怖に拍車をかけた。

エマの芸術的才能は子どもの頃から突出していたが、女の子だったからとくに褒められることもなかった。成長してからも、絵画のレッスン代を工面できるような経済的余裕は一家になく、両親が亡くなってからはことにそうだったが、専門家による指導を受けずともエマはその才能をぐんぐんと伸ばしていった。

だが七年前、長女のグウェンドリンが裕福なジェイソン・バーリントンと結婚したことで状況は一変した。ある日突然、エマは一流の教師によるレッスンを受けられるようになり、作品に対する賞賛と励ましの言葉さえ贈られるようになった。それは恥ずかしくも誇らしい、夢のような体験だった。

ところがいまから二カ月前、描くことへの情熱とインスピレーションが——あろうことか、いきなり——失せてしまったのだ。取り戻そうとあがけばあがくほど遠ざかっていくようで、エマを混乱と恐怖に陥れた。

エマはため息をつき、改めて礼拝堂のなかを見まわした。ひそひそと言葉を交わす招待客に、顔を引きつらせた新郎。先の見えない不安を抱えているのはわたしだけではなさそうね。

「こういう場合、どうするのが正式なエチケットなのかしら?」グウェンことグウェンドリンが知りたがった。

グウェンの夫のジェイソン・バーリントンが腕組みしてため息をついた。「新郎があきらめるまで待つしかないだろうね」

カーターが総柄のシルクのベストから金の懐中時計を取り出した。「新婦はかれこれ一時間遅刻している。この先姿を見せるとは到底思えない。それはケンドールもとうにわかっているはずだ」

「あら、でもかのアレキサンダー・ポープは〝希望の泉は永遠に枯れず〟といっているし」エマは有名な詩人の言葉を引き合いに出して横槍を入れた。「このまま果てしなく待たされることになるかもしれないわよ」

「勘弁して」グウェンは大きなため息をつくと、さらにせわしなく扇子で顔をあおいだ。「いまケンドール卿が味わっている苦しみにくらべたら、待たされるくらいなんてことないわよ」ドロシアは同情するようにため息をついた。「ケンドール卿が婚約者のことを心から愛し、なにより大事にしていたことは誰もが知っているもの。その婚約者に逃げられたなんて不名誉な噂が広がれば失恋の痛手だけでは済まないわ。なにせ彼は分別があって信頼の置ける、まっとうな人だから。まさに非の打ちどころがない人だもの」

「裏返せば、退屈な男ともいえるが」ジェイソンが横からちゃかした。

「意地悪をいわないの」グウェンが叱り、扇子の要で夫の手をぴしゃりと打った。「男の人がみんなあなたのように無鉄砲な遊び人とはかぎらないのよ」

「悲しいかな、バーリントンはもう遊び人とは呼べませんよ、グウェン。あなたと結婚してからは、すっかり所帯じみてしまいましたからね」カーターがひやかした。

ジェイソンは眉間にしわを寄せた。「その言葉、そっくりお返しするよ、アトウッド。ぼくは育ちがいいからいわないでおいたんだがね」

ふたりの男はわざとらしくにらみ合ったあとで、悪戯っぽくにやりと笑った。

エマはやれやれと首を振った。この義兄ふたりがひどく似ていることに、ときどきはっとさせられる。おかしなものね、お姉様たちはまるで似ていないのに。グウェンは現実的で分別があり、自分よりまわりのことを優先する。ドロシアは夢見がちで、だいたいにおいて自由奔放な人だけど、とてもやさしい。

それでも結婚がふたりの姉に大いなる幸せと喜び、そして深い真実の愛をもたらしたことは、まぎれもない事実だ。結婚したらわたしも同じものを得られるのだろうか。夜、眠れずに寝返りを繰り返すのも、人生になにひとつ満足できずにいるのも、夫がいないせいなの？

エマは大きなため息をついた。違う。わたしの愛する人は、全身全霊で愛した人は、べつの女性と結婚してしまった。ベントン子爵セバスチャン・ドッドは、出会って数分でエマの心を奪った。黒い瞳は憂いを帯び、わかりにくいところもあるけれどウィットに富んでいて、そして罪深いほどにハンサムだった。

それでも遊び人然とした外見の下には繊細な心が隠れていた。そのことを知っているのはわたしだけだとずっと思っていた――セバスチャンが本当の自分を見せられるほど心を許せる相手はわたししかいないのだと思っていた。

エマが恋に落ちたのは十六歳のときで、セバスチャンとはかなり歳が離れていたけれど、彼はいつもエマのことを一人前のおとなとして扱ってくれた。自分が特別な存在に思え、大事にされている、生きていると感じられた。からかわれることもあったけれど、エマには胸の内を明かしてくれたし、彼女の意見に耳を貸し、尊重してもくれた。そしてエマが勇気を奮い起こしてついに愛の告白をしたときは、ぼくも好きだといってくれた――ただし、その意味はまるで違った。妹として、気の合う仲間として、親友として大事に思っているという意味だった。

そこに情熱はなく――エマの愛とは別物だった。それは男女の愛ではなかった。ジェイソンがグウェンに、カーターがドロシアに向ける愛とは違った。

そしてケンドール子爵の青ざめた顔と心配そうに陰った目を見るかぎり、本日の新郎は将来の妻を愛している。

礼拝堂の後方で騒がしい音がして、エマは陰鬱な物思いから覚めた。ほかの招待客に倣い、エマも席の上で体をひねって分厚いオークの扉に目をやった。と、いつの間にか閉ざされていたその扉がいきなり開き、大きな音が天井の垂木に反響した。

ようやく花嫁が到着したようね。

ケンドール子爵ことジョン・バーウェルは、首元を締めつける純白のクラバットを引っ張ってゆるめようとした。人生最良の日には完璧な装いで臨まなくてはいけませんと、その日の朝、近侍のギルモアが十五分近くかけて凝った結び方にしてくれたのだ。まもなく妻になる人が喜ぶならと、今回ばかりはジョンも窮屈さと引き換えのおしゃれを喜んで受け入れた。

なによりジョンはダイアナに誇らしく思ってもらえる新郎になりたかった。彼女を幸せにするためならどんなことでも——大小問わず——するというところを見せたかった。ダイアナに対するジョンの愛はどこまでも深い、すべてを包み込むような愛で、言葉ではとてもいいあらわせないと思うこともままあった。

だからジョンは言葉の代わりに行動で彼女への献身を示そうと考えた。個人的には身内だけのシンプルな式にしたかったが、ダイアナは大勢の貴賓を招いて大きな教会で式を挙げたいといった。ジョンはおとなしくそれに従った。

披露宴はあなたのマナーハウスの舞踏室で開きたい、お父様のお屋敷よりはるかに大きいから、といわれたときも、ジョンは即座にうなずいた。披露宴でふるまいたいとダイアナが出してきた料理の長いリストを見て料理人は渋い顔になり、ジョンの財布もかなりの痛手を被(こうむ)ったが、それでダイアナが幸せになるならどんな不愉快も耐えるだけの価値はじゅうぶんにあった。

新婚旅行は何週間もかけてヨーロッパの都市を巡りたいとねだられれば不眠不休で手配した。念入りに旅程を決め、最高級の宿に予約を入れ、街から街への移動には贅を尽くした馬車を雇った。

旅費の負担は相当なものだったが、ダイアナの望みを叶えるためならと、ジョンは領地にかかる経費や家計を切り詰め、私的な出費を減らしたり小遣いをなくしたりした。

しかも、それを嬉々として進んでおこなった。

しかし、なかには彼の行動にいい顔をしない者もいた。甘やかしすぎだと諫める友人もいたし、ジョンの母はダイアナの最新の要望を聞くたびにつばを飛ばして激怒した。

昨日の朝、ダイアナが選んだウェディングケーキを見ると母の怒りは頂点に達した。それはフランス人の菓子職人が慎重に組み立てた、スポンジを何層にも重ねた巨大なケーキだった。母は怒りに喉を詰まらせながら、大きすぎて下品だ、悪趣味極まりないといい放った。ジョンが口出しは無用だと一喝すると母はわっと泣き出した。

そんな母を見て自分が人でなしになった気がしたが、だとしてもしかたがなかった。たとえ敬愛する母の言葉だとしても、未来の妻に対する非難を許すつもりはなかったからだ。ジョンのなによりの願いは、この最愛の女性ふたりがもっと親しい関係になり、いずれは絆で結ばれることだった。

そう願うしか――祈るしかなかった。

礼拝堂の入口がざわつくのが聞こえ、ジョンの心臓は一瞬止まりかけた。とうとう来たか！　彼は鼻をすすり、喉元に込み上げてきたものを飲み込みながらも、べつに心配していたわけじゃないと強がった。ダイアナがみんなをあっといわせるような派手な登場をしたがることとくらいわかっていたのに。

まったく、人騒がせなお嬢さんだ。

ジョンはクラバットから手を離し、胸を張って顎を上げた。そして花嫁が――ついに――到着したことを告げるパイプオルガンの荘厳な調べが響き渡るのを、胸を高鳴らせながらいまかいまかと待った。

ところが悲しいかな、オルガンは不気味に押し黙ったままで、ジョンはすぐにその理由を知ることになった。礼拝堂の通路を急ぎ足でこちらに向かってくるのは、この世のものとは思えないほど美しい女性ではなく、なんと息を切らし、顔を真っ赤にした紳士だった。

ダイアナの兄のヘクター・ウィンスロープだ。

通路を駆けてくるヘクターは、自分に向けられたたくさんの視線にも気づいていないようだった。ざわめきの波はヘクターがジョンの横まで来るとぴたりと止んで、礼拝堂は怖いくらいの静寂に包まれた。

「ダイアナを馬車に残してきたのか？」ジョンは心配そうに眉をひそめた。

「そうじゃない！」ヘクターは叫ぶようにいうと、手に持っていた羊皮紙をジョンのほうに突き出した。「これを読んでくれ。読めばわかる。いや、わかるのは妹がここにいない理由だけで、正直、なんの説明にもなっていないんだが」

ジョンは手紙を受け取り、文面にざっと目を通した。見覚えのある筆跡にひと目で気づいた。細く繊細な渦巻きと少し傾いた線は、紛れもなくダイアナの手によるものだ。

〝親愛なるジョン

あなたには敬意と賞賛の念を抱いていますが結婚はできないと気づきました。今回の結婚は間違いで、このまま進めてもどちらも不幸になるだけです。わたしは人生をもっと特別なものにしたい。それを叶えてくれる男性が見つかったことをうれしく思います。許しを請う権利などないことはわかっていますが、おたがいのためにもこうするのがいちばんなのだと理解してくださる日が来ることを祈ります。

あなたのダイアナ〟

「妹は駆け落ちしたんだ」痺れを切らしたヘクターがかすれ声で横からいった。「ならず者のディケンソンと」

ジョンはヘクターのほうにさっと頭を振り向けた。それから手のなかの手紙に目を戻したが、書かれている文字の意味はまるで頭に入ってこなかった。

駆け落ち？　なんだってそんなことに？

「ダイアナと会ったのか？」ジョンは不安をみなぎらせて尋ねた。「彼女と話をしたのか？」

「いや。こんなろくでもない話をぼくにするほど妹は馬鹿じゃない。ぼくが止めるのはわかっているからね」ヘクターは両の拳を握りしめた。「朝食のトレーを持っていった侍女が、ダイアナの寝室がもぬけの殻になっていることに気づいたんだ。たぶん早朝に抜け出したのだろうが、いつもと違うことを見聞きした使用人はひとりもいなかった」

「ダイアナの侍女はなんと？」

ヘクターはかぶりを振った。「なにも知らないと涙ながらに訴えていた。むろんその場でくびにして叩きだしたよ。推薦状も出さずにね」

ジョンはうずきはじめた額に手を当てると、その場に立ち尽くしたまま、頭のなかを駆け巡る無数の謎を解こうとした。

「昨日の朝、最後に顔を合わせたとき、ダイアナはいつになく静かで、口数も少なかった」誰にともなくいった。「てっきり今日の式への不安と興奮が入り交じっているせいだと思っていたんだが」

ヘクターはうろたえながら頬をふくらませた。「では、計画してのことだったんだ。ダイアナのやつ、なんて無謀なまねを。そもそもディケンソンが結婚してくれるかどうかもわからないのに。妹はみずから身を滅ぼし、家名に泥を塗った。母上は悲嘆のあまり寝込んでしまった。この汚名をどうそそげというんだ？」

ああ、まったくだ。

衝撃と信じられない思いが交錯し、ジョンは虚脱感に襲われた。まるで腹に強烈なパンチを食らったような気分だった。呼吸が乱れ、胸に痛みが走る。

ダイアナはぼくを捨てた。このぼくを！　なぜだ？　人生をもっと特別なものにしたいがために。これ以上なにを望むというんだ？

彼女はぼくの妻になると約束した。ぼくの伴侶に、人生のパートナーに、ぼくの子どもの母親になるといってくれた。ぼくは彼女を崇め、彼女のわがままを許した。ぼくは彼女を愛した——無条件に。

それでもまだ足りないというのか？

好奇の囁きが大きくなり、ジョンは悲惨な現実と、もはやおこなわれることのない結婚式に注意を戻した。牧師が目に困惑の色を浮かべて近づいてきた。ジョンは手のなかの手紙をくしゃくしゃに丸めると顔を背けたが、そのときヘクターがその年齢の男にしてはゆるみきった腹の上に着けた派手な緋色のベストに目が留まり、一瞬注意がそちらに向いた。

小さすぎるベストのなかに体を押し込んだヘクターは巨大なソーセージのようだった。もしもあの金ボタンのひとつがはじけ飛んだら凶器になりそうだ。ピストルから放たれた鉛玉よろしく礼拝堂のなかを突っ切って、招待客の誰かに重傷を負わせるかもしれない。

そうなったら恥の上塗りだな。

「なにかわたしでお役に立てることはありますか、閣下？」牧師が訊いてきた。

「本日の結婚式は中止にします」ジョンは落ち着いた声で告げながらも、冷や汗が出て、胃がむかつくのを感じていた。てのひらが汗ばみ、舌がふくれ上がったようなおかしな感じがする。「みなさんにお伝えしなければ」

「わたしから話しましょう」牧師はジョンの肩に手を置いた。

慰めようとしてのことだろうがジョンの気分はさらに落ち込んだ。目の前に現実を突きつけられた気がしたからだ。ダイアナは本当に来ないのだ。ぼくと結婚してはくれないのだ。

ジョンは震える息を吸い込んだ。一度、二度。今日まで念入りに積み上げてきた秩序立った人生が、たったいま音を立てて崩れ去ったらしい。

ベントン子爵のことはほとんど知らないエマだったが、それでも胸が締めつけられ、婚約者に逃げられた新郎のほうに哀れみの目を向けそうになるのを懸命にこらえた。そして無遠慮な視線や心ない言葉を放つ人ばかりじゃないことを子爵に伝えようと、ありったけの思いやりの気持ちを表情に込めた。

上流階級はなにより体面を重んじる。結婚式当日に花嫁に逃げられたなんて不名誉極まりないことだ。耳に入ってくる切れ切れの会話からして、招待客のあいだではこんな恥ずべき事態を招いた原因に関する憶測が飛び交っているようだった。

子爵もお気の毒に。

「とんでもないことになったものね」グウェンがしんみりいった。

「下世話な事情を求めてハゲワシどもがすでに飛びまわっている」カーターがいった。

「驚くにはあたらないわよ」ドロシアがいい添えた。「新たなスキャンダルが起こるまで、興味本位の憶測や噂が止むことはないでしょうね」

「食事の席を用意してあるからと、来賓をマナーハウスに招いたのは賢明なことだったのかな？」ジェイソンがいった。「大勢の前に顔を出すのは、ケンドールがなによりしたくない――する必要のないことだと思うんだが」

「子爵のお母様が、どうしてもそうしたいとおっしゃったんじゃないかしら」とドロシア。

「今回の披露宴がお金に糸目をつけない盛大なもので、大量の料理がふるまわれることは誰もが知っているし、お腹を空かせた来賓の食欲を満たせば、ご子息のことを悪くいう人も減ると考えたのかもしれないわ」

「そううまくはいかないと思うけど」グウェンがつぶやく。

「とにかく、わたしたちは不作法な野次馬にはならないようにしないと。友人として子爵のことを励まし、支えてあげましょう」ドロシアはいった。

カーターがうなずいた。「ではぼくらも残って、やつのためにできるだけのことをしてやろう。いいね？」

一同はうなずくと、列を成してしずしずと出口へ向かった。エマはグウェンのほうをちらりとうかがった。数年前、グウェンはあるスキャンダルに見舞われ、傷つき、惨めな思いをした。お姉様はいま当時のことを思い出しているのだろうか。あのときグウェンは世捨て人のようになってしまった。ジェイソンが姉妹の前にあらわれたのはそんなときだった。

ありがたいことに、ジェイソンは上流階級やその事細かなしきたりに簡単に怯むような人ではなかった。因習など一笑に付し、根気強くグウェンに求愛を続けて、とうとう妻になることを承知させたのだった。

礼拝堂の外へ出たエマたちの目に最初に飛び込んできたのは、リボンや花で飾り立てた子爵家の無蓋馬車だった。とっておきのお仕着せに身を包んだ御者とフットマンが直立不動の姿勢で待機し、物見高い村人たちが近づかないように目を光らせている。

「ああ、そんな」エマは青ざめた。「ケンドール卿の御者は結婚式が中止になったことをまだ知らされていないんだわ。御者もフットマンも明らかに新郎新婦が出てくるのを待っているもの」

「ぼくが知らせてこよう」カーターが申し出た。

「村人たちにも帰ってもらって」ドロシアがいった。「それと、馬車から婚礼の飾りをはずさせたら、自分も同乗させてほしいと子爵に声をかけてあげてちょうだい。ひとりぼっちで馬車に乗っていると虚しい気分になるだろうから」

カーターはうなずいた。

「ぼくも一緒に行こう」ジェイソンがいった。「男ふたりで婚礼の馬車に乗っているのもおかしなものだからな」

男性ふたりはその場を離れ、エマは子爵の母親のレディ・ケンドールことシビル・バーウェルに気がついた。豪華にパールをあしらった上等な黄色いサテンのドレスをまとい、見たこともないほど長いダチョウの羽根飾りのついたつば広の帽子をかぶったレディ・ケンドールは、背筋を伸ばし、体の前できつく両手を握りしめて、ひとりぽつんと馬車を待っていた。

「ドロシア――」エマはいいかけた。

「わかってる」ドロシアは最後までいわせなかった。「行くわよ、あなたたち」

グウェンとエマはうなずき、エリンガム家の三姉妹は揃って前に進み出た。そしてあっという間に、守るようにレディ・ケンドールを取り囲んだ。

口にこそ出さなかったが、レディ・ケンドールはひとりでなくなったことにほっとしているように見えた。彼女はフットマンの手を借りて、毅然とした態度で自分の馬車に乗り込むと、あとに続くようグウェンとドロシアとエマに合図した。

マナーハウスまでの短い道のりは鋼のように冷ややかな沈黙のままはじまったが、不意にレディ・ケンドールが静けさを破って口を開いた。

「まったく、大変なことをしでかしてくれたものですよ！　みなさんの見ている前で結婚式をすっぽかすなんて！　あれはとんでもない娘だというわたしの見立ては、やっぱり間違っていなかったんだわ。正直いって、この結婚には端から反対だったんです。ダイアナ・ウィンスロープのことがどうにも好きになれなかったんです。うぬぼればかり強くて、頭が空っぽな、浮気な女でしたから。

でもジョンはいつだってあの娘を庇うんです。わたしは手厳しすぎるといって。ダイアナは若く、情熱的な女性で、彼女を甘やかすのが自分にとっての喜びなのだといい張るんです」

レディ・ケンドールは憤懣やるかたないとばかりに息を吐き出した。「でも、さすがのわたしもダイアナにここまでひどいまねができるとは思ってもみませんでした。これほど残酷で、卑劣なまねができるとは。ジョンを祭壇の前に置き去りにするなんて……」

彼女は嫌悪感もあらわに鼻を鳴らすと顔を背け、窓の外に目をやってため息をついた。

もっともらしい励ましも慰めの言葉も思いつかず、エマは姉たちと顔を見合わせた
「うちのジョンは誰よりもやさしく愛情深い子なんです。礼節をわきまえた、お手本のよ

うな人間なの」レディ・ケンドールは続けた。「あの子が声を荒らげるのを一度も聞いた覚えがないくらい。どんなに腹を立てていてもね。だからあのいまいましい小娘にとって、息子をそそのかして結婚式の準備に無節操に、際限なくお金を使わせることくらい造作もなかったはずよ。その式に自分は出ないなんて礼儀知らずにもほどがある。せめて数日前に婚約を破棄してくれれば、ジョンもあんなふうに人前で恥をかかずに済んだものを」

「たしかに、それが思いやりのあるやり方ですわね」ドロシアが相槌を打った。

レディ・ケンドールは眉根を寄せた。「ダイアナ・ウィンスロープは思いやりなんてものを持ち合わせていないし、意味すら知らないでしょうよ」

エマは目をぱちくりさせた。どうやら子爵のお母様は歯に衣着せぬ人のようね。

「今回、ご子息と――大奥様が耐えなければいけなかった痛みのこと、わたしたちみんなお気の毒だと思っています」エマは控えめにいった。

「ええ」グウェンがすかさずいい添えた。「わたしたち、少しでもお力になれればと思っておりますの」

レディ・ケンドールの手がさっと伸び、感謝を込めてグウェンの手を握った。「ご親切とご理解に感謝します。なかにはジョンの不幸を喜ぶ人たちもいるでしょうに」

エリンガム三姉妹は賛同するようにうなずいた。

「そういう人たちのことは考えないのがいちばんですわ」ドロシアがきっぱりといった。

「なにをいわれても気にしないことです」

レディ・ケンドールはため息をついた。「おっしゃるとおりね。悪い噂もいずれは消えて、次の噂に取って代わられる。だからジョンとわたしはただ勇気と不屈の精神で噂に立ち向い、わたしたちの不幸を喜ぶような人たちに本心を知られないようにするだけね」

車内に沈黙が落ちた。エマは姉たちのほうをちらりとうかがった。

「社交界の非難の矢面に立つのはダイアナのほうです」エマはいった。

「ええ、厚かましくもまた顔を見せるようなことがあっても、上流階級の誰からも相手にされませんわ」ドロシアもいった。

「いいえ、今回のスキャンダルが消えてなくなるまであの娘は戻ってきやしませんよ」レディ・ケンドールは予言した。「そして戻ってきたときこそ、今日しでかしたことへの真の報いを受けることになるでしょう」

2

静かで落ち着ける母のサンルームの一角で、ジョンは前に投げ出した両脚を足首のところで組んで、クッションつきの椅子に頭をもたせかけた。鬱蒼と茂った木々と、優雅だがくつろげる調度品のなかに見い出したひっそりとした静けさを味わっていると、母がこの場所を隠れ家と呼ぶ理由がわかる気がした。

永遠にここにいられればいいのに。ジョンはため息をついた。つらく、現実離れした一日がようやく終わろうとしている。じつに長かった。結婚式の来賓の大半は――いや、彼らを結婚式の来賓と呼ぶのは正しくないんじゃないか。式はおこなわれなかったのだし――すでに帰っていた。そして残っている客とも話をする気にはなれなかった。

ジョンの予想をはるかに超える客がマナーハウスに戻り、その多くは異様な状況など意に介さずに、ジョンが披露宴のために用意した豪華な料理の数々を腹いっぱい食べ、シャンパンやワインや火酒を浴びるように飲んで大いに楽しんでいるようだった。

ジョンはなんとか冷静で堂々とした態度を保ちつつ客のあいだを歩いてまわり、心からの慰めの言葉と――それを上まわる口先だけの慰めに、重々しくうなずいた。

どんなに勧められても、ジョンは料理も酒もいっさい口にしなかった。胃が受けつけずに吐いてしまうのではないかと思ったからだ。花嫁に逃げられたケンドール子爵が、披露宴になるはずの席で嘔吐した、なんてことにでもなれば恥の上塗りだ。

とっておきの噂の種になる。

ところが誰もいないサンルームに逃げ込んだあとは、無性に酒が飲みたくなった。だから最初に目に入った火酒の瓶にすかさず手を伸ばした。そしていま、シャンパンのボトルを口元に上げて最後に残った酒を飲み干しながら、ジョンはこの酒がなぜ好きになれないのか、その理由に気がついた――どうにも泡が多すぎるのだ。それでも結局飲み下した。

この数時間は起きたまま悪夢を見ているようだったが、それでも客たちが帰ってしまうとジョンはつかのま激しい恐怖に襲われた。どんなにうれしくない客でも、その存在は気持ちをそらすのに役立った。だがいまはおよそ現実とは思えない今朝のできごとがいやでも思い出されて、おのれの置かれた状況を直視せざるを得なくなった。

ダイアナが、ジョンが真心を捧げた女性が、彼の妻になることはもうないのだ。

なぜだ？　なにがいけなかった？　間近に迫ったふたりの結婚について、彼女が不安や迷いを口にしたことは一度もない。それどころか、ジョンのプロポーズと――彼が選んだダイヤモンドとサファイアを配した指輪を、ダイアナは歓喜の悲鳴をあげて受け取り、情熱的なキスまで返してきた。

それなのに、ジョンにとって人生最良の日になるはずの今日この日に、彼女はべつの男と逃げた。ジョンにはないものを与えてくれるという男と。

ダイアナの謎めいた書き置きによると、その男は彼女が求めてやまない〝特別なもの〟を与えてくれるとか。特別なもの？　ジョンは拳を握りしめ、なにかを、なんでもいいから、殴りつけて、このやり場のないいらだちを吐き出したいという衝動を抑え込もうとした。

ダイアナは地元の娘だったが、彼女が社交界デビューしたロンドンの舞踏会でダンスの相手をするまで、ほとんど気に留めたことはなかった。しかしその夜が終わる頃にはジョンは彼女に恋していた。ダイアナは若く、生き生きとして活気にあふれ、魅力的な微笑みと唇をすぼめる仕草を見ていると、ジョンはキスしたくてたまらなくなった。

ダイアナは機転が利き、好奇心が強く、会話の才にも恵まれていた。数カ月の求愛期間、ジョンは舞踏会ではかならず最初と最後のダンスを彼女と踊り、パーティや音楽の夕べにエスコートした。馬車でハイドパークを巡り、〈ガンターズ〉でアイスクリームを食べ、花や甘いお菓子を贈ることもした。

ダイアナに対する深い親愛の情がいつ愛情へ発展したのか正確なところはわからないが、一度気づいてからはその気持をしっかりと受け止めた。彼女と交わす言葉のひとつひとつが、彼女に見せる態度や仕草のすべてが、より深い意味を持つようになった。キスは情熱を増し、抱擁はさらに熱くなった。そしてダイアナもそれを楽しんでいるように見えた。

それなのに、どうしてぼくを捨てたんだ？　拒絶の二文字があたかも強烈なパンチのようにジョンの腹をえぐり、胸を引き裂いて焼けるような痛みを残し、ずきずきとうずく頭のなかでは無数の問いが渦巻いている。

この痛手をどうやって乗り越えればいい？

近づいてくる足音が、苦痛に満ちたジョンの物思いを断ち切った。目を開けると、中くらいの背丈のほっそりした女性が部屋に入ってくるのが見えた。サンルームは壁面と三角屋根の天井がすべてガラスだったが、午後の灰色の空が部屋を薄暗く見せていた。

その女性は濃緑の葉を茂らせた樹木や花をつけた木々のあいだをゆっくりと歩きながら、つやつやした細長い葉をそっと指でなぞった。近づいてくるにつれ、どことなく見覚えがある顔だと思ったが、どこで会ったかはもちろん、名前すらわからなかった。

ジョンはくねくねした通路をたどる女性を葉陰からうかがいながら、彼女がこちらの存在に気づくことなく出ていってくれることを願った。ところが彼女は角をひとつ、ふたつと曲がり、次の瞬間には彼の目の前にいた。ジョンを見たとたん、彼女はぎょっとして息をのみ、ほっそりした手を喉元に上げた。

「ああ、びっくりした！　ケンドール卿、脅かさないでください」

その声は女性にしては低かったが耳に心地よく、不思議と気持ちが安らいだ。

「失礼しました」ジョンは片眉を上げ、問いかけるような表情を浮かべた。「で、あなたは……?」

「エマです」そう答えてから、彼女はうっすらと頬を染めた。名前で呼び合うほど親しい間柄ではないことに気づいたのだろう。「いえ、ミス・エリンガムです」

彼女の口からこぼれ落ちたその名はとても詩的に響いた。ジョンは声に出さずにその名を唇の上で味わってから、ふっと口元をゆるめた。「エマ・エリンガム?」

彼女の頬がさらに赤く染まった。「ええ、おかしな名前だってことはわかっています。父は女の子がふたり続いたあとの三人目が、息子ではなくまた娘だったことにがっかりしすぎて、名前については母任せだったんです。その母も何時間にも及ぶ難産のせいで消耗しきっていたから、頭がまともにまわらないままわたしに名前をつけたらしいです」

「なるほど」ジョンはレディを前にしたときのマナーどおりに椅子からゆっくり立ちあがった。「不躾で恐縮ですが、ミス・エリンガム、今日は長い一日で疲れていまして。ぼくになにか御用でしょうか?」

彼女は無垢な娘がよくやるように、はにかんで頬を染めはしなかった。それどころか、社交辞令は抜きにして本題に入ってほしいというジョンの言葉に同意するようにうなずいた。

「じつは、あなたのお母様にあなたを探してきてほしいと頼まれたんです。しばらく前からあなたの姿が見えないといって心配されています」

「母は元来、良識ある人なのですが、ときどき大げさに考えすぎることがあるんです。きっと悲しみに打ちひしがれたぼくが、耐えきれずにみずから命を断つとでも考えたのでしょう」

ミス・エリンガムの顔が赤らんだところをみると、どうやら図星をついたようだった。

「お母様は心配されているんです」

ジョンはうなずいた。「では母にこう伝えてください、ぼくは面の皮が厚いから、結婚式が取りやめになったことで人からどう思われようと気にしないし、比較的冷静だと。少々落ち込んではいますが」

最後の部分は嘘だった。ダイアナなしでこの先どう生きていけばいいのだろうと考えて、ジョンは心底落ち込んでいた。とはいえ、それを顔に出すにはジョンは育ちがよすぎたし、プライドも許さなかった。

「差し出がましいかもしれませんが、ケンドール卿、今日のあなたは礼儀正しくかつ適切に事態に対処なさっていました。誰にでもできることではありませんわ」

「ありがとう」ジョンは答えた。彼女が本心からいっていると信じられたからだ。「ほとんどのゲストはぼくが羞恥に身動きできなくなるところを期待していたのでしょうが」

彼女は肩をすくめた。「でしょうね。そんな人たちの期待どおりにならなかったことを、あなたは自慢に思っていいのではないかしら」

「ああ、たしかに。それが本日最大の功績かもしれない。それと、天気の話を切れ目なしに延々と続けられたことも。なにせ、今日ぼくと話をしたご婦人方のほとんどが、天気以外の話題を持ち出さないよう気を遣っていましたから」ジョンは眉間にしわを寄せた。「でも正直いって、今日もらった助言にくらべたら天気の話のほうがよっぽどましだ。結婚なんておぞましいものから逃れられてきみは運がいいと、陳腐な慰めをいやというほど聞かされて、心底うんざりしていましたから」

「みなさん悪気はないんでしょうけど、そんな馬鹿げた話をされているときにそのことを思い出すのは、たしかに難しいかもしれませんわね」

ジョンはうなずいた。「そうなんです。間一髪のところで結婚を回避できて命拾いしたなと、じつに三人の紳士からいわれましたよ」

彼女は皮肉たっぷりに口の両端を持ち上げた。「賢明な助言ですこと。その方たちはきっとご結婚されているのでしょうね」

「だと思います」

「やっぱり」彼女は訳知り顔で唇を尖らせた。

その仕草のせいで頬に赤みが差し、目がさらに大きくなったように見えた。その瞳は雲ひとつない夏空を思わせる美しい青色だ。

「ロンドンへ出かけ、果てしなく続くパーティに参加して、酒とギャンブルに興じ、未婚女性と戯れ、未亡人や不満を抱えた人妻との火遊びを楽しんでこいといい出す輩までいました」ジョンはうっかり口をすべらせた。

「興味をそそられました？」

「いいえ」ジョンは力なくいった。その気になれたならどんなによかったか。そのような行為は、たとえ一時的だろうと、心を麻痺させてくれるからだ。しかし、心の傷までは癒やしてくれない。

彼女は満足げにうなずいた。「そうしたふるまいが慰めをもたらしてくれるとは、わたしも思いません」

その口ぶりには経験に基づいた凛とした落ち着きがあった。どこでそんなものを身につけたのだろう、とジョンは思った。たしかに女学校を出たばかりの若い娘ではないが、かといって歳を食っているわけでもない。せいぜいダイアナより少し上、二十八歳の自分より少し下といったところだろう。

そこで気がついた。上流階級のものさしでいえば彼女はもう若くはなく、しかもこの歳で未婚ということはオールドミスへの道をまっしぐらに歩いていることになる。なんとも悲惨な運命だ。

ジョンは背筋を伸ばした。「さて、堕落の淵へ落ちてもいいことはないということで意見が一致したところで、そろそろ母のところへ戻ってぼくは無事だと安心させるとしましょう」

前に踏み出した足がシャンパンの空き瓶にぶつかった。瓶はくるくるまわりながら石張りの床を転がり、ミス・エリンガムの足元で止まった。

「あなたが飲んだのですか？」彼女は片方の眉を吊り上げた。「瓶は空のようですけれど。ここに持ち込んだときはたっぷり入っていたのでしょう？」

「たかがシャンパンです」いい訳がましい口調になった。「酔ってはいません」

「そうですか」彼女は空き瓶にちらりと目を落とした。「だとしても、少し時間を置いてから戻っても悪くはないでしょう」

ジョンは額をこすり、そのあとでうなずいた。たしかに少し頭がふらふらするし、急いで戻らずに済むなら好都合だ。外では風が唸りを上げている。じきに雨になりそうだ。どちらもしばらく口をきかなかった。だがその沈黙が心地よかった。ちらちらと遠慮がちな視線を向けられることもなく、その単純明快さに心が軽くなった。

「ゲストのみなさんはまだ大勢残っているのですか？」ジョンは尋ねた。

「少しだけです。義兄のアトウッド侯爵とわたしを含めて。半時間前に姉たちと一緒にお暇（いとま）しようと思ったのですが、あなたのお母様にあなたを探してきてほしいと頼まれて……」

ミス・エリンガムの声が小さくなった。ジョンはうなずいた。もう戻ったほうがよさそうだ。そんなに酔ってはいないし――そう、まだ残っているわずかな客の前で如才なくふるまえる程度にはしらふだ。

「ぼくについてみなさんがどんなことを話しているのか見当もつきません」ジョンは気になっていることを素直に認めた。「あなたはなにか聞きましたか？」

彼女は控えめに顎を引いた。「噂話には興味がありませんので」

「ぼくもです」そう返した。「それでも気になってしまって。教えてくれませんか。お願いします」

ミス・エリンガムは考え込むようにしばらく唇を嚙んでいた。「ミス・ウィンスロープはこの上なく愚かなことをしたというのが大方の意見です」そこでひとつ咳払いした。「あの人は頭がおかしくなったのだといい出す女性もいました」

ジョンは片眉を上げた。「なるほど。子爵を捨てて爵位を持たない男に走るのは狂気の沙汰だと思う人もなかにはいるわけだ」

「そうしたふるまいが眉をひそめる程度で許されるのは、どうやら納得のいく理由がある場合だけのようです」

「子爵を捨てて侯爵に走るとか？」ジョンは皮肉めかした。

ミス・エリンガムは悪戯っぽい目で彼を見た。「もっといいのは――公爵かしら」

「ああ、たしかに」そういいながらも、ジョンはここ数時間で初めて肩から力が抜けていくのを感じていた。

彼女の口元に小さな笑みが浮かんだ。「ごめんなさい。今回のことを軽く見ているわけではないんです」

ジョンはいつもの慎み深さを捨てて肩をすくめた。ミス・エリンガムにはなぜだか気を許すことができた。縁もゆかりもない人なのに。いや、むしろ縁もゆかりもないからだろうか？

彼女のやさしさはまがいものではない気がした。まっすぐに目を見て話すところにも好感が持てた。今日来た客の大半はジョンのことを不運に見舞われた憐れな男と見なしていたが、どうやらこの女性は違うらしい。

とはいえ、早合点は禁物だ。ジョンは自分にいい聞かせた。ダイアナとの悲惨な結末を考えれば、自分に女性を見る目がまるでないのは明らかなのだから。

ケンドール子爵が隣に並ぶと、エマは首を伸ばして見上げる格好になった。礼拝堂で遠くから見ていたときは、肩がこんなに広いことも、顔の輪郭がくっきりしていることも、漆黒の目をしていることにも気づかなかった。

この気の毒な男性のことをまじまじと見ていたことに気づき、エマは凝った結び方をした彼のクラバットに視線を落とした。そしてたちまち興味を引かれた。布の陰影を生かした複雑な結び目は、芸術家であるエマの目から見ても見事だった。

ところがそれ以外の装いは、上品で趣味はいいものの、とにかく地味だった。クラバットだけでもおしゃれにしたのは花嫁のためだろうか。

これを見逃すなんて、彼女ももったいないことをしたものね。

ケンドール卿がこちらを向き、エマに腕を差し出した。「では戻りましょうか、ミス・エリンガム？」

「ええ」エマは手袋に包まれた手を彼の腕に軽く置いた。指に触れたその腕は鉄のようにこわばり、内心の緊張が伝わってきた。「無理やり連れ戻すようなことになってしまってごめんなさい」

ケンドール卿は肩をすくめた。「謝る必要などありませんよ。今回の件はあなたが招いたことではないのですから」

「あなたが招いたことでもありませんわ」エマはそっとつぶやいた。

ケンドール卿の口の両端がわずかに上がった。「ひょっとしてぼくを慰めようとしているのですか、ミス・エリンガム？」

「そんな差し出がましいことはしませんわ、閣下」そう返しながらも、たとえ一瞬でも彼の気分を明るくできたことがエマはたまらなくうれしかった。「本当のことをいったまでです」

彼は「ありがとう」とだけいった。

並んでサンルームの出口へ向かいながら、エマはこっそりケンドール卿を盗み見た。彼女自身もプライバシーを大事にするほうだったから、ひとりきりの静かな時間を邪魔してしまったことを申し訳なく思った。ケンドール卿は今朝の衝撃的なできごとを必死に理解しようとしているのだ。彼のお母様に頼まれたこととはいえ、赤の他人のわたしにそれを邪魔されて迷惑に思っているはずだ。

それを考えれば、つっけんどんな態度を取られたり、あからさまな敵意を向けられたりしてもおかしくない。

それなのに、彼はそのどちらもしなかった。

その強い心と忍耐力にエマは感じ入った。きっと打たれ強い人なのだ。これからの数週間から数カ月はその強さが必要になる。

ケンドール卿は沈痛な面持ちで、ゆっくりと舞踏室に入っていった。残っていたゲストがぴたりと動きを止めてふたりを見た。全員の視線を浴びて、エマはうなじの毛が逆立った。彼女は息をのみ、ケンドール卿をさっと見た。

彼の表情は硬く、唇をきつく引き結んでいたが、胸を張って堂々と顔を上げていた。思っていたより大勢のゲストがまだ帰っていなかったことにエマは驚いた。ケンドール卿のためにも、残っているのは少しだけならいいと思っていたのに。

先代の子爵夫人が部屋を横切ってふたりのところへやってきた。ケンドール卿は母に向かって丁寧に一礼した。ふさぎ込んでなどいないところを見せて安心させようというのだろう。夫人は弱々しい笑みを返すと息子の腕に手を置き、小さな子どもにするようにそっとさすった。

どうやらケンドール卿の虚勢も母親には通用しなかったようね。

ケンドール卿は母親に笑いかけようとしたが、その瞳の奥には傷ついた心がのぞいていた。それを見てエマは胸が苦しくなった。どうしてこうも感情を揺さぶられるのか自分でもわからなかった。相手はよく知らない人なのに。

それでも、苦しんでいる人を前にして感情移入せずにいるのは難しかった。自分が傷ついたときのことがありありと思い出されてしまうからだろうか？

かたわらに人の気配がした。顔を巡らすと、義兄のカーターが立っていた。そのハンサムな顔には呆れたような表情がかすかに浮かんでいた。

「こうも多くの人間がぐずぐずと居残っている理由がわからない。無神経にもほどがある。ケンドールと大奥様のためにぼくらにできるせめてもの親切は、あの野次馬どもをとっとと帰らせることだ」カーターはいった。

エマは大きくうなずいた。

レディ・ケンドールが小首を傾げた。「そんな偉業が可能なら、わたしは――いいえ、わたしも息子も感謝しますわ、アトウッド卿」

「お任せください」

レディ・ケンドールは小さく安堵のため息をもらした。「あなたは分別のある方だと、つねづねいっておりましたのよ。きっとお父様に似たのでしょうね」

「今度、父公爵に会ったら、忘れずに伝えることにしましょう」カーターはいった。

それから宣言どおりにゲストのあいだをまわっては、相手の耳元に口を寄せて小声でなにかつぶやいた。ほどなくしてケンドール家の至極礼儀正しい執事は、最後の客を正面玄関から送り出すこととなった。

「じつに見事だった。ありがとう、アトウッド」

ケンドール子爵はカーターに手を差し出し、ふたりの男は別れの握手を交わした。次に子爵はエマに向かって丁寧に一礼し、部屋から出ていった。

「では、われわれもこれで失礼します」疲れ切り、錦織りの椅子にぐったりともたれかかっている子爵夫人にカーターは声をかけた。

「待って！」夫人は椅子からぱっと立ち上がり、一瞬強くカーターを抱きしめると、次にエマの体に腕をまわして頬に頬を押しつけた。「このご恩は一生忘れませんわ。お姉様方にもよろしくお伝えください」

「こんなことになってしまって残念です」エマはいった。「落ち着かれたらお知らせください。姉のドロシアとふたりで会いに参りますので」

夫人は微笑んだ。

屋根つきの玄関に出るとカーターの馬車が待っていた。エマはフットマンの手を借りて馬車に乗り込み、前向きの座席に収まった。

馬に背を向けて座ると吐き気をもよおすことがあるので、たとえ家までの短い道のりでも危険は冒したくなかった。今日はこれ以上騒ぎを起こしたくない。

「最後まで残って、力を貸してくれてありがとう」馬車が錬鉄製の門を通り抜けたときカーターがいった。「悲しみに暮れるレディ・ケンドールを見捨てるわけにはいかないとドロシアはいい張ったが、疲れが顔に出ていたからね。きみが残るといってくれたおかげで、ようやく帰ることに同意したが」

「グウェンとふたりでなんとか説得できてよかったわ。身重の女性は自分の体とお腹の赤ちゃんのことを第一に考えないといけないといったのが効いたようね」

カーターが派手に咳き込み、頬に血がのぼった。もしかして赤面している？　つねに貴族然として勇ましいあの義兄が？

エマはゆるんだ口元を見られないように膝に目を落とした。

「そうなのか。まあ、ドロシアがこのことをきみたち姉妹に打ち明けることくらい予測して然るべきだった。いまはまだ妊娠初期だから油断は禁物だと医者から念を押されていたんだが」

カーターの声に滲む深い懸念の響きにエマの顔がさっと上がった。「体の調子はいいとドロシアはいっていたわ。いままでいちばんいいくらいだって。フィリップもニコールも健康に生まれて、そのまますくすく育っている。だから今回のお産も大丈夫に決まっているわ」

カーターは微笑んだ。「たしかに息子も娘も病気にかかったためしがないな。風邪すらひかない。ぼくが案じているのは赤ん坊の健康じゃなくドロシアの体のことだ。前のふたりを産んだときドロシアはもっと若かった。フィリップはいま六歳で、ニコールはもうじき五歳になる」

「ドロシアはいまだって若いわ！」そう力説しながらもカーターのいいたいことはわかっていた。

五年前にニコールが生まれたあと、なかなか次の子どもに恵まれないことに、ドロシアもカーターもひどく落胆していた。もう子どもを授かることは諦めたと姉からも聞いていただけに、今回の妊娠には驚いたし、喜びもひとしおだった。

「とにかく、ドロシアが無理をしないよう、ぼくらが気をつけてやらないと」真剣な口ぶりでカーターはいった。「だからこそきみが残るといってくれてほっとしたんだ。きみが頼りになるのはわかっていたからね」

「ドロシアにとってなにより大事なのは赤ちゃんが無事に生まれてくることだもの。だから無茶はしないはずよ」

空に稲妻が走り、すぐに激しい雷鳴が轟いた。エマとカーターは顔を見合わせた。

「今日の締めくくりが嵐というのも意外ではないな」カーターがそう軽口を叩いたとき、開けてあった窓から霧のように細かい雨が吹き込んできた。

「本当に大変な一日だったわ」エマは雨が顔にかからないようマントのフードをかぶった。「ケンドール子爵もお気の毒に。結婚を約束した男性にあんな残酷な仕打ちをするなんて、お相手の女性には良心というものがないのかしら」

「ダイアナ・ウィンスロープのことはよく知らないが、いずれ正気に戻って自分のしたことを後悔する日が来るかもしれない。そのときはここに戻ってきて、謝罪と後悔の言葉を並べ立てるんじゃないかな」

「なんのために？　公衆の面前という、もっとも屈辱的なやり方で自分を捨てた相手に好感を持つような男性がいるとは思えないけど」

ダイアナが戻ってくるかもしれないと思うと、なぜだか落ち着かない気分になった。人を許すことは大事だと思うけれど、痛々しいまでに傷ついたケンドール子爵を見ているだけに、そう簡単には水に流せないのではないかという気がした。

カーターは肩をすくめた。「男女間の機微を理解しようとするのは、とっくの昔に諦めたよ。きみのお姉さんに嫌われないようにするだけで精一杯だからね」

「お兄様ったらドロシアのお尻に敷かれているのね」真実からは程遠いと知りながらもエマはそうからかった。ドロシアは心から夫を愛しているし、カーターもその十倍の愛情を妻に返しているのだから。

愛し愛される夫婦。もしも愛するあの人と結婚できていたら、わたしもそんな夫婦になりたかったのに。

カーターがげらげら笑いだした。「エマ、エリンガム家の三姉妹のなかでいちばん大胆なのは間違いなくきみだよ。ついでにいうと、それは相当すごいことだぞ」

3

翌年の春

火のついたような泣き声が子ども部屋の静けさを破った。開け放した窓のそばで座り心地のいい椅子に収まっていたエマは、膝の上に抱いたぽっちゃりした赤ん坊に目を落とした。ハロルド・ジェームズ・ジョセフ・グレイソンが身をよじらせてむずがり、体を大きくのけぞらせて、喉の奥から絞り出すようにして激しく泣いている。

エマは生後四カ月の甥っ子の脇の下に両手を入れて持ち上げると、顔を寄せて、鼻と鼻をそっとこすり合わせた。「どうしたの、おちびちゃん？ もうわたしのことが嫌いになったの？ 毎日午後に会いに来ているあいだに親友になれたと思っていたのに」

エマの声を聞くとハロルドは泣き止み、一瞬にっこりしたが、すぐにまた顔をくしゃくしゃにして盛大に泣きはじめた。エマが抱きしめてやるとハロルドは足をばたつかせ、小さな拳を口に突っ込んでしゃぶった。

「あらまあ、しかめた顔がカーターにそっくり」ドロシアが声をあげて笑った。

いたのよ」

「それはちょっとひどいんじゃない？」エマはいった。「でも、たしかによく似てる」

ドロシアは笑いながらエマのほうに手を伸ばして息子を受け取った。「きっとお腹が空

ため息交じりに母ならではの英知を披露すると、ドロシアは片手で巧みに息子を抱え、反対の手でボディスの前を開けた。そして泣きわめく赤ん坊の口に乳房をふくませると、赤ん坊はぴたりと泣き止んで、満足げにおっぱいを吸う音が子ども部屋を満たした。

エマはそんな姉に目を奪われた。母になるというのはどういう感じなのかしら。子どもを産み、お乳を与え、愛情を注ぎ、世話をして、おのれの血を分けたこの奇跡のような存在を慈しむ。それはきっと得もいわれぬ感覚なのだろう。

ハロルドには乳母がついていたが——愛情豊かな中年の寡婦で、赤ちゃんのときのフィリップとニコールの世話も任されていた——ドロシアは自分で息子の面倒をみることが多かった。

「従姉妹のアガサがいまのあなたを見たら、きっと呆れ返るでしょうね」エマはしきたりにうるさい遠縁の女性の名を出してからかった。

ドロシアは頬をゆるめた。「たしかに。きっとすぐにでも頭から湯気を立てて、女はいかなる状況にあってもしきたりを重んじなければならないとお説教をはじめるわね。〝侯爵夫人がみずから子どもの世話をするなんて——考えられない！〟」

「それに〝いまどき流行らない〟し」エマはいい添え、他人にどう思われようと子どものために最善だと思うことをする強さを持った姉を誇らしく思った。

「わたしが自分の家でなにをしようと誰にも文句はいわせないわ」ドロシアはいい切った。

「ぼくを除いてね」カーターが部屋に入ってきた。彼は身をかがめてドロシアの額にやさしくキスを落とすと、ふわふわとまばらに生えたハロルドの髪の毛をくしゃくしゃにした。

「そしてぼくはきみのやり方を全面的に支持するよ、奥様。それでうちの末っ子は、今日はどうしてる？」

「お腹を空かせてるわ」ドロシアはにっこりした。「いつものようにね」

「なるほど」カーターは妻に身を寄せた。「ハロルドのことが少々うらやましいよ」低い声で誘惑するように囁いた。

ドロシアが顔を赤らめた。エマも頬が熱くなるのを感じた。ふたりのひそひそ話の続きが聞こえなくてよかった。姉の顔が徐々に真っ赤に染まっていくのが見えたからだ。

「領地管理人と会う約束があるんじゃなかったの？」ドロシアが息を弾ませながら尋ねた。

カーターは身を起こした。「じつをいえば、目を通さなければならない元帳が書斎でぼくを待ち受けているんだが、ぼくとしてはもっとほかに行きたい場所が……」

最後の部分はエマには聞こえなかったけれど、信じられないことにドロシアの顔がさらに赤くなった。

「あなた、もう行ったほうがいいわ」ドロシアは甲高い声でいった。夫が部屋から出ていくと彼女は何度か咳払いして、エマと目を合わせようとはしなかった。

エマは一瞬、鉛筆かチョークを手に取ってスケッチしたいという強い衝動を覚えた。顔を真っ赤にしてうろたえる姉の表情をとらえたい、と。しかしその衝動は、例によって次の瞬間には消えていた。

エマは小さくため息をついた。芸術の女神は相変わらず気まぐれで、とらえどころがなく、どんなに手を伸ばしてもつかむことができない。エマはそれが悲しく、恐怖さえ覚えたが、それでも創作意欲と芸術への情熱が消えてしまったという事実を心の奥底に押しやることにようやく成功した。執着してもなんの解決にもならなかった——惨めさが増しただけだった。

だから一年かけて自分の人生を見直し、前向きに生きることだけ考えようと固く心に決めたのだ。

ドロシアとカーターの家に身を寄せる生活は居心地がよかった。どちらもやさしさと敬意を持って接してくれるから、自分は厄介なお荷物なのではないかと感じずにいられた。

大事な家族の一員として惜しみない愛情と思いやりを注いでくれることにも感謝していた。甥のフィリップと姪のニコールのそばにいられることも大いなる喜びだった。ふたりとも好奇心旺盛で元気いっぱいのかわいらしい子どもで、いつもエマを笑わせてくれた。

安全に暮らせる美しい家と、じゅうぶんすぎるお手当。それに愛してくれる家族までいる。実際、わたしは最高の幸せ者だ。

ドロシアにはそんなことはしなくていいといわれたけれど、エマは数カ月前からフィリップとニコールにお絵かきを教えはじめた。元気いっぱいの兄妹にとっては、外に出られない寒い冬に家のなかでできる格好の遊びで、あたたかくなりはじめたいまもレッスンは続いていた。

子どもたちと過ごす時間はエマにとってとても楽しかったし、絵を教えることでわずかながらも以前の自分とつながっているような気がしたから、週に二度のレッスンではスケッチブックと絵の具に自然と手が伸びた。

それは長いあいだエマの人生を支配していた狂おしいほどの情熱とはかけ離れたものだった。そのほうがいい、とエマは思った。慎み深く、ほどほどで、実用的。

だけど、ものすごく退屈。

「今朝またグウェンから手紙が届いたわ」ドロシアがいった。「社交シーズン中に数週間でいいからロンドンへ行くことを考えてみない？　グウェンとジェイソンもぜひあなたに来てほしいって。単調な田舎暮らしと違って、いい刺激を受けられると思うの」

「社交シーズン？　冗談よね？」

「大真面目よ。あなたは社交的な人なのに、ここでは社交の機会は限られている。クリスマス前にわたしが臨月に入ったせいで、あなたろくに人と会っていないじゃないの。以前はロンドンで舞踏会やパーティや音楽の夕べを楽しんでいたのに。

新しい出会いがあって、きっと楽しいわよ。それにほら、週に一度の美術館通いを再開したら、また絵筆を取る気になるかもしれないじゃないの」

「新しい出会い？　それってつまり結婚相手にふさわしい男性と、ということでしょう？　まったくもう、ドロシア。騎兵隊の突撃並みに魂胆が見え見えよ」そういうエマの声には愛情がこもっていた。

「わたしには体裁を繕うだけの時間も気力もないの」ドロシアは笑顔で返した。「それにあなたは妹だもの。言葉を選んで会話する必要はないでしょう？」

「わたしの人生を哀れだと思う人がいることはよくわかっているわ。この歳でまだ結婚もできず、確実にオールドミスへの道を歩んでいる、みっともない女だって」

「そんなことない」ドロシアはお乳を飲み終えた坊やを肩口に抱くと、背中をやさしくさすって大きなげっぷをさせた。「わたしはあなたに幸せになってほしいだけよ、エマ」

「わかってる。でも、夫がいなくたってわたしは幸せよ、ドロシア」エマはおだやかに告げた。

「誰も夫の話なんかしてないじゃないの」ドロシアは目を丸くしてとぼけてみせたが、すぐに真顔に戻って身を乗り出した。「結婚だけが人生の究極の目的じゃないというあなたの気持ちはわかるけど、せめて考えるだけでもしてくれない？」

つらい記憶が一気によみがえり、エマはたじろぎ、見て見ぬふりをしようとした。セバスチャンに恋していたことは、ふたりの姉はもちろん、誰にも話していなかった。心の傷はいまもひりひりと痛み、拒絶されたことが恥ずかしくてたまらなかった。だからそうした感情をすべて絵画に向けて、後悔も悲しみもキャンバスに塗り込めた。

そうしてできた作品も、人目につかないところに隠した。心の痛みをさらけ出してしまいそうで怖かったからだ。

「この歳でいまさら結婚市場に出たいとは思わないわ」エマは本音を口にした。

「この歳って、あなたはまだまだ若いわよ」ドロシアはいい返した。「さっきもいったけど、最近のあなたは絵を描くことに前ほど興味を持てずにいるようだから。そろそろ情熱を注げるべつのなにかを探してもいいんじゃないかと思っただけなの」

「そうねえ」エマは考えを巡らすように指先で顎をとんとんと叩いた。「愛人とか？」

ドロシアはかすかに身震いすると顔を横に向け、にやついているのを隠した。「恐ろしいことをいわないでちょうだい、エマ。お乳が出なくなってしまうわよ」

エマは唇がひくつくのを感じた。愛人を持つなんて愚にもつかないことだけれど、姉をからかうのは愉快だった。「いいわ、なら愛人はやめておく。でも夫もいらないから」急いでつけ足した。

「ねえ、エマ、あなたがまわりに決められた人生をあっさり受け入れるような女性じゃないことは立派だと思うけれど、せめて結婚について考えてみるといってちょうだい」ドロシアは懇願した。

エマは青ざめた。ドロシアやグウェンがこの話題を持ち出すのは初めてではないけれど、エマの答えはいつでも同じだった。

「お姉様がそこまでいうなら、いいわ、考えてみる」そう当たり障りのない返事をした。

「結婚はけっして完璧なものではないわ。ここだけの話、とんでもなく厄介だと思うこともある。それでも愛する人から愛され、大事にされることは、なにごとにも代えがたいほどすばらしいことよ」

感情が込み上げ、喉が詰まった。ドロシアが真相を知っていたらよかったのに。愛し、愛される。それこそエマがセバスチャンに求めたことだった。セバスチャンとともに生きることを、エマはずっと夢見ていた。

セバスチャンへの思いは永遠に報われないと知り、その事実を受け入れたいまでも、彼以外の人と人生を分かち合って心身ともに愛し合うことは考えられなかった。

エマは感情に蓋をして、頭を切り替えようとした。そして先人たちのいうとおり、人を愛する気持ちは自分ではどうにもできないということを思い知らされた。どんなに望もうとも、恋の炎はオイルランプの火のように点けたり消したりできないのだ。

「お願いだからわたしのことは心配しないで、ドロシア」エマはいい、その言葉を強調するように晴れやかな笑みを浮かべた。「自分のことは自分でどうにかするから」

ドロシアは諦めたようだったがエマは騙されなかった。今回の戦いはわたしが勝ったかもしれないけれど、戦争はまだ終わっていない。ドロシアはきっとまたロンドンの社交シーズンと――結婚の話を持ち出すに決まっているわ。

子ども部屋の置き時計が正時を告げた。

「いやだ、もうそんな時間？」ドロシアは眠ってしまった坊やを肩から下ろして腕に抱えた。「この午後はフィリップとニコールがポニーに乗るところを見てやる約束なの」

「乳母が来るまでハロルドはわたしが見ているわ」エマは申し出た。

ドロシアは感謝を込めてうなずいた。それから部屋を横切って、華麗な彫刻がほどこされた木製のゆりかごに息子をそっと寝かせた――それはハロルドの父親と祖父が使っていたゆりかごでもあった。

乳母はそれからまもなくやってきた。エマが部屋を出ようとしたとき、年配の女性がハロルドの毛布をやさしく整えてから、ゆりかごのそばの椅子に腰を下ろすのが見えた。

エマはぶらぶらと階下へ向かいながら午後の過ごし方を考えていた。グウェンお姉様に手紙を書いて、ロンドンへの招待を丁重に断らないといけないのはわかっていたけれど、どうにも気が進まなかった。燦々と輝く太陽と雲ひとつない青空が、こっちへおいでと手招いている。

エマはショールを取って外へ出た。湖を目指して歩き出し、そのままギリシャ風の四阿(あずまや)まで足を延ばした。なんの実用性もない装飾用の建物だけれど、そのクラシックな輪郭とユニークな造形がエマは好きだった。かねてからカーターはこの四阿を取り壊すと息巻いていたが、いまだにこうして残っているのはひとえに、ここが散歩の途中で突然の豪雨に見舞われた不運な人々にとって格好の避難所であり――エマとドロシアもその恩恵に浴したひとりだったからだ。

この四阿でひと休みしてから東に向きを変え、屋敷に接する整形式庭園へ向かうのがいつもの散歩コースだった。でも今日はいつもとは違う道を行くことにした。爽やかな空気と心地よい陽気に背中を押されて、敷地内の森へと分け入る、これまで足を踏み入れたことのない小道をたどる。

くねくねと曲がる道を進み、森の奥深くへ入っていくにつれ、鼓動が速くなるのがわかった。道幅が徐々に狭く草深くなっていくのは、使われていない証拠だ。まわれ右して引き返したほうがいいと頭ではわかっていたけれど、向こう見ずな性格にものをいわせてそのまま歩き続けた。

鬱蒼と茂った下生えを掻き分けて進んでいくといきなり開けた場所に出て、エマはびっくりして足を止めた。目の前に見たこともないような建物がそそり立っていた。濃い色の木材でできた真四角の建物で、前にも側面にも窓はなく、まるでおとぎ話から飛び出してきたかのようだ。あとは絡みつく蔓と、打ち捨てられた雰囲気があれば完璧なのに。

納屋かしら。でも納屋にしては横も縦も大きすぎるし、畑や牧草地からも遠すぎる。領地で使うものをしまっておくための場所だろうけど、いったいなにが置いてあるの？

好奇心を掻き立てられ、エマは建物に近づいた。

大きくて分厚い扉は掛け金がはずれていて、首を突っ込んでなかをのぞけるくらいの隙間が空いていた。広々した部屋の奥からまばゆい光が目に飛び込んできた。光の正体は中央の梁から吊り下げられた無数のランタンだ。

しきりに瞬きして視界が晴れたとたん、エマは思わず息をのみ、目を見張った。そこにあったのはとんでもなく奇妙な……仕掛け？　なにかの装置のように見えたが、その巨大さと重厚さに圧倒された。筒状の部品や歯車、車輪や取っ手がついていて、あちこちから滑車が突き出し、金属の鎖が天辺から床まで伸びている。

梯子の上でこちらに背を向け、ふたつの大きな歯車を組み合わせようとしている男性の足元で、もうひとりの男性が大きな筒に取りつけられたレバーを引っ張っていた。どちらもそれぞれの作業に没頭していて、エマには気づいていない。

「こんにちは」

ふたりの男性が動きを止めた。レバーを引いていた男性が体を起こして首を巡らせ、険しい表情でこちらをじろりと見た。

「ケンドール子爵？」

彼だと気づくまでにしばらくかかった。エマの記憶にある優雅な貴族は消え失せ、代わりにそこにいたのはむさ苦しい身なりの無骨な男性だった。しかもその男性はいま、いらだちもあらわな目でエマを見ている。

「ミス・エリンガム？」

「そうです、こんにちは」エマは革のブーツのなかでつま先を丸めた。ケンドール卿は明らかに気分を害しているし、ここは立ち去るべきなのだろう。それでも目の前にある巨大な〝なにか〟の持つ魅力が強すぎた。

この一年、エマはときどきケンドール卿のことを思い出しては、いまどうしているのだろうと考えた。ドロシアが臨月に入る前は、姉とふたりでたびたびレディ・ケンドールに会いにいっていた。夫人が打ち明けてくれたところによると、ケンドール卿は元気を取り戻してきているものの、結婚式が中止になったことをいまだに受け入れられずに苦しんでいるとのことだった。

息子は人嫌いになってしまった、と夫人はいっていたし、村の噂もエマの耳に届いていた。ケンドール卿は社交界からすっかり遠ざかり、世捨て人のようになっている、と。日曜の礼拝にもめったに顔を出さず、それがまた人々を呆れさせ、噂をあおり立てているようだった。

もしかしてケンドール卿が引きこもっていたのは〝これ〟に時間を費やしていたから？　だとしたら、すばらしいわ！

「なんとも間の悪いところにいらっしゃいましたね、ミス・エリンガム」

ケンドール卿はレバーからゆっくり手を離してエマのほうに一歩踏み出した。最後に会ったとき、ケンドール卿は結婚式用の礼装だった。今日の彼ははるかにくだけた服装で――というか、裸に近い格好だった。上着は脱いで白いリネンのシャツの前を大きくはだけ、そこから裸の胸がのぞいている。その胸は汗で光っていた。

シャツの袖は肘のあたりまでまくり上げてあり、エマの視線は彼の手に吸い寄せられた。大きくてがっしりしたその手には、肉体労働でできたたこがあった。

髪は流行りのスタイルより長く、襟まで届いていて、顔は数日分の無精ひげにおおわれて、鋭い顎のラインを際立たせている。彼の体からは革とスパイスが混じったような男らしい匂いがかすかにして、エマは好奇心をそそられて鼻をうごめかした。

「あなたの土地に勝手に立ち入ってしまったことはお詫びします、ケンドール卿。それにあなたの……えっと、なさっていることを邪魔してしまったことも」

「なさっていること？　ああ」

ケンドール卿は胡散臭そうな目でエマをじろじろ見たあとで、手袋に包まれた彼女の手を取って軽く頭を下げた。せめてもの礼儀なのだろうが、心はまったくこもっていなかった。

「森を抜けるのに、いつもとは違う道を通ったんです」エマは説明した。「あなたの土地と義兄の土地がこうも接しているとは知らなくて」

ケンドール卿はふっと目をそらした。「ここはぼくの土地だ。自分の土地に作業場を建てて文句をいわれる筋合いはない」

「非難したわけじゃありませんわ」エマは首を巡らせて、周囲にあるものをしげしげと眺めた。「では、ここはあなたの作業場なんですね。すごいわ」

「ええ、起きている時間の大半はここにいるし、夜明け前から仕事に取りかかることもよくあります」彼は表情を硬くした。「ぼくに関する噂はあなたもきっとお聞きのはずだ。失恋の痛手が深すぎて人前に出られず、世捨て人のようになっている。頭がおかしくなりかけている、と」

「前にもお話ししたと思いますけど、わたし噂には耳を貸しませんの」エマは顎をつんと上げた。「さらにいえば、噂を信じることもありません」

ケンドール卿はシャツの袖を引き下ろして腕をおおうと、上着に手を伸ばし、肩をすくめるようにして羽織った。

「気のふれた人間の収容施設で支離滅裂なことを叫びながら、自己憐憫にどっぷりひたっているはずのぼくが、こんなところで精力的に働いていることを知られたら、世間の期待を裏切ってしまうでしょうね」

「そんなおぞましい噂、わたしは信じません」エマは弁解するようにいった。「それに少しでも思いやりの気持ちがある人なら、破談になったことを嘆くのは当然だと思うはずです」

「あれからもう一年近く経つ」ケンドール卿の顔つきが変わり、みずからを見つめ直すような表情を浮かべた。「自分本位に悲しみを引きずっていてもいいことはなにもない。自分にとっても、悲しむ姿をまわりで見ていなければならない人々にとっても」

その言葉が心に響いた。エマもまさに同じ理由からセバスチャンに失恋したことを隠してきたのだ。恋に破れ、悲嘆の淵に沈んでいるだなんて、自分を大事に思ってくれている姉たちにいえるはずがない。

「このすばらしい装置こそ、あなたが悲しみからとっくに立ち直っている証拠ですわ」エマはいった。「あなたが設計したんですか？」

「社交辞令でぼくの仕事に興味があるふりをする必要はありません」ぶっきらぼうにいった。

「ケンドール卿、いま仕事とおっしゃいました？」エマは大げさに目を丸くしてみせた。

「紳士が仕事をしているだなんて、社交界に知られたら大騒ぎになるでしょうね。しかも力仕事だなんて。ああ、恐ろしい」

ケンドール卿の目から敵意の色が徐々に消えていった。「秘密を守っていただけますよね？」

「そうねえ」エマは考え込むように唇をすぼめた。「あなたの作品を見せてくださるなら。それはなんですの？」

「脱穀もできる刈り取り機だ」

「まあ。死神だなんて、縁起のいい名前」もっとよく見たくて彼の横をすり抜けようとしたが、行く手を塞がれた。「なにをするものですの？」

ケンドール卿は苦笑いを浮かべた。「いまはまだなんの役にも立っていない。いずれは小麦の収穫時に農民に使ってもらいたいと考えている。麦穂を鎌で手刈りする過酷な作業を、この機械が代わりにやってくれるんだ。刈り取ったあとは脱穀機が実と殻と麦わらを分ける。似たようなことのできる機械があることは文献で読んだが、ぼくが考えたものは両方の作業を一台でおこなえるところが画期的なんだ。

ノリスとふたりでこれを正常に作動させることができれば、刈り取りと脱穀を手でおこなう現在のやり方は完全に廃れるだろう」

エマは片方の眉を引き上げた。「でもいまその作業に携わっている人たちは？　その人たちはどうなるんです？」

その問いにケンドール卿は目を見開いた。「すべての作業は刈り取り機がおこなうが、機械の横をついて歩いて熊手で麦穂を集める人手は必要になる。その麦穂の束を脱穀機に入れるのも人手に頼らないとならない。

それでも麦穂を殻竿で打ったり家畜に踏ませたりするいまの脱穀法にくらべたら、機械を使うことで作業は格段に速くなるし効率も上がる。それによって小麦の収穫量が増えれば、食糧不足に陥る可能性を減らせるかもしれない。そうなれば誰もが恩恵を受けることになる」

エマは困惑してかぶりを振った。発明家——貴族がつく職業としてはじつに奇異だ。だけどケンドール子爵はその発明に携わっているらしい。作業場をぐるりと見まわしたエマは、隅に置かれた長方形の大きなテーブルの上に大きな羊皮紙が広げてあることに気づいた。

刈り取り脱穀機の設計図だろうか？　見てみたくてそちらに足を向けたが、分厚い壁のような体が目の前に立ちはだかった。エマはいらだたしげに息を吐き出してからいった。

「わたしを追い払おうとしていらっしゃるの、ケンドール卿？」

ケンドール卿が首をかしげ、ランタンの明かりを映して黒い瞳がきらめいた。「そうだ」

ジョンは彼女が癇癪を起こすのを待ち受けた。目に怒りをたぎらせ、足を踏み鳴らして、高慢な態度で頭を振り立てるところを。それとも恥じらうように頬を染め、目を伏せて、口ごもりながら詫びの言葉を並べるだろうか？

いや、怒るほうがジョンの知るミス・エリンガムらしいし、奇妙なことにそれを期待している自分がいた。

ところがそんな期待を裏切るかのように、彼女はさもおかしそうに笑い出した。その明るい声音に吸い寄せられるようにして彼女の口元に目をやったジョンは、唇の可憐さに息をのんだ。いかにも甘く、やわらかそうな、キスを誘う唇。ジョンは咳払いして彼女の唇から視線をはずしたが、今度は優雅な曲線を描く首筋と、肩に羽織ったショールからのぞく乳白色のきらめく肌に目を奪われた。

呼吸が止まり、体が急に熱くなった。これはどういうことだ？　最新流行の大きくくれたボディスから乳房がこぼれ落ちそうになっている女性たちの、もっと艶っぽい肌だって見たことがあるというのに。ミス・エリンガムが着ているのは控えめなデイドレスで、襟ぐりも浅い。胸元からたっぷり三インチ上まで隠れている。

それでも白くなめらかな肌がわずかに見えた。それはじつに魅力的な眺めだった。

身を乗り出し、舐めるように彼女を見ていることに気づき、ジョンは大きく息を吸い込んでから体をうしろに引いた。ミス・エリンガムは当惑したように眉根を寄せている。

「ミス・エリンガム、気を悪くしないでいただきたいのですが、ぼくと助手には片づけなければいけない仕事が山ほどあるんです」そっけなく告げた。

「ああ、そういうことならもうお暇しますわ」彼女はうなずき、それからなにか思いついたように頭をかしげた。「あれこれ質問しないで部屋の隅でおとなしくしていると約束しますから、ここにいてはいけませんか？　白状すると、あなたの発明品にすっかり心を奪われてしまったんです」

「それは……うーん……」ジョンはブーツのつま先で地面を打った。今回の発明品の設計には何カ月もかかっていて、完成した暁には特許を取得したいと考えていた。

発明家同士がたがいの考案を盗み合うという最近の風潮を考慮し、完成するまでこの機械のことは伏せておくということでジョンとノリスの意見は一致していた。ミス・エリンガムは機密情報を持ち逃げするつもりかもしれない。馬鹿げた考えではあるが――絶対にないともいい切れない。

それに、愛らしい顔で目を輝かせて見つめられては気が散って仕事にならない。

「それはまたべつの機会に」ジョンはどっちつかずの答えを返した。

「それが体のいい断り文句だってことはわたしにもわかりますわ、ケンドール卿」彼女は軽やかに笑うと優美な手を差し出した。ジョンは手袋に包まれたその指を取って、手の甲にかすめるようなキスを落とした。「これ以上あなたとあなたの助手の、ミスター……？」

「ノリスです」

「そうでした、ミスター・ノリスのお仕事の邪魔はしませんわ」

ジョンは作業場の外まで彼女を送った。彼女はこちらに背を向けると、森のなかの小道に向かって歩き出した。アトウッド家の地所まではかなりの距離がある。馬車で送っていくと申し出るべきだろうか？

いやいや、なぜそんなよけいなことをする？　ノリスとふたりで片づけなければならない仕事が山ほどあると、いまさっきミス・エリンガムにいったばかりじゃないか。彼女を家まで送っても時間を無駄にするだけで、作業は一向に捗らない。

口を閉じたままミス・エリンガムを見送るのは容易ではなかったが、それが最善の道だということもわかっていた。それでもジョンは彼女の姿が完全に見えなくなるまでその場を動かなかった。

いまでは見知った道を進みながら、エマは指がむずむずして、気がつくとひっきりなしにスカートの生地を握ったり離したりしていた。指の動きを止めようと、ショールの両端をつかんで胸の前できつく掻き合わせたが――いじる対象がスカートからショールへ移っただけだった。

なんなの、これ？

指がまたむずむずしはじめてエマは足を止めた。これがなんなのか知っている。ただ、にわかには信じられなかった。慣れ親しんだ独特の感覚、けっして忘れられない感覚。永遠に失われてしまったと思っていたのに。

いま起きていることの意味を受け入れたとたん、エマの口元にゆっくりと笑みが広がった。

鉛筆と木炭とスケッチブックがいる。頭より先に手が教えてくれた。絵を描きたい。創作したい。ケンドール卿の発明品をスケッチしたい。

4

森の奥へ消えていくミス・エリンガムの背中を見つめながらも、ジョンは彼女が引き返してくるものと思っていた。なにかうまい口実を見つけて、作業場にいさせてほしいといってくるだろうと。可憐だが芯の強そうな顔は、そう簡単には引き下がらないと告げていた。ところが木の葉が揺れることはなく、あたりはしんと静まり返り、聞こえるのは森のざわめきだけだった。

彼女の姿が見えなくなってからだいぶ時間が過ぎ、本当に帰ってしまったのだとわかったときは、がっかりしたような妙な気分になった。

「あのお嬢さんに悪意はなかったんじゃねえかと思います、閣下」ノリスの声がジョンの思考を破った。「単に好奇心をそそられたんでしょう」

ジョンは助手のほうに向き直った。慌てたり不意をつかれたりすると、ノリスはスコットランド訛りが強くなる。ミス・エリンガムの存在に動揺したのは自分だけではないと知って、なぜだかほっとした。

そもそも彼女のなにに心を乱されたのだろう？　彼女は純情ぶって媚を売ったり、あからさまに誘いをかけてきたりしなかった。ジョンの仕事に興味があるといったのも嘘やお世辞ではなかった。それどころか、ジョンの機械に心底興味をそそられ、もっと知りたいと思っているようだった。

だからこそ追い払う必要があったのだ。この数カ月、刈り取り脱穀機に数え切れないほど改良を加えてきたが、結果はいつも同じで——思惑どおりに動いてはくれなかった。

そしていまなにより避けたいのは、計画の失敗を誰かに——自分自身も含めて——宣言することだ。

「この作業場はぼくの聖域だ」ジョンは語気を強めた。「ご婦人方を招くつもりも、歓迎するつもりもない」

頭をすっきりさせようと何度か深呼吸した。熱した金属と新しい革の、鼻につんとくるかぎ慣れた匂いにほっとする。ダイアナに捨てられたあと、この機械の開発だけがジョンの救いだった。

科学の論理に囲まれて脳を酷使していれば、感傷的な物思いに襲われずに済んだし、心の痛みも忘れられた。作業を通じて現実を受け入れ、すべて終わったことと割り切れるようになった。この作業場でジョンは目的を見い出し、徐々にのめり込んでいった。

子どもの頃から機械と名のつくものがとにかく好きで、機械を動かしている部品やさまざまな仕組み、制御装置に魅了された。爵位を持った跡取り息子にはふさわしくない勉学だと見なされたものの、数学と歴史の授業で学んだ知識がこの計画に着手する際の確かな基盤となってくれた。

昨年の春、暇を持て余したジョンは学術雑誌を読みはじめ、すると創造力に火がついた。この作業場を作らせ、数カ月にわたる手紙のやり取りのあとでノリスを雇い、便利な農業機械の開発に本気で取り組みはじめた。

「あのお嬢さんはまた訪ねてくるでしょうか？」ノリスが訊いた。

「誘われなければ来ないだろうな」ジョンは機械の下部の持ち場に戻ってレバーをつかんだ。「だがぼくから誘うことは絶対にない」

ノリスは頭を掻いた。「われわれの機械について知りたくてたまらない様子でしたが」

「ああ、だがその好奇心が満たされることはない」ジョンは大きくうなずくとレバーに全神経を向け、エマ・エリンガムのことは金輪際考えないと固く誓った。

深い森を抜けて帰り道をたどりながら、エマの頭は目まぐるしく回転していた。部品や車輪、歯車の映像が頭のなかを駆け巡り、いますぐ丈夫な小枝を見つけて地面にスケッチしたい衝動に駆られた。

唇が動いて笑みを形作った。驚きとはこのことだわ。それでもこれがスケッチしたい、絵を描きたい、創作したいという原動力であることは疑いようがなかった。とっくの昔になくなってしまったと思っていたものがいきなり戻ってきたことで、それがどんなに大事だったか思い知らされた。

整形式庭園の曲がりくねった道を進みながら、バラ花壇の中央に置かれた優美な日時計に目をやったエマは、ぎょっとして空を見上げた。太陽の位置からして、もう夕方に近い時刻のようだった。思っていたよりかなり長い時間、家を空けてしまったようだ。

どうかドロシアに気づかれていませんように——誰も心配していませんように——と祈りつつ、足早にレーベンズウッド・マナーの玄関へ向かった。

「ミス・エリンガム！　ミス・エリンガム！　ああ、よかった」

その声に顔を巡らせると、玄関先にミスター・ヘクター・ウィンスロープが立っていた。エマははたと立ち止まった。彼はいま来たの？　それとも、もう帰るところ？　後者であることを切に願った。いまは一刻も早く私室にこもってスケッチブックと鉛筆を手にしたくてたまらず、わざわざ立ち止まってこの人と儀礼的な会話をする気になれなかった。ましてや、彼の話に興味があるふりをするなんてまっぴらだ。グウェンお姉様からは手厳しすぎるといわれるだろうけれど、正直いってヘクター・ウィンスロープほど尊大で退屈な人はいないとエマは思っていた。

誰彼かまわず自分の意見を押しつけてくるのだ。問題は、エマにそれを聞く気がないことだった。

話がつまらないことは大目に見るとしても、とにかく了見が狭く、知ったかぶりで、とんでもなくうぬぼれが強い。どんなに気分がいいときでも、彼に対して不躾な態度を取らずにいるのはひと苦労だった。

「ごきげんよう、ミスター・ウィンスロープ」

「たったいまレディ・アトウッドにご挨拶したのですが、あなたはお留守とうかがって大層がっかりしていたところです」彼は柄にもなく顔を赤らめた。「お会いできてよかった」

「あら、そうですの？」彼が近づいてくるのを見てエマは思わず後ずさりした。無作法に見えないよう、ゆっくりさりげなく距離を取る。

「新しく購入した二頭立て二輪馬車（カリクル）でドライブにお連れしようと思いまして。今朝早くにロンドンから届いたんです」

ミスター・ウィンスロープは芝居がかった仕草で手をさっと振り上げ、車寄せに停めてある馬車を自慢気に指し示した。その手を追うようにして馬車に目を向けたエマは、どうしてこれを見過ごしたのだろうと首をかしげた。

それはひと言でいって、凄まじい馬車だった。ぎょっとするほど大きな車輪は、見たこともないほど派手な黄色に塗られている。幅の狭い布張りの座席は少なく見積もっても地面から六フィートの高さにあって、全体を見るには首を伸ばさないといけなかった。

馬車を引くのは流線型が美しい、姿形がそっくりな二頭の雌馬で、どちらもいらだたしげに足を踏み鳴らしていて、不安げな顔をした馬丁の少年がなんとか落ち着かせようとしていた。

「ええと、それは……。あら、カーター、こちらに来てミスター・ウィンスロープの新しい馬車をご覧なさいな」

エマは義兄に向かって大きく手を振った。エマとミスター・ウィンスロープに気づいた瞬間、くるりと向きを変えて逃げ出そうとしていたカーターは、肩を落として大きなため息をつくと、ハンサムな顔に渋い表情を浮かべてこちらにやってきた。エマに向けたカーターの目には、彼女と同じく面倒な状況に追い込まれたいらだちがあらわれていたが、育ちがよすぎてそれを表に出せずにいた。

「馬車レースにでも出るのか、ウィンスロープ？」カーターは車輪の上部に手をすべらせた。「曲がりの多い田舎道でこれを走らせるなら油断はするなよ。若い頃、ひっくり返った馬車をいやというほど見たよ。乗り手は青痣を作ったり、骨を折ったりしていたな」

ミスター・ウィンスロープが青ざめた。「ぼくがそんな無謀なまねをするはずないでしょう。この馬車には大金を払ったんですから」

「それを聞いて安心した」カーターは声を張った。「ではぼくはこれで――」

「もう遅い時間だというのは承知していますが、できればミス・エリンガムをドライブにお連れしたいのですが。よろしいですか、アトウッド卿」ミスター・ウィンスロープは眉を上げ、探るようにカーターを見た。

エマはうろたえたが、それはすぐに安堵に変わった。

娘のダイアナがケンドール子爵を祭壇の前に残し、結婚式当日に駆け落ちしてからというもの、ウィンスロープ家は地元社交界での立場を守ろうと躍起になっている。そしてその脆弱な立場を維持するには、この地でもっとも高位の貴族であるカーターに気に入られることがなにより重要だった。義兄が丁重に断ってくれれば、エマもミスター・ウィンスロープの誘いを受ける義務から難なく解放される。

「エマをドライブに？　もちろんかまわないとも」カーターは愛想よく答えた。

なんですって？　エマは不満の声をかろうじてのみ込むと、首を激しく横に振った。それからミスター・ウィンスロープの見えないところで口だけ動かしてカーターに訴えた。〝なんてことをいうのよ？〟

義兄はにやりと笑い、それから咳払いした。「いやね、ウィンスロープ、ふつうならぜひ誘いを受けるべきだとエマに勧めていたと思う。爽やかな田舎の空気に包まれてのドライブを義妹が大いに楽しむことはわかっているからね。しかしこの馬車の座席に座ったらエマはきっときみの腕にしがみついて、きみのことも危険にさらしてしまうかもしれない」

「ご安心を。ぼくはきわめて慎重な乗り手ですから」ミスター・ウィンスロープは豪語した。「それにきわめて優秀な乗り手でもある。ミス・エリンガムに危険が及ぶことなどありませんよ」

「いちばんの問題は座席の高さなんだ」カーターはそういうと、エマの手を取ってなだめるように撫でた。「かわいそうに、エマはきっと震え上がってしまうだろうね」

期待に満ちたミスター・ウィンスロープの顔が曇った。「ああ、ぼくとしたことが。ミス・エリンガムのように繊細な女性が、こうした男性的でスポーティな馬車を怖がることくらいわかっているべきでした」

「きみが理解のある人でよかったよ、ウィンスロープ」カーターは明るくいった。

高いところが怖いですって？　その大嘘にエマは義兄に握られていた手を引き抜いて口をおおい、笑みを隠した。ドロシアとの交際期間に、カーターがドロシアとエマを領地の端にある中世の城跡に連れていったことがあった。ほぼ二時間、忠実にシャペロン役を務めたエマだったが、いちばん高い塔からの眺めを見ないかとカーターがいい出したときだけは、高いところは苦手だからと断った。

じつをいえば、それは恋人たちをふたりきりにしてやるための口実で、帰ってきたときのドロシアの乱れた髪とバラ色に染まった頬と少し腫れた唇を見て、エマはふたりがその機会を最大限に活用したことを知った。

その二週間後、カーターはドロシアにプロポーズした。

「では、次回は母のバルーシュ型馬車で来るとしましょう」ミスター・ウィンスロープは曖昧な口調でいうと、未練たらしい目で二輪馬車を見た。

「なんならフィリップのポニー馬車を貸してもいいぞ。あれなら村までの道をのんびり往復できる」

「ポニー馬車？」ミスター・ウィンスロープの喉が上下に動き、神経質な笑いがもれた。「今日のところはドライブではなく散歩にしておきましょうか、ミス・エリンガム？」

ああ、勘弁して。エマはいらだちの声が出そうになるのを慌てて抑え込んだ。なんとしてでも一緒の時間を過ごしたいという強い意志は、女性としては喜ばしいことなのかもしれないが、エマには迷惑なだけだった。いまは誰とも恋愛をする気はなかったし、それでなくてもヘクター・ウィンスロープは好みのタイプからかけ離れている。

どういえばこの人を追い払うことができる？　それも永遠に。

「ミスター・ウィンスロープ、お誘いには心から感謝しますがお断りしなければなりません」エマはいった。「そろそろ週に一度の絵画レッスンの時間ですし、姪と甥を待たせるわけにはいきませんので」

ミスター・ウィンスロープは困惑顔でエマを見た。「あなたはお姉様の客人だとばかり思っていました。アトウッド侯爵のために〝働いている〟とは知りませんでした」

蔑むようなその口調にエマは奥歯を嚙みしめた。まるでわたしがおまるを片づけたり、馬小屋を掃除したりしているかのような口ぶりだこと。

「レッスンを通じて芸術への愛情と知識を子どもたちと分かち合えるのは名誉なことだと思っています」エマは冷ややかにいった。「〝労働〟だと考えたことはありません」

「ぼくも同じだ」カーターがいい添えた。

「べつにそういう意味でいったのでは……つまりその、侮辱するつもりはなかったんです」ミスター・ウィンスロープは口ごもった。不安そうにカーターのほうをちらりと見たあと、上着の胸ポケットから大きな白いリネンのハンカチーフを抜いて額の汗を拭った。「どうか気を悪くなさらないでください」

「もちろんだとも」カーターは明るく答えた。

「さようなら、ミスター・ウィンスロープ」エマは切り捨てるようにいったが、ひどく打ちひしがれた様子の彼を見てさすがに気の毒になり、小さく微笑んでみせた。

ミスター・ウィンスロープはあたふたと馬車に乗り込んだ。高くて狭い座席に上がったとき一瞬ふらついたが、どうにか体勢を立て直した。それから口をぱくぱくさせたが、結局これ以上なにもいわないほうがいいと判断したらしく、手綱を握り、帽子に手をかけて挨拶すると、砂利敷の私道を飛ぶようにして走り去った。

「どうにも話が通じない人だったわね。しばらく顔を見せずにいてくれたらいいんだけど」エマはため息をついた。

「いやいや、すぐにまた訪ねてくるだろうね」カーターはにやにや笑いを浮かべた。「以前から怪しいと思っていたんだが、今日それが確信に変わった。きみに求愛者があらわれたようだぞ、エマ」

「ヘクター・ウィンスロープのこと？　馬鹿なことといわないで、カーター」

「いやいや、ぼくの目はごまかされない。ぼくが来たとき、やつはきみに色目を使っていた」

エマは親しみを込めて義兄の肩をぴしゃりと叩いた。「からかうのはやめて。色目だなんて、ミスター・ウィンスロープにわたしは歳を取りすぎているわ――それをいうなら、どんな男性にとってもね」

「そんなことはない。きみはとても魅力的な女性だ。おかしな駆け引きをしないところも魅力のひとつだ。ウィンスロープはまさにそこに興味をそそられたんじゃないかな」

「姉と結婚してわたしとも家族になったからって、そんなお世辞はいわなくていいのよ」そういいつつも、思わず口元に笑みが浮かんだ。「わたしとミスター・ウィンスロープ？　そんな馬鹿げた話は聞いたことがないわ。それに彼の好みはおとなしくて従順で、自分のことを崇めてくれる女性だという印象を強く受けたけれど」

「忠犬のような女性ってことか？」カーターが指摘した。

「まさにそれ」エマはいい、心のなかで身震いした。

「たしかにきみは堅物で気取り屋のミスター・ウィンスロープとは正反対の性格だ。おそらく彼はそこに惹かれたんだろう。彼にとってきみは解けないパズルのようなものなんだ」

エマは鼻を鳴らした。「さっきの会話から考えて、あの人はパズルを解くのに必要な忍耐力も知性も持ち合わせていないと思うけれど」

ふたりは正面玄関からなかに入った。直立不動の姿勢で、無言でドアを押さえてくれているフットマンにカーターがうなずいて謝意を示すと、若いフットマンは大きな笑みでそれに応えた。

「ミスター・ウィンスロープについてはぼくもきみと同じ意見だ。やつはきみにはふさわしくない」カーターは認めた。「ぜひともきみに求愛したいと考える立派な男は大勢いるし、本音をいえば、そのなかからきみが結婚したいと思える相手を見つけてくれたら、これ以上うれしいことはないよ」

エマはうめき声をあげた。「よしてよ、カーター、あなたまでそんなことをいい出すなんて。さっきドロシアにも話したの。グウェンのいるロンドンで社交シーズンを過ごして〝新しい出会い〟を探すようわたしを説得しようとしても無駄だって。デビュタントや、娘の結婚相手を物色する母親や、その母親から逃げまわる若い男性のなかに混じっても惨めな思いをするだけ。強がりでもなんでもなく、いまは結婚に興味がないの」

「運命の相手があらわれれば、そんな考えはすぐに変わるさ」カーターは予言めいたことを口にした。

セバスチャンのハンサムな顔が目に浮かんだ。エマは慌ててその映像を振り払い、いつもならうずくはずの心の傷が痛まなかったことに驚いた。

不思議なこともあるものね。

エマとカーターは階段のところで別れた。カーターは書斎に向かい、エマは階段を駆け上がった。ケンドール卿の発明品を早くスケッチしたいという思いがどんどんふくらんで、ミスター・ウィンスロープや彼の馬車や結婚のことはどこかへ押しやられてしまった。

エマは二日間描き続けた。絵に真剣に取り組むのは久しぶりだったから、最初のうちは鉛筆や木炭が手にしっくりこなかったが、気がつくとすっかり馴染んでいた。まるで古き良き友人と再会したかのようだった。手と頭と心がひとつにつながって、やっと〝本当の自分〟に戻れた気がした。そんな高揚した気分を削ぐものがあるとすれば、それは思うように描けないもどかしさだ。

だけどそれも創作過程のひとつなんだわ！

三日目の朝、エマは早くに目が覚めた。昨日はなかなか寝つけず、疲れも残っていた。裸足のまま部屋を横切り、分厚いカーテンを開けた。ちょうど空が白みはじめたところで、淡紅色の光が窓から差し込んだ。朝の訪れを感じさせる鳥たちの陽気な歌声が聞こえた。

エマは何度か深呼吸すると、意を決してスケッチブックをつかんだ。ゆっくり丁寧にページをめくり、スケッチを吟味しては一枚ずつ切り離して窓に面した床に並べていく。すべてのページを切り離してしまうとその場に膝をつき、絨毯の上に散らばった数十枚のスケッチを厳しい目で選り分けはじめた。脇へ除けた失敗作の山がどんどん高くなる。あとに残った作品を注意深く二列に並べ、ましなものがほんの少ししかないことにがっかりした。

本画の素案にするために、このなかから一枚か——二枚、選ぶ必要がある。一枚ずつ取り上げて日差しにかざし、向きを変えて見てみたが、どれもぴんとこなかった。たしかにうまく描けているし、興味深い細部もしっかり写し取れている。

しかし、ケンドール子爵の機械のすばらしさの真髄を的確にとらえたものは一枚もなかった。〝息吹〟が感じられなかった。

エマはその場に正座してため息をついた。おかしなものね。木と鋼でできた物体に創作意欲が目覚めて、こんなにも心を動かされるなんて。それでもいったん掻き立てられた衝動を否定することはできないし——妥協も許さなかった。

それぞれのスケッチを二度、三度とじっくり眺めたところで、エマはしぶしぶ認めた。この胸のなかで吹き荒れている感情を余すところなくとらえるには、絵のモチーフを目で見て、手で触れて、さまざまな動きをつぶさに観察する必要がある。

ケンドール卿は許可してくれるだろうか？　先日訪ねたときの彼はいかにも迷惑そうで、一刻も早くエマを作業場から追い出そうとした。性懲りもなく戻ってきたわたしを、はたして歓迎してくれるだろうか。

答えを知る方法はひとつしかない。本人に訊くことだ。

方針が決まったことに安堵してエマは勢いよく立ち上がった。書き物机の前に座り、羊皮紙を一枚取り出す。出だしの挨拶と一行目はすらすら書けた。ところがそこから先がどうにも難しい。

紙を四枚、くしゃくしゃに丸めたところで、手紙ではだめだと見切りをつけた。やっぱり直接会って頼まなければ。そうと決まれば善は急げよ。

メイドを起こしたくなかったので、エマは手と顔を洗うと衣装箪笥からシンプルな外出着を取り出した。着心地と実用性を考え、ラベンダー色のやわらかいウールのドレスを選んだ。ぴったりしたボディスは配色のいい別布を使ったくるみボタンを前で留めるデザインだったから、人の手を借りずに着ることができた。

髪のもつれをブラシでほどき、うしろで一本の太い三つ編みにすると、ドレスと同じ色のサテンのリボンを結んだ。洗練さのかけらもないけれど、これは社交上の訪問じゃない。ビジネスだ。エマはマントをまとうと、左のポケットに鉛筆を二本押し込み、新しいスケッチブックを小脇に抱えた。

足音を忍ばせて中央階段を下りていくと、ちょうど使用人たちの仕事もはじまったようだった。音もなく朝食の間に入ったエマは、暖炉に火を入れていたチェンバーメイドを驚かせてしまった。

「まあ、お嬢様！」若い娘は声をあげ、慌てて気をつけの姿勢を取った。「びっくりさせないでくださいませ」

「ごめんなさい、ケイティ」エマは素直に謝った。「あなたがいると知っていたら、声をかけてから入ったんだけど」

「謝ったりしないでくださいませ、ミス・エマ」ケイティは恐縮して顔を真っ赤にした。「文句をいったわけじゃないんです」

エマは微笑んだ。「わかっているわ」

「お出かけになるんですか？」ケイティはエマのマントをちらりと見た。

「朝の散歩に行くだけよ」エマはいい、足をもじもじさせた。この訪問のことは内緒にしておきたかった。付添いもなくひとりでケンドール子爵に会いにいくのはエチケットに反するからだ。

それにドロシアもカーターもやけにわたしを結婚させたがっているから、ケンドール卿に会いにいくなんていったら、都合のいいように解釈されて間違った結論に達しかねない。

「料理人にいってご朝食を用意させましょうか？」ケイティが訊いた。

「いいえ、けっこうよ。散歩から戻ったら姉と一緒にいただくから」エマはスケッチブックを持ち替えた。「レディ・アトウッドが朝食の間に下りてくるまでには戻るつもりだけど、もしもわたしのことを訊かれたら、朝の散歩に出かけたと伝えてもらえる？」

「かしこまりました」

ケイディは膝を曲げてお辞儀し、エマは部屋をあとにした。

朝靄はすでに晴れていて、幸いテラスに誰もいなかった。あたりには野の花の甘い香りが漂い、そよ風が新緑を揺らしている。馬小屋に立ち寄って馬丁の少年に馬に鞍をつけてもらおうかと一瞬考えたが、森を抜ける小道は馬を走らせるには狭すぎると思い直した。それに、一緒に行くといい出す馬丁がいるかもしれない。エマがひとりで馬に乗るのをカーターが嫌うと知っているからだ。それだけは絶対に避けたかった。いつもと同じように、今回のことも自分だけの秘密にしておきたかった。

朝の空気はひんやりとして、地面は朝露で濡れていた。手入れの行き届いた芝地を横切って森の小道へ入ったときにはドレスの裾がぐっしょり濡れていた。

先日往復したときに下草を踏みつけて道を作っておいたおかげで、今回は楽にたどることができた。道の終わりまで来ると、森を完全に抜ける前から木立の向こうにあの建物が少しだけ見えた。

興奮に胸を弾ませながら建物の入口に近づくと、がっかりしたことに扉は固く閉ざされていた。エマはめげずに拳を振り上げ、扉を叩いた。かなり大きな音を出さないと聞こえないのはわかっていた。それからスカートの乱れを直し、背筋を伸ばして、待った。待ち続けた。

太陽の位置が高くなり、日差しが肩にあたたかい。もう一度、だだっ広い部屋に響き渡るくらい強く叩いてみたけれど結果は同じ。返事はない。わざわざここまで来たのに無駄足だったってこと？

エマは肩を落とし、頑丈そうな錠を押してみた。すると驚いたことに錠はすんなりまわった。エマは一瞬その場に立ち尽くしたが、すぐに喜びが込み上げてきた。

衝動的に行動することなどめったにないエマだが、この誘惑には抗えなかった。笑顔で扉を大きく開けて、なかに足を踏み入れる。

「おはようございます。ケンドール子爵、ミスター・ノリス？」

その声は垂木に当たって跳ね返り、あたりはふたたび静寂に包まれた。エマは四方にさっと目をやり、誰もいないことを確認した。

そう、あのすばらしい機械を除いて。

いくつかのランタンに火が灯っていて、ケンドール子爵の発明品にこの世のものとは思えないような光を投げかけている。エマはおそるおそる機械に近づいた。震える手で手袋をはずし、一組の歯車に指をすべらせる。そして金属の意外な冷たさにはっとした。エマには機械が生きているように見えたからだ。

　我慢できずにポケットから鉛筆を取り出した。スケッチブックを持ち替え、新しいページを開く。立ったまましばらく機械を見つめていると、息もつけないほどの興奮が全身を駆け巡った。エマはスケッチに取りかかった。

5

紙の上をすべる鉛筆の音に喜びが増した。そうそう、この感じ！　エマはしきりにうなずきながら機械を見上げ、その目をまたスケッチブックに下ろした。頭のなかを駆け巡る思考や想像力に遅れまいとして、指が紙の上を飛びまわる。

上機嫌でページをめくり、二枚目のデッサンに取りかかった。絵に没頭していたせいで、力強い二本の腕が体にまわされるまで背後に立つ人の気配に気づかなかった。エマは驚きの声をあげ、スケッチブックを取り落した。

「放して！」震える声で訴えた。

体にまわされた腕がゆるみ、エマは素早く振り返った。そこには目をぎらつかせたケンドール子爵がいた。

「どうやってここに入った？」疑わしそうにエマをにらんで問い質した。

エマはその質問の馬鹿らしさに鼻を鳴らしそうになるのをこらえた。ドア以外にどこから入るというのよ？

「ドアの錠が開いていたんです」息を整えながらいった。「ちゃんとノックしました、それもかなり強く。でもあなたとミスター・ノリスは作業に集中していて聞こえていないのだろうと思って」

ケンドール卿の背中がこわばるのがわかった。「追加の材料を急いで取りにいったせいで錠を下ろし忘れたのかもしれない」彼は小声で毒づいた。「だからといって、許可なしに人の作業場に入り込んでいいことにはならない」

エマはためらいがちにいった。「その許可をいただけないかと思って来たんです」

「どうして？」用心深い声で訊いた。

エマはにこやかな笑みをケンドール卿に向けた。この機械をスケッチするには彼の許しが必要だ。そのためにも反感を買うわけにはいかなかった。

「白状すると、初めて見た日からあなたの機械が頭から離れないんです。それで作業を見学させていただけないかと思って。あなたやミスター・ノリスの邪魔にならないように部屋の隅で静かに見ていると約束しますから」

ケンドール卿の頰の筋肉がぴくりと動いた。「ぼくらの作業は人に見せるようなものじゃない」

「でも、すでに一度見ていますし」エマはいい返した。

「あれはまったくの偶然だ。最初のあれは」ケンドール卿は腕組みをし、いらだたしげなため息を吐いた。「しかしミス・エリンガム、率直にいって今朝のあなたの行動は疑わしいとしか思えない」

そのあからさまな誹謗に怒りが込み上げそうになるのを、エマはぐっとこらえた。「この機械があなたやミスター・ノリスの狙いどおりに動くようになった暁には、おふたりが莫大な利益を得ることは理解しています。それだけに、作業を極秘に進めて競争相手に設計を盗まれないようにすることがなにより重要だということも。そんなおふたりの考えを尊重し、ここで目にしたことは他言しないと誓います」

疑わしげな表情が子爵の顔をよぎったがエマは希望を捨てなかった。彼は両手を腰に当てて天井に目をやった。明らかにこちらの要望を検討している。エマは彼の決断を後押しする理由を並べ立てたくてうずうずしたが口を閉じたままでいた。

耳元であれこれいわれることほど、気が散って鬱陶しいことはそうないからだ。それが重要な判断を下そうとしているときならなおのこと。

「いわせていただけるなら、なんら他愛のない頼み事に思えますが、閣下」ミスター・ノリスが横から口を挟んだ。

「おまえは黙っていろ」ケンドール卿が気色ばんだ。

エマが助手に感謝の笑みを向けると、彼はばつが悪そうに肩をすくめた。うまくいかなかったとはいえ、力になろうとしてくれたミスター・ノリスの気持ちがたまらなくうれしかった。

ケンドール卿は結論に達したようだった。エマは彼の表情を読もうとしたが無理だとわかった。そのとき彼が大きく息を吐き、眉間に寄っていたしわが薄れた。

彼は〝許す〟というつもりだわ！

期待と興奮で胸が高鳴った。エマは思わず笑みを浮かべて一歩前に出た。ケンドール卿も前に進み出たが、そこでいきなり止まった。先ほどエマが落としたスケッチブックに足が当たったのだ。

ふたりは同時にスケッチブックに手を伸ばしたが、ケンドール卿の腕のほうが長く、動きも速かった。彼はスケッチブックをむんずとつかんで明かりの下に持っていった。最初のスケッチをじっくり眺めたあと、ページをめくって二枚目も見た。それからエマのほうに目を戻した。射抜くような目にじっと見つめられ、エマは顔が赤らむのがわかった。

「これについてご説明いただけますか、ミス・エリンガム？」

ジョンは当惑して彼女を見つめた。彼女のことをよく知らなければ、彼の設計を盗もうとしていたと結論づけるところだ。

いや、はたして彼女を知っているといえるのか？　ミス・エリンガムはちょっとした知り合いにすぎないし、いま手にしているものが彼女の不正行為の証拠であることは否めない。

「わたし、スケッチを描くんです」ミス・エリンガムは小声でいって彼の手からスケッチブックを取った。「それに油絵も。絵を描くことはわたしの一部で、なくてはならないものなんです。そう、物心がつく頃からずっと。でもこの一年は違った――どういうわけかその〝一部〟をなくしてしまったんです。ついには認めざるを得ませんでした。わたしの絵心は永遠に失われてしまった、二度と取り戻すことはできないんだって。

そんなとき偶然この作業場を見つけて、あなたの発明品を見たんです」彼女は驚嘆の念もあらわに目を輝かせた。「見た瞬間にひらめきが、興奮が戻ってきたんです。うまく説明できないけれど、肌で感じました。どれだけほっとしたかわかりません」

「ああ、お嬢さん、なんていい話なんでしょう」ノリスが感極まったようなため息をもらした。

おいおい！　五十手前の既婚者で、子どもも五人いるノリスが、女学生みたいにうっとりした顔をしているじゃないか。どうやらミス・エリンガムはあらゆる年代の男を思いのままに操る不思議な力を持っているらしい。ジョンはいらだたしげに息を吐いた。ノリスのようにこの娘の魔法にかかってたまるか。彼女の説明は――こじつけのように聞こえないか？

「画家が描くのは肖像画や風景画だ」ジョンは異議を唱えた。「あるいは静物画を」

「わたしたちは創作意欲を掻き立てられたものを描くんです。心を動かしたものを。心に訴えてきたものを」

ジョンは驚きを抑えられず、信じられないというように首を振った。「これはただの機械だ。命もなければ美しさもない」

「でも力強さがある」大きく見開いた目には驚嘆の色があった。「それに威厳も。わたしはそれをキャンバスにとどめたいんです」

あまりに真摯な口調でいうものだから、ジョンとしてもそこに嘘はないと信じるよりほかになかった。たしかに他愛のない頼み事に思える——表面上は。きっとなにか裏があるはずだ。ジョンはさまざまな可能性を吟味したが答えは見つからなかった。

刈り取り脱穀機をしげしげと眺めてみたが、彼女がどこに魅了されたのかさっぱりわからなかった。いや、いま大事なのは彼女の要望に応えるかどうかだ。残念ながら、いまのジョンは人を信じる気持ちを持ち合わせていなかった。ダイアナにあんなふうに笑いものにされたあとでは無理な話だった。

「われわれの発明品に興味を持っていただけたことはうれしい。しかし、どうぞお引き取りください」ジョンはいった。

「そんな。考え直していただけませんか？　お願いですから」

期待に満ちた彼女の表情を見てジョンはさらに決意を固くした。ミス・エリンガムは魅力的な女性だが、美人からいわれるがままになにかを決めることの愚かさはすでに学んでいた。

「考えを変えるつもりはありません」きっぱりと告げた。

「そうですか、それは残念です」彼女は消え入るような声でいった。

強烈な感情がジョンの全身を貫き、それが罪悪感だと気づくまでにしばらくかかった。なぜ罪悪感を抱く必要がある？　彼女にはなんの義理もない。それどころか、ジョンには自分と――ノリスに対して、誰にも邪魔されずにこの発明品を完成させる義務があるのだ。

それでも意気消沈したミス・エリンガムを見ているのはつらかった。彼女は肩を落とし、その目は興奮のきらめきを失っていた。ジョンは自分がどうしようもない悪党になった気がした。

「これはまだ製作途中なんです」多少なりともショックをやわらげたくて、そういった。

「完成するまで世間に知られるわけにはいかないんです」

ミス・エリンガムは呆気に取られたように見えた。「それなら心配ありません。仕上がった絵を人前に出すつもりはありませんから」

その誠意ある言葉に安心できればよかったのだが無理だった。設計を盗まれる危険性については、じつはさほど心配していなかった。この発明品のことを秘密にしておきたい最大の理由は、人前に失敗作をさらして恥をかきたくないからだ。だから誰にも見せたくなかったのだ。

この一年、ジョンはロンドン社交界からすっかり遠ざかり、地元社交界にもほとんど顔を出さずにいたが、花嫁に結婚式をすっぽかされたことへの陰口や噂話、憶測は依然として消えなかった。花嫁に逃げられた男というイメージが一生ついてまわるのだと、ジョンは不本意ながらも受け入れていた。

それでも公衆の面前で恥をさらし、哀れな姿を見せつけるような状況にふたたび見舞われたらと考えるだけで、心臓をわしづかみにされるような恐怖を感じた。そんな屈辱はなんとしても避けなければ。たとえこの魅力的なミス・エリンガムを失望させることになったとしても。

ジョンはこめかみを指で揉みながら、先刻の彼女の言葉を正確に思い出そうとした。「仮にぼくの機械が持つ力強さと、ええと、あれだ――そう、威厳をキャンバスにとどめることに成功したとしたら？　それを誰かに見せたいと思うのでは？」

「約束したことはかならず守ります」ミス・エリンガムはいらだちを隠さなかった。「たしかにわたしは他人にはわからないものに美を見い出すかもしれませんが、だからといって馬鹿にしなくてもいいじゃありませんか、ケンドール卿」

彼女の青い瞳の奥にあるきらめきにジョンは息をのんだ。この女性には誰とも違う魅力がある。ふんわりとした線の細さではなく、意志の強さと知性が感じられた。自分の魅力に気づいていないところが、かえってジョンの欲情をそそった。

「きみやきみの絵を馬鹿にするつもりはなかった」ジョンは顎を引いた。おのれの自信のなさから彼女に難癖をつけたことが恥ずかしかった。「正直にいうと、刈り取り脱穀機は期待どおりに作動していない。設計に欠陥が見つかって、ノリスとふたりで改良を試みているところなんだ。だから完成品はいまとはまったく違うものになるかもしれない」

「完璧さを切望する気持ちなら知っています」彼女は顔を巡らせ、ジョンの目をまっすぐに見た。「それに失敗を恐れる気持ちも」

首筋がかっと熱くなるのがわかった。ジョンはスケッチブックから二枚のスケッチを切り離す彼女を無言で見つめた。彼女は残念そうにため息をつくと、その二枚をジョンに差しだした。ジョンがそれに手を伸ばしたとき、ノリスが不満げに鼻を鳴らすのが聞こえた。咎めるような助手の視線は無視できたものの、ノリスの言い分にも一理あると認めざるを得なかった。スケッチに描かれているのは機械の部品だけだった。自分とノリス――それにミス・エリンガム――を除けば、それがなにかわかる者はいないだろう。

「これは取っておくといい」ジョンは伸ばした手を引っ込めた。

ミス・エリンガムはきょとんとした顔で彼を見た。「破棄しなくていいんですか？」

「信じられないかもしれませんが、ミス・エリンガム、ぼくはそこまで尊大な男じゃありません」

「エマと呼んでください」口元に小さな笑みが浮かんだ。「このスケッチを返してくださったのは信頼の証ですよね。それなら次の一歩は当然、堅苦しい呼び方をやめることではないかしら。そうでしょう、ジョン？」

その言葉に、張り詰めていた気持ちがほぐれた。ジョンの許可を待たずに彼を名前で読んだ大胆さが好ましかった。

「光栄です」ジョンは一礼した。

「当然ね」生意気な返しにジョンの頬がゆるんだ。

「おたがい様だと思うが」そういい返す。

彼女は口元に浮かんだ笑みを手でさっと隠した。その仕草につられて彼女の口元に目をやったジョンは、そのふっくらした唇の甘さを味わいたいという突拍子もない衝動を抑え込んだ。

「では、おふたりのご健闘をお祈りします。完成を知らせる速達招待状が届くまで、ここには戻ってこないと約束しますわ」

彼女はまずはノリスに、次にジョンに会釈すると、作業場から出ていった。

ジョンはつばを飲み込んで肩の力を抜いた。やれやれ、これで一件落着だ。そう自分にいい聞かせようとした。彼女は届くことのない招待状を待つことになる。最初こそ深い失望を味わうだろうが、数週間もすればジョンの発明品のことなどすっかり忘れて、彼女の創作意欲を刺激するべつのなにかを見つけるだろう。

そんなに簡単にいくだろうか？　たぶんいかないだろう。帰り際、エマの吸い込まれそうな青い瞳に挑むような光が浮かんでいることに、ジョンは気づいていた。

彼は苦笑いした。一件落着？　いや、そんなことはあり得ない。

マナーハウスへの帰り道をたどりながら、気がつくとエマは指先でスカートの生地をつまんでいた。深い失望と挫折を味わい、少し落ち込んでいた。ほんの短い時間だったけれど、スケッチしているあいだは夢のようだった。純粋な喜びを感じ、以前の自分とつながれたような気がした。

ところが幸せな時間は一瞬で終わり、二度と取り戻せそうになかった。描き終えた二枚のスケッチを持っていていいとケンドール卿にいわれたときは驚いたし――うれしくもあったが、その思いがけないやさしさを真に受けるほどエマは世間知らずではなかった。刈り取り脱穀機が完成したらすぐに知らせてほしいと頼んだとき、ケンドール子爵の、いえ、ジョンの顔にうしろめたそうな表情がたしかによぎった。

一瞬のことで、すぐに消えてなくなったけれど、エマは見逃さなかった。

そして察したのだ。

招待状はきっと来ない、と。その瞬間に襲ってきた失望を悟られないようにするのは難しかったが、笑顔でなんとか乗り切った。ただし心のなかでは、そう簡単に引き下がるものですかと息巻いていた。

約束を破らずに作業場に立ち入る方法はきっとある。あとはその方法を見つければいいだけよ！

そんなことをつらつら考えながら、下のほうに張り出した木の枝につかまり、足を引きずるようにして小道を進んだ。森を抜けたときには少し息が切れていた。急げばドロシアより先に朝食の間にたどり着けるだろう。そうすれば出かけていたことを姉に気づかれずに済む。

でも戻る気になれなかった。もう少しひとりで考える時間がほしい。

エマは向きを変えた。足を速めながら中央通路を目指した。この道を行けばマナーハウス正面の車寄せに出る。並木が続く堂々たるエントランスは有名な造園家の手によるもので、非の打ちどころのない背景としてマナーハウスの優美さを引き立てていた。

あの光景なら創作意欲を刺激されるかもしれない。この館の壮麗さを絵で表現できたらカーターとドロシアはきっと喜んでくれるはずだ。その絵はエマを歓喜の高みへ引き上げてはくれないだろうが、少なくともまた絵筆を手に取れるのだ。

エマは目を細め、首をかしげて、玉砂利を敷き詰めた長い車寄せをしげしげと眺めた。うっとりと見入っていたせいで、聞こえてきたのが近づいてくる馬車の音だと気づくまでに少しかかった。

エマは顔を上げた。まさかそんな。嘘でしょう！

エマは驚きの声をあげると近くの茂みに飛び込んだ。マントが棘に引っかかり、強く引っ張ると布が裂ける音がした。かまうものですか。そのまま茂みの奥へ入り込み、身をひそめた。

馬車が音をたてて通り過ぎ、朝のまぶしい陽光が派手な黄色の車輪に反射した。エマはよく見ようと目を細めたが、彼女の注意を引いたのは手綱を握るミスター・ウィンスロープではなく、その横に座る女性だった。

流行の先端をいく真っ赤なマントが、やわらかなウールの毛布のように肩と背中を包み込んでいる。つば広のボンネットで顔はほとんど隠れていたが、小さな鼻と高い頬骨と、カールした明るいブロンドの髪がちらりと見えた。

膝と膝が触れ合うほどミスター・ウィンスロープに寄り添って座っているのは、たぶん大きくカーブした道で体が横すべりしたせいだ。見たところどちらも無言のようだったが、ミスター・ウィンスロープは疾走する馬車を操るのに必死で話をするどころではないのだろう。

馬車が通り過ぎたあとたっぷり一分待ってから、エマは隠れていた茂みから這い出した。腕についた葉を払いのけるとスケッチブックをぎゅっとつかんで、ミスター・ウィンスロープを避けられたことにほっとした。

ジョンを説得するのもこれくらい簡単だといいのに！　残念ながら、そちらは運と機転だけでどうにかなるものではなさそうだ。だとしても、彼の気持ちを変えさせてあの機械の絵を描かせてもらえるようにする方法がきっとあるはずよ。

いまはまだ見当もつかないけれど、かならず見つけ出してみせる。エマは決意を新たにした。

ジョンは急いでいた。刈り取り脱穀機に必要な新しい三つの部品の仕様について鍛冶屋に説明するのに一時間近くかかってしまった。鍛冶屋は礼儀正しくジョンの話を聞き、注文の内容に心底とまどっているのが見て取れたものの、とにかく明日中に届けると約束してくれた。

正直で腕の立つ職人だから、満足のいくものができあがるだろうと確信していた。それでも期待どおりに作動するかはわからない。

本音をいえば、ジョンの忍耐力は限界に近づいていた。正常に機能する機械を作ろうとして失敗を繰り返すことにうんざりしはじめていた。

下を向き、足早に角を曲がったところで、美しく着飾った女性と危うくぶつかりそうになった。外出用のドレスの裾に配したレースのひだ飾りと真紅のマントが視界に入った次の瞬間、ジョンは間一髪で脇へ除けた。

女性が驚きの声をあげ、小さく一、二歩うしろに下がった。謝罪しようと顔を上げてジョンは愕然とした。

ダイアナ・ウィンスロープ。

眉間を煉瓦で殴られたような気がした。ジョンは瞬きした。一度、二度。それでも彼女の幻影は肉体を持ってそこにいた。

「ダイアナ？」

「ジョン！」彼女は衝撃とも困惑ともつかない表情を浮かべてその場に立ちすくんだ。鼓動が速まり、ジョンは咳払いした。「戻ってきていたとは知りませんでした」

「つい先日ふたりで戻ったの」

「ふたりで？」

ダイアナは顔を赤らめて目を伏せた。「ミスター・ディケンソンと、ということよ。わたしたち結婚したの」

「そうですか」ではあの悪党にも彼女と結婚するだけの節操はあったわけだ。喜ぶべきなのか？ ジョンはどう思えばいいのかわからなかった。

結婚式がさんざんな結果になったあともジョンはたびたびダイアナのことを考えた。元気でいるのか、どこでなにをしているのだろう、と。彼女の美しい顔が頭から離れず、ダイアナは自分のことをどう思っていたのだろう、ふたりで思い描いた未来をなぜああもあっさり捨てられたのだろうと思い悩んで、つい最近まで眠れぬ夜を過ごしていた。

頭のなかで渦巻いていた無数の疑問や、もしまた彼女に会うようなことがあればいおうと思っていた言葉が一気によみがえる。しかし、なにひとつ口にはできなかった。

ダイアナは弱々しく見えた。愛らしい笑みの裏から絶望の色がかすかにのぞいていた。なぜだ？　ぼくを捨てたことを後悔している？　もしもやり直すことができるなら、彼女は違う道を選ぶだろうか？

それを知ってどうする？　もうどうでもいいことだ。彼女は結婚したのだ――べつの男と。

「ご家族に会いに来たのですか？」結局、そう訊いた。

「まさか。お父様はわたしと口も聞いてくれない。お母様はわたしを不憫に思って家に入れてくれるかもしれないけど、お父様には逆らえないから。

今朝は兄のヘクターにちょっと会ってきたの。新しい馬車に乗せてくれたわ」ダイアナは眉間にしわを寄せた。「でも全然楽しくなかった。兄もまだわたしに腹を立てていて、許せるようになるまでに何年もかかるといわれたわ」

「ではどうして戻ってきたんです？」

ダイアナの頰が赤く染まった。「ミスター・ディケンソンに思いがけないところから相続権がまわってきたものだから、その権利を行使するために戻ってきたの。いまの彼は新ブレイヤー男爵で、爵位と一緒にかなりの財産も引き継いだわ」

ジョンは老齢のブレイヤー卿が逝去したのはいつだったか正確に思い出そうと頭を絞った。亡くなってから少なくとも四、五カ月は経っているはずだ。それなのに戻るのがなぜこうも遅れたのだ？　ディケンソンの所在を突き止めるまでにそこまで時間がかかるだろうか？

「ディケンソンとブレイヤー卿が血縁関係にあるとは知りませんでした」

「わたしもよ。どうやらかなりの遠縁みたい。それでも正当な相続人であることに間違いないわ」彼女は慌てていい添えた。

ジョンは咳払いした。「それはつまり、おふたりはこの地に住むということですか？」

「そうらしいわ。不動産が限嗣相続に設定されているから、少なくとも年に数カ月はここにいないといけないの。夫はロンドン滞在も楽しみにしているけど、一緒に連れていってくれるかどうか」

ダイアナが唇を嚙むのを見て、ジョンは心臓が止まりそうになった。緊張したときに出るこの癖を、たまらなく愛しく思っていた。

彼は目をそらした。こんなのどうかしている。たとえわずかでもダイアナに魅力を感じる権利などぼくにはないのに。通りの反対側にちらりと目をやったジョンは、自分とダイアナが村人たちの注目の的になっていることに気づいた。なかにはふたりの会話を盗み聞きしようと近づいてくるつわものもいたが、大半は離れたところで口をぽかんと開けて見ていた。

「ぼくらのことがちょっとした騒ぎになっているようだ」ジョンは小声でダイアナに告げた。

「みんな遠くからちらちら見ながら好き勝手なことを話しているのよ。わたしに近づいたり、話しかけたりしたら汚(けが)れてしまうとでもいうようにね。わたしが世間の鼻つまみ者だってことは、帰ってきてすぐにわかったわ」ダイアナの声は悔しさに震えていた。「未亡人になった夫のおばまでが、柄つき眼鏡の奥から害虫でも見るみたいな目でわたしを見て楽しんでいるもの」

「では、害虫らしく嚙みついてやったらいい」ジョンはいった。傷ついているダイアナの姿に胸が締めつけられた。

ダイアナが鈴を転がすような声で笑い、ジョンは胸が苦しくなった。ああ、この女性のことをどんなに深く愛したことか。

「あなたはいつだってわたしを笑わせてくれたわね」ダイアナはしみじみといった。

「だが、残念ながらそれだけでは足りなかった。そうでしょう？」思わず皮肉が口をついて出た。

「町なかで元恋人とよりを戻そうってのか？　下劣の極みだな、きみ」

ふたりはぎょっとして振り返った。ジェラルド・ディケンソンがその口ぶりと同じ怒りの形相で妻の横に並んだ。ジェラルドはわが物顔で妻の腕をつかみ、ジョンはダイアナが一瞬たじろいだあとで平静を装ったことに気がついた。

「もう、ジェラルドったら。人をからかうのが大好きなんだから」ダイアナはおどおどした笑みを浮かべて夫の肩を撫でた。ジェラルドはうるさそうにその手を払いのけた。

「ディケンソン」ジョンは感情を押し殺して礼儀正しく会釈した。

「いまはブレイヤー卿だ。それともまだ聞いていないのか？」

「いや、聞いたよ」ジョンはさらりと答えた。

ディケンソンは挑みかかるようにジョンのほうを向くと、唇を歪めて侮蔑の表情を浮かべた。薄汚い頰ひげが影を落として恐ろしげな印象を与えている。背はジョンより数インチ低く、歳はひとつかふたつ上だ。女性たちからはよく〝美男子〟だといわれ、すぐにふてくされるところも〝かわいらしい〟と称された。だが初めてそれを目の当たりにしたジョンにいわせれば、単に大人げないだけだった。

「いますぐここから立ち去ったほうがいいぞ、ケンドール」ディケンソンは冷ややかにいった。「新たなスキャンダルは誰のためにもならないからな。とりわけダイアナは取り返しがつかないほど体面を失うことになる。ただでさえ悪くいわれているのに」

「そうなったのは誰のせいだ？」ジョンは食ってかかった。

「彼女のせいだよ」ディケンソンは即答し、怒りに目をぎらつかせた。「ダイアナはモラルに欠けているから、ぼくの魅力に抗うこともきみとの結婚の約束を果たすこともできなかったんだ。まあ、彼女はただの弱い女だから大目に見てやるしかないんだろうがね」

自分の妻をこうも激しく非難し、彼女をいまの窮状に追い込んだ責任は自分にないとうそぶくとは、なんて卑劣な男なんだ！　ジョンはそれとなくダイアナに目をやった。同情するまいと思ったが無理だった。彼女は夫の背後にある一点をうつろな表情で見つめていた。

ジョンは衝動的な質(たち)ではなかったが、ダイアナに手を差し伸べて慰めてやりたいという思いは強烈で、もう少しで実行に移すところだった。彼女をこの胸に引き寄せるのを思いとどまったのは、ひとえにディケンソンが彼女をひどい目に遭わせることを恐れたからだ。

「このまま家に戻ります？　それとも村を少し歩きますか？」ダイアナが夫に尋ねた。

ディケンソンは少しだけ態度をやわらげ、身なりを整えた。「散歩か、それはいい考えだ。人目に立つのは、ここの連中にきみを受け入れさせるための第一歩になる。自分の妻が周囲から激しい敵意を向けられているのをそのままにしておくわけにはいかないからね。地元社交界でのぼくの立場が悪くなってしまう」

「ごめんなさい、ジェラルド」ダイアナは消え入るような声でいった。

「夫婦で共同戦線を張らないと、きみの恥ずべきふるまいが許されることも忘れられることも絶対にないし、それではぼくの評判に一生消えない汚点を残すことになるからな」

ディケンソンはつっけんどんにいった。

そしてジョンに向かってお義理程度に会釈すると、ダイアナを引っ張っていった。背中を丸め、目を伏せて夫の横を歩いている従順でおどおどした人物が、かつて自分が愛した快活で悪戯好きな明るい女性であるとは、にわかには信じがたかった。

いったいぜんたいダイアナになにがあったんだ？

6

道に迷った。

この一時間、エマが頑なに無視してきた、みぞおちあたりの熱くざわつく感覚が、執拗にそういっていた。祈りと恐怖のあいだで行ったり来たりしていた感情が、現実を受け入れたとたん大きく恐怖に傾いた。

道に迷ってしまった。

歩きながら周囲に注意を払っていたつもりだった。ケンドール卿と偶然出くわすことに失敗したとしても難なく屋敷へ戻れるように。ところが見覚えのある大きく右にかしいだ木々と低木の茂みに気づいたところで、ここは前にも通ったことがあるとしぶしぶ認めた。

それも三度も。

なにひとつ計画どおりにいかない。今日は一日自室にこもり、並木が続く車寄せとマナーハウスのスケッチを進めながら芸術的なひらめきが降ってくることを切に願ったが、その願いは叶わなかった。手は忙しく動いていても心は上の空だった。

ケンドール子爵の機械の部品のことが繰り返し頭に浮かんだが、約束を守ってその映像を紙に写し取ることはしなかった。人と話す気分ではなかったから、早めの夕食を自室でとった。様子を見にきたドロシアは、エマが絵を描いているのを見るとそそくさと引き上げた。顔をぱっと輝かせる姉を見て、エマはペテン師にでもなった気がした。

マナーハウスをスケッチしても創作意欲は湧かなかった。本当にスケッチしたいもの、いずれは油絵にしたいもの――ケンドール子爵のすばらしい発明品――を描く機会が巡ってくるまでの時間潰しだった。

エマは歯痒い思いで部屋のなかを行ったり来たりしながら、計画を練ってはふるいにかけた。なにかしなくては。あの作業場のそばの森で偶然会ったら、ケンドール卿はわたしの頼みを思い出し、考えを変えて、喜んで作業を見学させてくれるんじゃないかしら？

いまならこじつけの、とてもありそうにない話だとわかる。ところが困ったことに、目的を達成しようと夢中になっているときのエマは馬鹿げた行動に走りがちなのだ。今夜の行動はその最たるもので、おかげでこのような状況に陥っている。

夕闇が迫るなかケンドール子爵家の森で道に迷い、途方に暮れて立ちすくむエマの窮状を知る者は誰もいない。ドロシアはもちろん使用人たちも、エマが屋敷を抜け出したことを知らない。だから誰も探しにこない。少なくとも夜が明けるまでは。

遠雷が不安をさらにあおる。背筋が寒くなり、エマは思わず身震いした。踏んだり蹴ったりとはこのことね。

大粒の雨が鼻先に当たり、エマは無謀なまねをした自分に心のなかでもう一度悪態をついた。

茂みががさがさと鳴る音が彼女の注意を引いた。「すみません！　誰かいますか？」

また音が聞こえた。前より大きいから、こちらに近づいてきているということだ。それならなぜわたしの呼びかけに応えないの？　動物かなにかだろうか？　猛獣だったらどうしよう。

エマは覚悟を決めて音のするほうへ体を向けた。想像力をふくらませすぎてはだめよ。この森のべつの区画は何度も歩いたことがあるけど、見かけたのは鹿と鳥とウサギとリスくらいだ。ほかの野生動物が棲んでいるとしても、たぶん危害を加えるようなことはないだろうし、むしろ人間を怖がるはずよ。

雨が本格的になり、あっという間にボンネットとマントの肩がびしょ濡れになった。エマは雨滴をしたたらせながら息を詰めて待った。そのとき雨のなかを一頭の馬が泥を蹴り上げながら走ってくるのが見えた。手綱を握るのは――。

ケンドール子爵だわ！

エマは慌てて脇へ除けた。ケンドール卿は帽子を目深にかぶり、雨を避けようと背中を丸めている。道の端に立つわたしに気がつかないかもしれない。一瞬不安になったが、そのとき彼が顔を上げ、ふたりの目が合った。彼の目には驚きと――いらだちが見えた。

ありがたいことに、紳士である彼はそのまま通り過ぎるようなまねはしなかった。エマは大きく息を吸い込むと、叩きつけるような雨と風に負けじと声を張り上げた。

「道に迷ってしまったようなの。助けてくださらない、ジョン？」

彼は片眉を上げたが、なにもいわずにエマの横に馬を寄せた。それから馬を落ち着かせ、身を乗り出して手を伸ばした。エマはつばを飲み込んだ。まさかこの馬に飛び乗れというんじゃないわよね？

「手を貸して」彼はいった。

エマは顔を上げ、馬の背の高さを目で測ると、ふたたびつばを飲んだ。「わたし、曲芸師ではないんだけど」かすれた声でいう。

「ぼくもだ。手を貸して」

いわれたとおりにしながらも、心臓は激しく打っていた。手と手が触れた瞬間、力強い指に手をつかまれるのがわかった。地面から足が離れ、彼はエマを引っ張り上げた。服の上からでも腕の筋肉が盛り上がっているのがわかる。

驚いた、すごく力が強いのね！

エマはつるつるした馬の背中によじ登り、どうにかまたがることに成功した。間髪入れずに、ジョンが馬に進めの合図を出す。

エマは両手をジョンの腰にまわして肩に顔を押しつけた。彼の体はあたたかく、がっしりして、荒天にも揺るがない安全な拠りどころに思えた。顔を伏せていたからどこを走っているのかほとんどわからなかったけれど、ジョンに任せておけば大丈夫だという気がした。

冷たい雨が絶え間なく体を打つ。エマは鼻をすすり、惨めな帰宅になることを覚悟したが、そのとき急に馬が止まった。もう家に着いたのかしら？　マナーハウスのすぐ近くにいたのに、愚かにもそれに気づいていなかったってこと？

ジョンが馬を降り、次に背伸びをしてエマを降ろした。地面に足がついたときハーフブーツがぬかるみにはまったが、ありがたいことに倒れずに済んだ。

エマはまばたきし、目の前にそびえる飾り気のないジョンの作業場を見上げた。うれしさが込み上げてくるものと思っていた。

ところが、感じたのはやましさだった。

「どうしてここで止まったの？」エマはうなりを上げる風に負けない大声でいった。

ジョンの顎の筋肉がぴくりと動いた。「ここがいちばん近い避難場所だからだ。嵐が過ぎるのを待って、それから送っていく」

彼はドアの錠をはずしてエマを先に通すと、馬もなかに引き入れた。こんな嵐の日に野ざらしにしておくのは酷だからだ。室内は暗かったが、それもジョンがランタンに火を入れるまでだった。すぐに金色の光が部屋いっぱいに広がった。ジョンはエマに素早い視線を投げると、馬を部屋の隅につないでから、反対側の隅にある作業台の上に並んでいるものを引っかきまわしはじめた。

「なにをしているの？」エマは寒さに歯を鳴らしながら訊いた。

「ノリスのボトルを探している」

「へえ」それはなんの説明にもなっていなかったが、探しものに没頭しているジョンにそれ以上しつこく訊くのははばかられた。

「ああ、あったぞ！　あとはグラスがあればいいんだが」彼はうかがいを立てるようにエマのほうに頭をかしげた。「それとも、代わる代わる瓶から直接飲もうか。だめか？　まあ、たしかにがさつすぎるな。探しまわれば、なにか適当なものが見つかるだろう」

ジョンがグラス探しを続けているあいだに、エマは濡れそぼったボンネットとマントを脱いで水気を振り払った。作業場は雨風を避けるにはじゅうぶんだったが、湿気と冷気までは防げなかった。なにか暖を取れるものはないかとあたりを見まわしてみても、がっかりしたことに暖炉のたぐいは見当たらない。

「手伝いましょうか？」エマは震えを止めようと両手を握り合わせた。

「大丈夫だ。もう見つけた」ジョンは琥珀色の液体を満たした、お世辞にもきれいとはいえないグラスを渡してきた。

エマはグラスを受け取り、立ちのぼる匂いをかいで鼻の頭にしわを寄せた。「これはなに？」

「スコッチだ」ジョンは答えた。「ノリスならきっと作業場のどこかにスコッチのボトルを隠していると思ったんだ。なんといっても彼は高地人（ハイランダー）だからね」

エマは疑わしげにグラスの中身を見つめた。ひどい匂いだったけれど、このお酒を好む男性がいることも知っていた。きっと癖のある味なのね。エマは身震いしながらグラスを口元に上げた。この寒気を払えるならなんだってやってやる。

恐る恐る、ほんのひと口すすってみた。飲み込むと喉がかっと熱くなったが、たしかにじわじわと全身にぬくもりが広がった。それに気をよくしてちびちびやっていると、驚いたことにいつの間にかグラスが空になっていた。

「もう少しいただける？」エマはグラスを差し出した。

「きみが飲むなら、ぼくも飲まないわけにいかないな」ジョンは顔色ひとつ変えずにエマのグラスにお代わりを注ぎ、続いて自分のグラスも満たした。「ぼくを酔わせようとしているのですか、ミス・エリンガム？」

「エマよ」元の堅苦しい呼び方に戻ってしまったことが気に入らず、低くつぶやいた。

彼は片方の眉を上げたが、その目はおもしろそうにきらめいていた。「こんな嵐のただなかにわが家の森でなにをしていたのか尋ねても時間の無駄かな？　エマ」

エマはグラスを上げて縁越しにジョンを見た。彼の唇からこぼれ落ちたその名は耳に心地よく響いた。火が灯ったように胸の奥があたたかくなったのは、飲み終えたばかりのウィスキーのせいじゃない。

「あの森で偶然会って打ち解けたおしゃべりでもできたら、わたしはあなたの発明品の賛美者で、脅威ではないってことがわかってもらえるんじゃないかと思ったの」エマは白状した。

「きみが機知に富んでいることは認めよう」楽しげな目の輝きがさらに増した。「だがその作戦が失敗した場合は？　次はどうするつもりだった？」

エマはため息をついた。「ええと、そのときは、次にあなたに会ったら目をくるくるさせて、まつげをはためかせようかと。でもちらりと頭に浮かんだだけだから」

ジョンは大きな笑い声をあげた。「ほしいものを手に入れるために、柄にもなく色目を使うつもりだったのか、エマ？　ぼくをそんなペテンにかけようだなんてひどい人だ」

「いったでしょう、ちらりと頭に浮かんだだけだって。もちろんすぐに却下したわ」エマは弁解がましい笑みを浮かべた。「軽率な行動を慎んだこと、少しは評価してくれてもいいんじゃありません？」

「そうだなあ」ジョンは自分のグラスを空けると、ボトルの口に栓を押し込んだ。「色目を使う作戦を却下した理由を教えてくれるなら」

エマは肩をすくめた。ここで嘘をついてもしかたがない。「やり方をよく知らないからよ」

「色目の使い方を？　きみみたいに美しい人なら求婚者が掃いて捨てるほどいるだろうに」

今度はエマが笑い声をあげた。「わたしは女学校を出てすぐに求婚されるような女じゃないもの。なんとなく興味を示してくれた人は少しはいたけど、この手を取って結婚を申し込むほど熱烈な殿方はほとんどいなかったわ」

「その男たちはきみの手にしか興味がなかったのかな？　ほかの部分にも興味を持てばよかったものを」

目と目が合ったとき、ジョンの瞳の奥にはからかうような表情がたしかにあった。ところがエマの胸元に視線を落としたとたん、その目が欲望でくすぶった。だがそれはほんの一瞬だった。あっという間のできごとに、見間違いかしらとエマは思った。

それとも願望？

グラスを両手で包み込み、急いでお酒をすすった。ああもう、なに馬鹿なことを考えているのよ！

「今日、村でダイアナに会った」低い声でジョンがいった。

エマはお酒が喉に詰まりそうになって咳き込んだ。「ミス・ウィンスロープに？」

「まさしく。ぼくもいまのきみと同じくらいの衝撃を受けたよ、エマ」ジョンは笑ったが、前とは違って聞こえた。その笑い声に明るく楽しげな響きはなく――むしろ痛みが感じられた。

「彼女は村でなにをしていたの？」

ジョンはスコッチのボトルに手を伸ばし、栓を抜こうとした。「こっちへ戻ってきたんだ。どうやら住むつもりらしい。ああ、それと彼女はもうミス・ウィンスロープじゃない。ミセス・ディケンソンだ」彼はグラスに酒を満たすと一気に喉に流し込んだ。「いや、レディ・ブレイヤーと呼ぶべきかな。ディケンソンが爵位を相続したんだ。彼はいまやブレイヤー男爵だよ」

「なんてこと」

「ああ。正直いって、ぼくもおもしろくない」

ジョンの顔に刻まれた苦悩のしわにエマは胸をえぐられる思いがした。あれだけのことに耐えたあとで、またこんなつらい目に遭わなきゃいけないなんてあんまりだわ。慰めの言葉をかけてあげたくてエマは前に進み出た。ところが、濡れたブーツの先がでこぼこした地面に引っかかってつんのめった。

支えを求めて闇雲に手を伸ばしたエマの腰をジョンがすかさずつかんだ。エマは悲鳴をあげ、倒れまいとしてとっさに彼の首にしがみついた。

ふたりは同時に顔を巡らし、鼻と鼻がぶつかった。エマは驚きの声をあげたが、さらなる衝撃が彼女を襲った。ジョンが頭を傾けて唇にキスしたのだ。

思いがけないキスに、肌をくすぐられるような快感がエマの全身に広がった。彼の口は意外にもやわらかく、唇はしっとりしてあたたかかった。ハンサムな紳士と戯れ合う機会は乏しかったけれど、キスの経験はそれなりにあったから、これが威力のあるキスなのはわかった。

それに、ものすごくいい気持ち。

ジョンは彼女の髪に手を差し込んで頭を抱え込んだが、正直いってエマはこのうっとりするような抱擁から逃げたいとは思わなかった。口のなかにするりと入ってきた彼の舌が、からかうように、焦らすように動きはじめると、熱いものが体じゅうに広がった。

とろけるような彼の味に、エマの呼吸が速くなる。おたがいをもっと深く味わえるように、大胆にも自分から体を押しつけた。目を閉じて、ジョンに呼び覚まされた甘美な感覚に酔いしれながら、いつしかエマは思いがけない喜びに身を震わせていた。

そのときジョンがキスをやめ、彼の唇が離れていってしまったことが悲しくて、エマは思わずため息とも泣き声ともつかない音をもらした。ところがうれしいことにジョンは彼女の額から頬へと羽根のように軽いキスを落としていき、最後にその唇がうなじをかすめた。エマは体がとろけそうになり、全身が歓喜にわなないた。

ジョンのキスに頭がくらくらした。それともこれはスコッチのせい？　するとジョンが

──あたかもエマのとまどいに気づいたかのように──ふたたび唇をキスでふさぎ、それでエマは答えを知った。これはキスのせいだ。彼のキスはお酒よりもわたしを酔わせ、呼吸を乱し、頭をぼうっとさせる。

彼に身を預け、最後にもう一度魂を揺さぶられるようなキスを交わしたあとで、ジョンが頭を上げた。彼の目に浮かんだ表情を見て、とめどない興奮にエマの心臓は大きく跳ねた。ところが、ジョンは抱擁を解いて彼女から離れた。

強烈な快感は徐々に薄れていったが、体の熱はまだ消えなかった。エマは呆けたようにジョンを見つめ、腫れ上がった自分の唇に触れた。

「いまのはとんでもなく不適切なふるまいだわ」息が詰まったようなその声は、自分のものではないようだった。

「ああ、わかっている。でも後悔はしていない」ジョンは不安げに眉間にしわを寄せた。「きみは?」

「後悔なんてしない」エマは小声でいった。「後悔は時間の無駄使い、というのがわたしの持論なの。使い古された言葉だけど、人生は短いのよ。落ち込んでいる暇なんてないわ」

「同感だ」

ジョンの低い声が全身に染み渡る気がした。エマは手を伸ばし、彼の額に落ちた髪を払おうとして、そこで慌てて手を引っ込めた。

わたし、どうしてしまったの？　ジョンと交わしたキスは信じられないほどすばらしかったけれど、だからといって親しげに彼に触れていいことにはならないわ。

突然の雷鳴が作業場に響き渡り、官能的なムードを破った。ああ、助かった。ジョンとのキスを堪能してしまった――はしたないほどに。だから一刻も早く頭から振り払わなければ。いますぐに。

あのキスはいっときの過ちよ。わたしはスコッチを飲みすぎていたし、ジョンは気持ちが乱れていた。ダイアナと思いがけず再会したことで動揺していた。

そう考えれば納得がいく。たぶんジョンは再会の痛みから逃れたくて、たまたま目の前にいたわたしにキスしたのだ。ジョンにとってあのキスはなんの意味もない。だからわたしもなかったことにしなくては。たとえ、どれほどすばらしいキスだったとしても。

「嵐がひどくなってきているみたいね」元の節度ある距離感に戻ろうとしてエマはいった。その言葉を裏づけるかのように、ぱらぱらと屋根を打つ雨音が聞こえた。

「完全に暗くなる前に止むといいんだが」ジョンは天井を見上げて眉をひそめた。「どうしたものかな？　きみの帰りが遅くなれば、姉上とアトウッドが心配するだろう」

「それがね、ふたりともわたしが出かけていることを知らないの」エマはそう打ち明け、自分がいないことに誰も気づいていませんようにと切に願った。わたしとジョンがふたりきりでここにいることを知られれば、ちょっとした騒ぎになってしまう。

「ずいぶんと軽率なことをしたものだ」ジョンはいった。

エマはうなずき、自分の行動の愚かさについてもっとなにかいわれるものと覚悟した。「美の追求となると、どうやらまわりが見えなくなっちゃうみたいなの」

「つまり、きみの不在が知られる前に、きみを屋敷に帰さなければならないわけだ」

「そうね」エマは心のなかで安堵のため息をついた。ジョンが説教を控えてくれたことがうれしかった。彼女は作業場のなかをざっと見まわした。「雨が止むのを待つあいだ作業をしたいんじゃない？　わたしは邪魔にならないように部屋の隅に座っているから」

「こちらに背を向け、壁に鼻を押しつけて？」ジョンが冗談めかして訊いた。

「悪さをした子どもみたいに？」想像してエマは微笑んだ。「ここには近づかないという約束を少しだけ破ってしまったことを考えれば、妥当なお仕置きかもしれないわね」

「残念ながら作業は行き詰まっていてね。ぼくが設計した新しい部品が届くまではなにもできない」またしても雷鳴が轟き、作業場の奥の壁の高い位置にひとつだけあるガラス窓が震えるのを見て、ジョンは顔をしかめた。「どうやらしばらくここから出られそうにないな。それならくつろぐとしようか」

ジョンが顎で示したほうに目をやると、部屋の隅に深緑色の生地を張った長椅子と、揃いのウィングチェアがあるのが見えた。ジョンに勧められるままエマは長椅子に腰かけ、ジョンはウィングチェアに収まった。

「あなたは――」

「きみは――」

ジョンが苦笑した。「レディファーストで」

「あなたは昔から機械の設計や組み立てに興味があったのかしらと思って」エマはいった。「歯車や滑車をいじくりまわしている子どもの頃のあなたが目に浮かぶわ」

ジョンは刈り取り脱穀機のほうに目をやり、ため息をつくと、視線をエマに戻した。「おそらくぼくは子どもの頃から変人だったんだろう」

「いやだ、そんなつもりでいったんじゃないわ」エマは気遣わしげに唇を噛んだ。打ち解けたおしゃべりをするつもりだったのに、ジョンを傷つけるようなまねをしてしまった。

「ぼくはほかの子どもたちとは違っていた。じっとしていられない性分で、なにか問題が起きたときは独創的なやり方で解決しようとするきらいがあった」ジョンは考えを巡らすように小首をかしげた。「だがその独創性を本気で追求したことはなかったし、ダイアナと出会ってからはそうした好奇心はすっかり失せてしまった」

「好奇心を取り戻すことができてうれしい？」

「ああ」ジョンは椅子の背にもたれかかった。「両方を手に入れられたら、もっとよかったんだが」

エマは自分の手に目を落とした。彼の気持ちが痛いほどわかった。愛し愛されること——それだけが創造性を高めてくれるものだからだ。

「わたしはなくしてしまった創作意欲をまだ取り戻せずにいる」エマは打ち明けた。「うん、取り戻せずにいた、ね。そんなとき、あなたのすばらしい発明品を目にしたの」

ジョンが横目でエマを見た。「ぼくの同情を買って、刈り取り脱穀機の絵を描く許可を取りつけようとしているのか？」

エマは身を乗り出した。「効果あるかしら？」

「いいや」

エマは笑った。拒否されたのに腹が立たないのはどうしてかしら。ジョンがそのうち折れることを知っているから？　それとも彼の熱いキスがショックをやわらげてくれた？　いいえ、たぶんあのキスのせいで頭が混乱しているだけね。

「きみの子どもの頃の話を聞かせてくれ、エマ。お姉さんがふたりいるのは知っている。ほかにきょうだいはいるのか？」

「いいえ、姉だけよ」エマはそこでふっと黙った。考えてみると、自分の身の上について話したことはほとんどなかった。意図的に避けていたというより、最近知り合った人たちは誰ひとりエマのことにそこまで興味がなかったからだ。カーター曰く、わたしに恋しているらしいあのヘクター・ウィンスロープでさえ尋ねてはこなかった。

まあ、ヘクターの話はいつだって自分のことばかりだけれど。

「両親は若くして亡くなったの。それも一年のうちに次々と」エマは話しはじめた。「最初に父が亡くなり、あとを追うようにして母も死んだ。傷心のあまり亡くなったんだと誰もがいったわ。当時わたしは五歳だったからおぼろげな記憶しかないけれど、怖かったのと不安だったのは覚えてる。毎晩、怖い夢を見ては泣いていたわ。

フレッチャーおじ様とミルドレッドおば様がわたしたちを引き取ってくれた。ふたりともそれなりにやさしかったけれど、やっぱり親の愛情とは違うから。幸い、わたしには不安をやわらげてくれるグウェンとドロシアがいた。いまならわかるけれど、もしも姉たちの愛情と慰めがなかったら、もっとつらい思いをしていたでしょうね。深く愛し合い、娘のわたしたちにも愛情をたっぷり注いでくれた両親との思い出が、わずかとはいえあったことも幸運だったと思う」

ジョンは思いやりのこもった目でエマを見た。「子どもの頃、ぼくはきょうだいがほしかった。男でも女でも、何人いてもいいと思っていた。だが悲しいことに、両親はぼく以外の子どもに恵まれなかった」

「残念だわ」

「両親が嘆きの言葉を口にすることはほとんどなかった。ぼくという子どもに恵まれただけでじゅうぶん幸せだと」

「たしかにあなたのご両親は幸せ者ね」

エマの言葉にジョンは居心地が悪そうに肩をすくめた。「絵を描きはじめたのは何歳のときだった？」椅子に身を沈め、胸の前で腕を組んだ。

「母が亡くなった数カ月後」エマは答えた。

ジョンは片方の眉を上げた。「たまたまか？」

「どうかしら」母の死と絵のあいだに関連があるのかもしれないと考えたことは、これまで一度もなかった。「絵を描くことは前から好きだったけど。水彩絵の具をひと揃い買ってやってほしいと、グウェンがフレッチャーおじ様に頼んでくれたの。怖い夢を見なくなるかもしれないからって。効果てきめんだったわ」

自分を表現することへの強烈な――ときとして妄執じみた欲求の根源はそこにあるのかもしれない。わたしの絵の根っこにあるのは嘆きなのだろうか？　その深い嘆きがわたしという人間を形作ったの？

エマは話題を変えようと、これから作ってみたい機械についてジョンに質問した。ジョンはこの話題に飛びつき、会話は弾んだ。沈黙が落ちることもあったが、気まずいどころか心地よいとさえ感じた。

会話がふたたび途切れ、エマはランタンの光が壁に映し出す影模様をしばらく見ていた。それからジョンのほうにちらりと目をやった。彼は目を閉じていて、すうすうと規則正しい寝息が聞こえてきた。どうやら眠り込んでしまったらしい。

無理もないわ。見たところジョンはここ数日、がむしゃらに働いていたようだから。体の疲れにダイアナと再会した精神的ショックが加わって、ついに限界に達したのだろう。

寝ているジョンを観察できるこのまたとない機会をエマは逃さなかった。こんなにリラックスして無防備なジョンは見たことがなかった。椅子の背にもたれかかり、頭をのけぞらせて、長い脚を前に投げ出している。額に落ちたひと筋の豊かな黒髪のせいで顔つきがやわらいで、傷つきやすい少年のようにさえ見えた。

たくましい太腿に張りついた鹿革のズボンには泥がはね、黒のヘシアンブーツにも泥がこびりついている。クラバットの結び目はシンプル、ベストの柄は控えめで、濃紺の上着は広い肩にぴったり合っていた。正統派の美男子と呼ぶには無骨すぎるけれど、いずれにせよ非常に魅力的なのは間違いない。彼の人柄を知っているから、なおさらそう思えた。ジョンは高潔な人だ。だけどさっきのキスからして、女性を惑わす危険な男になる素質も持ち合わせている。

そう考えて、思わず頬がゆるんだ。

エマは長椅子のクッションに両脚を投げ出すと、詰め物をした肘掛けに頭をのせた。姿勢は楽だったが寒かった。脱いだマントを置いておいた場所に戻って、すっかり乾いたそれを取り上げた。すぐそばにジョンの外套があるのに気づき、それも手に取る。

ジョンを起こさないように、ゆっくり慎重に彼の体に外套をかけた。それから長椅子の上の楽な体勢に戻ってマントの下にもぐり込んだ。スコッチによる体のほてりは冷めてしまっていたけれど、衣服も乾き、マントにもくるまっていたから凍えずに済んだ。

思わずあくびがもれた。夕食はほんの少ししか食べなかったし、空腹のまま強いお酒を二杯も飲んでしまった。自然とまぶたが重くなる。気丈にもしばらく眠気と戦ったが、ついに諦めて目を閉じた。

そしてあっという間に彼女もまた眠りに落ちていた。

エマははっと目を覚まし、やにわに上体を起こした。ちらりと目を上げると、作業場の奥の壁にひとつだけある高窓から灰色の薄明かりが差し込んでいるのが見えた。

あれは夜明けの光？　嘘でしょう、わたし本当にここで一夜を過ごしてしまったの？　ランタンの火は消えていた。薄暗い室内に目を凝らすと、向かいの椅子で手足を投げ出して眠り込んでいる人影が見えた。エマはおそるおそる身を乗り出し、手を伸ばして、指先でそっとジョンの肩に触れてみた。

ジョンが身じろぎしてむにゃむにゃとなにかつぶやき、エマは慌てて手を引っ込めた。いったいなにをしているの？　ジョンを起こすのはもってのほかよ。こっそり立ち去るほうがはるかにましだわ。

いまのでジョンは目を覚ましてしまっただろうか。エマは固唾をのんで見守ったが、幸いジョンは静かで規則正しい寝息を立てていた。

どきどきしながら作業場の外の音に耳を澄ますと、屋根を打つ雨音は聞こえなかった。よかった。嵐のなかで帰り道を探さずに済むなら速く進める。誰にも気づかれずに部屋に戻ることができれば、昨夜わたしが自分のベッドで寝なかったことも知られずに済むわ。

エマは息を詰め、足音をたてないようにそろそろ歩いた。静かにドアから外に出ると、マントを羽織ってボンネットの紐を結んだ。

夜はまだ明けきっていなかったものの、帰り道を探せる程度の薄明かりは差していた。地面は濡れて、すべりやすくなっていた。転んでけがをすることだけは避けたかったから用心深く歩を進めた。

それでも少し乾いた地面に足が触れたとたんエマは駆け出した。

7

薄暗くひっそりした作業場で、ジョンはひとり、目を覚ました。

「エマ？」

長椅子は空っぽだった。ジョンは首をひねって周囲をざっと見まわした。くそ、作業場も空っぽだ。まあ、部屋の隅で静かにたたずむ彼の愛馬を数に入れなければだが。ジョンはふたたび悪態をついた。どうやらエマはひとりで帰ったらしい。だがいつ帰ったんだろう？　雨が止んだときか？　それともぼくが無作法にも眠り込んだときだろうか？

長椅子のクッションに手をすべらせてみても、ひんやりとした布地からわかることはなにもなかった。本能の赴くままに戸口へ向かった。いますぐアトウッドの屋敷に馬を走らせ、エマが無事に帰宅したかどうか確かめなければ。

もしも彼女の身になにかあったら……。

だがドアの前で足が止まった。こんなだらしのない格好で訪ねていくわけにはいかない。服のまま寝たことがひと目でわかってしまう。それにこんな朝早くにいきなり訪ねていけばなにごとかと思われるだろうし、ジョンとしても答えようがなかった。

エマが家にいるかどうか尋ねに来ただけだなんて胡散臭くてとてもいえない。だめだ、エマがいつも使う森のなかの小道をたどって、彼女が道に迷っていないことがわかれば、彼が切に願っていること——エマが分別を働かせ、明るくなるのを待ってから森に入ったこと——の裏づけになる。

おいおい、エマが帰り道を知らないはずないだろう。ジョンは苦笑した。両家の敷地をまたぐあの道を、この数日に何度も行き来しているのだから。

不安が幾分やわらぐと、ジョンは馬を作業場の外に連れ出してその背に跳び乗り、エマを探しに向かった。エマが道に迷っていないことを確認すると、自分の屋敷の方角に馬を向けた。一刻も早く熱い湯につかりたかった。それからひげを当たり、清潔な服に着替えて、アトウッド家を訪ねるとしよう。

建物横手の入口からこっそりなかに入っていくと、屋敷ではちょうど一日の仕事がはじまったところだった。ジョンは使用人たちに出くわさないよう慎重に廊下を進んだが、自分の寝室に足を踏み入れた瞬間、どこからともなく近侍のギルモアがあらわれた。いつものことながら、冷静沈着なギルモアは主人の身なりを見てもなにもいわず、昨夜の所在について尋ねることもしない。

ただ入浴の手はずを整え、清潔な服を出し、ジョンの剃刀を研ぐと、いつもより早めに朝食を用意させましょうかと訊いてきた。食事の話が出たとたんにジョンの腹が鳴った。それがギルモアへの返事になった。

一時間後にジョンが食堂へ入っていくと、サイドボードには銀色の蓋をかぶせた大皿がずらりと並んでいた。ジョンは皿に卵、ベーコン、黒ソーセージ、揚げたジャガイモ、肝臓のバターソテー、トースト、ブラックベリーのジャムを山と盛った。熱いコーヒーをカップに一杯飲み干し、お代わりを注ぐと、うまそうな匂いのする料理を一心不乱に食べはじめた。

腹がふくれてくると気分も上向いた。ジョンはトーストにブラックベリーのジャムをたっぷり塗りながら昨夜のことを思い返した。

エマ・エリンガムが繰り返し目の前にあらわれるのは運命、それともただの不運だろうか？　ジョンは頬をゆるめた。いや、どちらでもない。あれはエマの意志だ。あれほどまっすぐで、確たる意志を持った女性をジョンは知らなかった。

なぜ彼女にキスしてしまったんだろう？　魔が差したのか？　衝動に屈することなどめったにないのに。いや、エマが文字どおり腕のなかに倒れ込んできて、ふたりの唇が接近したあのときは、顔を傾けてキスするのが至極当然のことのように思えたのだ。彼女の唇は予想よりはるかに甘く、情熱的な反応が返ってきたことで興奮を掻き立てられた。

そしてキスを交わしているうちに、この唇をもっと深く味わいたい、エマを自分のものにしたいという欲望がむくむくと頭をもたげてきた。意外だった。そんな独占欲に駆られたのは生まれて初めてだったからだ。その欲求を抑え込むのにかなりの努力を要した。

ダイアナに夢中になっていたときでさえ、もう少し自制できていた。それなのにエマにキスしたときは、なぜああもわれを忘れてしまったのだろう。

そんなことをつらつらと考えていたとき執事が部屋に入ってきた。ふだんは無表情な顔が今朝は険しい。

「アトウッド侯爵様がお見えでございます、旦那様」執事は告げた。「こんな朝早くに申し訳ないが、火急の要件でいますぐお会いしたい、とのことです。客間でお待ちいただいております」

おいおい、なにごとだ？

ジョンはトーストにかぶりつくと、この食堂用にと母が特別に選んだ凝ったデザインの時計に一瞥をくれた。まだ八時前じゃないか。あのアトウッドがこんな早朝に訪ねてくるなんて深刻な話に違いない。

まさか、エマのことか！

そうだ、そうに決まってる。きっと朝帰りしたところを見つかったんだ。それとも、まだ家に戻っていないとか？　いま食べたばかりの朝食が大きな塊になって胃の底に沈んだ。

「すぐに行くと侯爵に伝えてくれ」ジョンはいった。

「かしこまりました、旦那様」執事は一礼して部屋を出ていった。

ジョンは大きく息を吸い込むと、食べかけのトーストを皿に戻した。意外なほど落ち着いた仕草で指についたパンくずを払い、リネンのナプキンで口の端を拭うと、心配事などなにもないとばかりにゆっくり立ち上がった。

ところが客間に足を踏み入れたとたん、胸騒ぎが強まった。アトウッド侯爵はいつものように笑顔で握手の手を差し出してはこなかった。それどころか、見たこともないほど重々しい表情をしている。

「こんな非常識な時間にすまない。だが急を要することなんだ」アトウッドはいった。

「そうらしいな。執事から聞いた。なにかあったのか？」恐怖がジョンの全身を駆け巡った。もしもエマの身になにかあったら、ぼくは生涯自分を許せない。

「ジェラルド・ディケンソンが――新ブレイヤー卿が死んだ」アトウッドは淡々と告げた。「書斎の床に倒れているのを今朝早く使用人が見つけた。血まみれで、胸にナイフが突き刺さっていたそうだ」

「なんてことだ！」

ジョンは生つばを飲み込んだ。先日の午後に村でばったり出会ったときのディケンソンの無礼な態度がよみがえる。だから正直、この知らせに悲しみを覚えたといえば嘘になる。それでも、こんな惨い最期はないだろう。

アトウッドの目が鋭くなった。「当番だった二名のフットマンによれば、昨夜遅く主人に来客があったそうだ。その人物とブレイヤーが書斎に入っていくところを見たといっている。その後、ブレイヤーの怒鳴り声と、それにいい返す大声が聞こえたとも」

「ではその客が殺したということか？」

「おそらくは」

「恐ろしい話だ」ジョンは身震いした。

この閑静な村では、ときおりこそ泥に入られたり、酔っ払い同士が酒場で喧嘩をはじめたりすること以外に、これといった犯罪が起きたためしはなかった。だから、この知らせはまさに衝撃だった。

「あいにく、話にはまだ続きがある」アトウッドが唇を引き結ぶのを見て、ジョンはうなじの毛が逆立つのを感じた。「二名のフットマンは、ブレイヤーと一緒にいた人物が誰か知っているといっている」

「それは有益な情報になるな」

アトウッドが眉根を寄せた。「その人物はきみだと、ふたりはいっているんだ」

ジョンの頭がさっと上がった。「なんだって？　馬鹿馬鹿しい。いつなんどきだろうと、ぼくにはディケンソンを訪ねる用事などない」

アトウッドは片眉を上げた。「やつは結婚式当日にきみの婚約者と駆け落ちした男だぞ。殺害の動機にはそれだけでじゅうぶんだと考える者もいる」

「認めるのはつらいが、駆け落ちの非はダイアナにもあることはきみだって知っているだろう」ジョンは大きく息を吐いた。

「昨夜、ブレイヤー男爵を訪ねたのか？」アトウッドが訊いた。

「訪ねていない！」ジョンは力を込めていい切った。「ぼくを見たといっているそのフットマンはなにか勘違いしているんだ。問題の男を家に入れた使用人なら顔をしっかり見ているはずだから、ぼくではないと証言できるだろう」

アトウッドは首を横に振った。「遅い時間だったし、どうやらその人物は玄関を使わなかったらしい」

「では、どうやって入り込んだというんだ」ジョンは頭を掻きむしった。

アトウッドは肩をすくめた。「ブレイヤーが招き入れたとしか考えられない。だとすれば、相手は知り合いだったと考えるのが自然だ」

頭に血がのぼってくるのがわかった。アトウッドの声には非難の響きがあり、目は疑わしげに細められている。友人だと信じていた男に、そんなまねのできる人間だと思われていたと知ってがっかりした。

「紳士の名にかけて誓う。ぼくはやっていない」ジョンは肩をそびやかし、アトウッドの目をまともに見た。

「誓う？」

「ぼくは今回のことにいっさい関与していない」

アトウッドはきびしい目でジョンを見つめ、顎をこわばらせた。「ぼく個人はきみの言葉を信じる、ケンドール。しかしこの郡の治安判事としては言葉よりたしかなものが必要だ。なんといっても、二名の目撃者が犯人はきみだと断言しているわけだからね」

「そのフットマンはなにか勘違いしているんだ」ジョンは繰り返した。

「まあ、彼らが間違っていることを証明するのは簡単だ。昨夜のきみの所在を証明できる人間を連れてくればいいだけだ。その時刻にきみがどこかべつの場所にいたことがわかれば、ブレイヤー卿殺害に関与できたはずないからな」

なんとか事なきを得たわ！

化粧台の鏡に向かいながら、エマは大きく安堵のため息をついた。夜が明ける直前にマナーハウスに忍び込み、使用人用の階段をつま先立ちで上がり、廊下の壁に張りつくようにして、朝の仕事に取りかかるメイドたちから身を隠した。

無事に自室に入ると、急いで服を脱いでネグリジェに着替え、ベッドにもぐり込んだ。そしてメイドがドアを控えめにノックし、なにかご用はありませんかと声をかけてくるまでうつらうつらした。

それは朝の日課だったけれど、今日はメイドを下がらせずに――ふだんは下がらせることが多かった――朝食のトレーを部屋に持ってきてくれるよう頼んだ。思ったとおり、エマになにかあったのかとドロシアがすぐに飛んできた。なんの問題もないと姉を安心させると――ドロシアは完全には納得していないようだったけれども――エマは朝食を平らげ、スケッチブックを取り上げた。

刈り取り脱穀機の歯車や車輪が頭をよぎったが、それは脇へ押しやった。気がつくと、がっしりした顎と深くくぼんだ情熱的な目を持つ、鼻筋の通った顔をスケッチしていた。ジョンの顔だ。

スケッチブックを脇へ放り、化粧台の前へ行って髪を梳かしはじめた。長い髪に淡々とブラシを通していると昔から緊張がほぐれるのだ。神経が静まると艶めく髪をシンプルなシニヨンにまとめ、顔のまわりに巻き毛を少し垂らしてやわらかい印象に仕上げた。

エマが南側のテラスへ出ていくと、ドロシアに笑顔で迎えられた。気持ちのいい朝だった。日差しが燦々と降り注ぎ、空は抜けるように青い。

「フィリップとニコールはどこ？」エマはいい、ハロルド坊やがまどろんでいる揺りかごの横の椅子に腰を下ろした。

「馬小屋で父親のことを待ってるわ。ほら、いつもこのくらいの時間にカーターが乗馬に連れていくでしょう。だからじっとしていられないみたいなの」ドロシアはため息をもらした。「カーターが早く戻るといいんだけど。あの子たちをがっかりさせたくないわ」

エマは揺りかごに顔を近づけ、小さな甥っ子の甘い匂いを胸いっぱいに吸い込んだ。

「約束を、それも子どもたちとの約束をすっぽかすなんてカーターらしくないわね。どこへ出かけたの？」

「ケンドール子爵のところよ」

思わず体が前へ泳ぎ、危うくハロルド坊やのお腹に顔を突っ込みそうになった。「カーターはケンドール子爵に会いにいったの？　本当に？　なんのために？」

ドロシアはほっそりした肩をすくめた。「さあ。あの人が出かけたときわたしはまだ寝ていたから。走り書きが置いてあったけど要領を得なくて。いかにも男の人がしそうなことよね。要点だけで細かい説明は端折るんだから」

さまざまな疑問が頭のなかを駆け巡り、エマはもごもごと相槌を打った。ひょっとして、わたしが昨夜どこにいたのかカーターに知られてしまった？　そのことについてジョンを問い質しにいったのだろうか？　昨夜のことと――今日の朝帰りのことを何度も思い返してみたけれど、どこから秘密がもれたのか見当もつかなかった。

「大丈夫、エマ？」ドロシアの声がした。「急に顔色が悪くなったわよ」

エマは縮み上がった。ありがたいことに、まさにそのときハロルドが目を覚ました。エマは坊やを揺りかごから抱き上げて母親の腕にそっと渡した。

「お腹が空いたのかしら？」話を変えるきっかけができたことにほっとして、そう訊いた。

「この子はいつだってお腹を空かせているわよ」ドロシアは笑った。それからドレスの胸元を少しだけずらしてハロルドにお乳をあげはじめた。

　ドロシアの関心が完全にわが子に向いたところで、エマはまたぐるぐる考えはじめた。

これはまずい――まずいなんてものじゃない。ジョンとふたりきりで夜を過ごしたことが世間に知れたら……とんでもなく面倒なことになるわ！

　不安が胃に居座ったが、むやみに最悪の事態に飛びついてはだめだと自分を叱った。カーターがこんな朝早くにジョンに会いにいく理由ならいくらだってあるわ。まあ、いまはちょっと思いつかないけど、だからってもっともな理由がないということにはならない。わたしとはまったく関係ない理由があるかもしれないじゃないの。

　頭に浮かんでは消える不安をなんとか抑え込んだところで、ありがたいことに義兄がテラスに姿を見せた。彼は妻にキスし、ハロルドの髪の毛がまばらな頭をやさしく撫でてから、椅子に腰を下ろした。

「朝食は？」ドロシアが訊いた。

「いま食べてきた」カーターは答えた。「空腹を抱えて帰ったぼくを見て、料理人があっという間にぼくの好物だらけの朝食を用意してくれたよ」

　エマは思わず笑みを浮かべた。この家の料理人はカーターのことをこよなく愛していて、なにかにつけて嬉々として甘やかすのだ。

「よかった。それならフィリップとニコールを乗馬に連れていけるわね。馬小屋であなたのことを待っているわよ」

カーターはうなずいた。「すぐに向かう」

「今朝はなにか急ぎの用事で出かけていたの？」エマはいった。ただの好奇心から訊いただけで——切実な声になっていませんようにと祈った。

「じつは大変なことが起きてね」カーターは顎を撫でながらため息をついた。「昨夜、ジェラルド・ディケンソンが殺されたんだ。胸にナイフが突き刺さった状態で書斎の床に倒れているのを、使用人が今朝発見した」

「なんて恐ろしい」ドロシアは坊やを胸に引き寄せ、守るように頭を包み込んだ。「犯人は捕まったの？　わたしたちも危険な目に遭うかもしれないの？」

「われわれに危険はないと思うが、くれぐれも用心するよう使用人たちに指示してある。敷地内で怪しい人物に出くわしたらすぐに報告するようにとね」カーターは妻に身を寄せた。「昨夜の事件は顔見知りによる犯行だとぼくは考えている。ディケンソンは犯人を知っていたんだ」

「ひどい話ね」ドロシアは坊やを肩に乗せて背中をやさしくさすりはじめた。「でもあなたの書き置きには、ケンドール子爵に会いにいくと書いてあったと思ったけれど」

「ああ、そうだ」カーターの顔を焦燥の色がよぎった。「ケンドールは有力容疑者なんだ。ブレイヤー邸のフットマン二名が、昨夜遅くにケンドールと男爵が書斎に入っていくところを見たと証言している。そのあとで怒鳴り合う声が聞こえたとも。ブレイヤーの遺体が発見されたのはその数時間後だ」

　エマはあんぐりと口を開けた。しばらく身動きもせずに、いま聞いた話の意味を理解しようとした。

　殺人事件の容疑者？　ジョンが？

「そんなの嘘よ」囁くようにいった。

「ケンドールはきっぱり否定したし、ぼく個人は彼を信じる」カーターはいった。「とはいえ、目撃者ふたりの証言を簡単に退けるわけにもいかない。彼らの証言が間違いであることを証明できる人間がケンドール以外に誰もいないとなればなおさら」

「誰もいない？」ドロシアが怪訝な表情で眉を上げた。「ケンドール卿かお母様の使用人のなかに昨夜子爵を見かけた人がいれば、彼の無実を証明できるでしょうに」

「それが誰もいないらしい。一晩じゅう作業場にいたとケンドールはいっている。それも、ひとりでね」

　ハロルド坊やが大きなげっぷをし、カーターの険しい表情がやわらいで笑みが浮かんだ。彼は妻のほうに手を差し伸べて末の息子を抱き取った。

「ケンドール卿にとってはなんとも間が悪いわね」ドロシアはドレスの前ボタンをさりげなく留めた。

「でもケンドール卿が事件に関わっているという、たしかな証拠もないじゃないの」エマは躍起になった。「そのフットマンはケンドール卿が主人を襲うところを見たわけじゃないんだから」

「それはそうだが、ケンドール卿の無実を証明するにはかなり強力な弁護が必要だろう」

「弁護？　ケンドール卿は殺人の罪で捕われているの？」エマは鼓動が速まるのを感じた。

「そうするしかなかったんだ」カーターはいかにも悔しそうだった。

「そんな」消え入りそうな声でエマはいった。

「状況は悪くなる一方ね」ドロシアは額に落ちてきた髪を耳にかけた。「すぐにでもレディ・ケンドールのお宅にうかがわなくては。きっとご子息のことが心配で取り乱していらっしゃるはずだもの」

「昨夜の行動について、ケンドール卿はほかになにかおっしゃらなかったの？」エマは食い下がった。「なにひとつ？」

「それ以上、話せることがないんだろう」カーターは答えた。「残念だよ」

恐怖が波のように押し寄せた。ジョンがなにも話さずにいる理由ははっきりしている。わたしの体面を守ろうとしているのだ。でも、その代償は？

自分が無実であることをジョンはもちろん知っている。だから真犯人が見つかれば、ジョンは自由の身になるわ。

繰り返し自分にそういい聞かせながらも、司法がかならずしも公平でないことも知っていた。罪を犯した人間が捕まらないこともあれば、無実の人がやってもいない罪の責任を負わされることもある。

エマは不安げにドロシアとカーターをちらりと見た。わたしがこれから話すことを聞いたら、ふたりはひどく心を痛めるだろう。だとしても黙っているわけにはいかない。

「ふたりに話さないといけないことがあるの」エマは言葉を選びながらゆっくり切り出した。

「どうしたの、エマ、急に真面目な顔をして」ドロシアが驚きの声をあげた。

「ケンドール卿に関することよ」声に感情が出ないよう気をつけた。自分が冷静に話せば、姉夫婦も冷静に聞いてくれるかもしれない。「ケンドール卿は真実を述べていると、自信を持って断言できます。彼は昨夜から今朝にかけて作業場にいました」

カーターとドロシアは困惑して顔を見合わせた。

「エマ、なぜそこまではっきりいい切れるんだ?」カーターが訊いた。

エマは身震いした。「真実だとわかるのは、ケンドール卿がひとりではなかったからよ。わたしも昨日の夜から明け方まで彼の作業場にいたの」

カーターとドロシアは驚きのあまり言葉を失っていた。どちらもしばらく口をきかなかったが、いきなり沈黙を破って同時にしゃべりだした。

「あなたまさか――」

「いったいなにが――」

「やましいことはなにもしていないわ」エマは慌てて弁解した。「彼の敷地に入ったのは、作業場の近くで偶然会えたら、製作中の機械をもう一度見せてもらえるんじゃないかと思ったからなの。だけど道に迷ってしまって、そのうちに嵐になったの。

幸い、ケンドール卿が見つけてくれて、彼の作業場に避難したんだけど、嵐は一向に止まなくて。そのうちにふたりとも眠り込んでしまったのよ。先に目が覚めたわたしは急いで家に帰って、誰にも見つからないうちにこっそり自分のベッドにもぐり込んだの」

カーターとドロシアはまたしても黙り込み、唖然とした顔でエマを見つめた。エマは恥ずかしさに顔が熱くなった。「やましいことも恥ずかしいこともないわ」そう繰り返し、なすすべがないというように両腕を広げた。

カーターが疑わしげな目を向けてきた。「きみは男とふたりきりで一夜を明かしたんだぞ。このことが明らかになれば、いくらやましいことはないといっても誰も信じないだろう」

エマは落ち着きなく額をさすった。「だけど話さなきゃいけないと思ったのよ」思わず声を張り上げた。「ジョンの無実を証明する方法はこれしかないから」

「ジョン？」その親しげな呼び方に、ドロシアの眉がわずかに上がった。「エマ、ほかにもまだわたしたちにいわなきゃいけないことがあるんじゃないの？」

「ありません」エマはきっぱり否定した。

「カーター」ドロシアはすがるような目で夫を見た。「わたしたちどうしたらいい？」

カーターは顎にぐっと力を入れた。「エマのいうとおりだ。真犯人が見つかるまでに数週間、悪くすれば数カ月かかるかもしれない。ケンドールがディケンソン殺害に関与していないことをいますぐ証明したければ方法はひとつ。エマが事実を話すしかない」

「そんなことをすればスキャンダルになるわ」ドロシアが警告した。

「だが人命を救える」カーターはいった。「今日の午後牧師館に集まるよう、ほかの治安判事に通達しよう。エマにはそこで知っていることを話してもらう」

「ここに集まってもらうほうがいいんじゃない？」とドロシア。

「いや。ここへ呼び出せば、ケンドールを釈放するというぼくの決定を支持しないといけない雰囲気になってしまう。エマ自身のことを信じてもらわなければ証言に意味がなくなる」

エマはごくりとつばを飲み込んだ。「どうしてわたしが嘘をついていると思うの？」

「きみが女で、ふたりの男の証言を真っ向から否定するからだ」カーターはにべもなくいった。

ドロシアが目を見開いてエマのほうを向いた。「わたしも一緒に行ったほうがいい？心の支えとして」

エマは気が重くなった。ジョンと夜を明かしたことをドロシアとカーター以外の人に話すことになるとは思わなかった。しかも、話しても信じてもらえないかもしれないなんて思ってもみなかった。

エマは平静を装って笑みを浮かべた。「カーターがいてくれればそれで大丈夫よ」

ドロシアは身を乗り出してエマを抱きしめた。「あなたがそういうなら」

目に涙が込み上げてくるのがわかった。ジョンとの関わりを明かしてスキャンダルになれば、その波紋はドロシアとカーターにまで及び、ふたりの顔にも泥を塗ることになる。それなのにドロシアはいまと変わらずわたしの味方でいてくれるんだわ。

それがたまらなくうれしく、大いに勇気づけられた。ジョンの命を救うためにやるべきことをやろう。

牧師館に到着すると急に吐き気が込み上げてきた。馬車が完全に止まる頃には心臓が破裂しそうだった。カーターが先に馬車を降り、フットマンを制して、みずからエマに手を差し出した。

その励ましに救われ、エマは深呼吸して胸を張ると馬車から降りた。牧師夫人に戸口で出迎えられたときもエマはカーターの腕にしがみついたままで、控えめな調度品で整えられた客間へ通されると、さらに強く義兄の腕をつかんだ。

客間では牧師のほかにふたりの紳士が待っていた。ミスター・ホーンズビーとミスター・デボアだと紹介するカーターの丁重な口ぶりから、地元の有力者であることがうかがわれた。エマは思わずつばを飲み込んだ。ジョンの命運は、この人たちにわたしを信じてもらえるかどうかにかかっている。

エマは勧められた飲み物を断り、ぎくしゃくと椅子に腰を下ろした。できることなら立ったままでいたかったが——そのほうがすぐに立ち去れる——自分が座らなければ紳士たちも立ったままでいないといけないからだ。

「ブレイヤー卿が殺害された件についてエマから大事な話があるそうです」カーターが単刀直入にいった。

全員の目がエマに向いた。エマは心臓がどくんと跳ねたが、それでもすぐに本題に入ってくれたカーターに感謝した。彼は励ますようにうなずき、エマはほんの少しだけ緊張をほどいた。

大きく息を吸い込む。「昨夜ブレイヤー卿が襲われて殺害された時刻に、ケンドール卿は自分の作業場にいたと説明しました。ですが、きわめて重要な事実をひとつ省きました。そのときケンドール卿はひとりではなかったんです。わたしもその場にいました」

そこでいったん言葉を切り、聞き手がその新事実をのみ込むのを待った。三人の男性はたがいに顔を見合わせたあと、探るような目でカーターのほうを見た。カーターは無言でうなずいて質問を許し、エマは身構えた。

「作業場にはどのくらいいたのですか？」牧師が尋ねた。

「朝までです」エマは答えた。

ミスター・ホーンズビーが音をたてて息を吸い込み、牧師は見るからにショックを受けていた。エマは取り乱すまいとしたが、ミスター・デボアが薄ら笑いを隠せずにいるのを見て挫けそうになった。

「つまりケンドールは純真無垢な若い女性をたぶらかす放蕩者というだけで、人殺しではないといいたいわけですか？」ミスター・デボアがいう。

「ケンドール卿はそのどちらでもありません」エマはきっぱりいった。顔がかっと熱くなる。「あの方は非の打ちどころのない紳士でした。わたしたちは突然の嵐に見舞われて、雨宿りしているあいだに眠り込んでしまったんです。不適切なことはいっさいありませんでした」

「この新事実を踏まえ、ケンドールを釈放したいと思う」カーターは前に進み出てエマの横に並んだ。

「ちょっと待ってくれ」ミスター・ホーンズビーが手を上げて言葉を差し挟んだ。「べつの証言をしている男性がふたりいるんだぞ。ブレイヤー卿と一緒にいたのはケンドールに間違いないとね」

「彼らの勘違いだ」カーターはそう断言し、どんな男も震え上がるような鋭い目でホーンズビーを見た。

ミスター・ホーンズビーの口がまた開くの見て、エマは息を詰めて次の抗議の言葉を待ち受けた。ところがホーンズビーはそこで考え直したらしく、急いで口を閉じた。

ほかの治安判事を威圧したくはないとカーターはいっていたけれど、どうやら気が変わったらしい。三人の紳士たちはそわそわと顔を見合わせている。

牧師が咳払いした。「アトウッド卿のご意見はもっともだと、わたしは思います」

ミスター・ホーンズビーは鼻を鳴らしたが、それ以上異議を唱えることはなかった。エマは不安そうにミスター・デボアをちらりと見た。彼はのろのろと首を縦に振った。

胃のむかつきが治まった。これでジョンは釈放される。

でも、その代償は**?**

8

エマは錦織りの椅子に行儀よく座り、膝の上で両手を組み合わせていた。目の前ではドロシアが行ったり来たりしながら小声でぶつぶついっている。

「もう一度いうけど、エマ、ケンドール子爵がじきにここにいらっしゃるわ」ドロシアは早口でまくしたてた。「彼は高潔な人よ。彼の潔白を証明するために名乗り出たあなたがどんな犠牲を払ったかも承知しているはず。だからきっと結婚を申し込みに来るのだとカーターもわたしも確信しているの。もしもそうなったら、お受けするのよ」

「大げさに考えすぎよ」エマはとりなすような声でいった。

「そうだったらどんなにいいか」ドロシアは表情を曇らせた。「でも、そうするしかないの。カーターも同じ意見よ。べつの手立てはないかとふたりして夜半すぎまで頭を絞ったけど、なにも思いつかなかったわ」

エマは黙り込んだ。あの騒動を無傷で切り抜けられると考えるなんてどうかしていた。なんの心配もいらないと思い込むなんて馬鹿だった。それでも昨日の午後、カーターとふたりで牧師館から戻ってきたときは、なにもかもが驚くほどいつもどおりだったのだ。

ドロシアは事の詳細を聞いてくることはなかったけれど、ふたりきりになってからカーターがすべてを話して聞かせたことは間違いなかった。そしてエマは治安判事たちと対面したときの気まずさが次第に薄れはじめると、今回の一件に対する漠然とした不安を意識的に頭の隅に追いやった。

ところが昨日の夕食時に、カーター宛にケンドール卿から手紙が届いたのだ。そこには嫌疑が晴れて釈放された旨と謝意が記されていた。

もう一通はエマ宛てだった。

〝ミス・エリンガム

明日の午前にレーベンズウッド・マナーをお訪ねいたします。お会いいただけたら幸いです。

敬具

ケンドール〟

用件だけの事務的な短い手紙。上等な羊皮紙にしたためられたその手紙は、くしゃっと丸めてドレスのポケットに押し込んであった。エマはいまその手紙を握りしめながら姉を見た。

「あの夜についての真実が公になれば噂の種になることは、最初からわかっていたわ」言葉を選びながらゆっくりといった。自分の立場を姉に理解してもらい——支えてもらうために。「だけどどうか信じて。どんな噂を立てられようと怖くないの。だって、わたしは非難されるようなことも、恥ずかしいことも、なにひとつしていないんだから。わたしは無実の人を自由の身にするために事実を話しただけよ」

「残念なことにその事実にはスキャンダルを引き起こしそうな内容が含まれていて、たとえわずかでも名誉を守りたければあなたの自由を犠牲にするしかないの」

ドロシアに哀れむような目を向けられて、エマの背中を寒気が駆け抜けた。

「いやよ」消え入るような声でいった。

「あなたは身を持ち崩した女と見なされてしまうのよ、エマ」ドロシアは静かに告げた。「あなたは夫ではない男性とふたりきりで一夜を過ごした。世間一般の基準からすると、それは受け入れ難いことなの」

「わたしたちのあいだにはなにもなかった」エマは力説した。

「それなら、そう弁解するたびに頰を赤く染めるのはなぜ？」

姉の観察眼の鋭さにエマは青くなった。ジョンのキスでエマのなかのなにかが目覚めた。それがこの身を焼き尽くしかねない情欲であることは、世間知らずなエマにもわかった。そのことに好奇心をそそられ、いたずらに掻き立てられもしたが、自分には欲望に流されない強さがあることも知っていた。

結婚！　いやよ、そんなのあり得ない。愛し、愛される相手と人生を分かち合う、幸せそうな姉たちの姿を見てきただけに、愛のない結婚が苦難の連続でしかないことは知っていた。

「世間体が悪いというだけでは、結婚という大胆な手段を選ぶ理由にはならないわ」エマはいった。「わたしたち、おたがいのことをほとんど知らないのよ」

ドロシアの目に同情の色が浮かんだ。「たとえそうだとしても、結婚する以外に道はないの」

エマは恐怖に胸をわしづかみにされた。固く引き結んだドロシアの口元を見れば、姉がすでに心を決めていることも——その決心をくつがえすことがほぼ不可能だということも、火を見るより明らかだった。

「いつから上流階級のやり方に従うようになったのよ？」エマは必死に食い下がった。「子育てに関するしきたりは平気で無視したくせに」

「自分の屋敷で赤ちゃんにこっそり母乳を与えるのと今回のことでは比較にならないわ、エマ」

エマは深く長いため息をついた。「結婚なんて無理よ」

「ああ、エマ」ドロシアは妹の両手を握った。「ケンドールは立派な方よ。ユーモアのセンスも持ち合わせている。自分の口から事実を明かすこともできたのに、彼はあなたを守ることを選んだ。きっと敬意を持って接してくれるはずよ。幸せな結婚生活を築く土台としては、けっして悪くないわ」

がんじがらめの現実に、次第に気持ちが沈んでいった。ドロシアのいうとおりだ。今回のスキャンダルを切り抜けるのは不可能だわ。もはや選択の余地はない。不安でたまらないけれど、ケンドール子爵がプロポーズしてきたら承諾するしかない。

わたしたち、これからどうなるの？

ひとり客間で待つ時間が長くなるにつれて、目前に迫ったケンドール子爵との面会と、それがもたらす結末の重大さに押し潰されそうになった。ジョンは一時間ほど前に到着した。意気地のないエマは二階に隠れていたので、カーターの書斎に通されるジョンの姿をちらりと見ただけだった。ふたりはいまも書斎にこもったままで、婚約について話し合っているのは明らかだった。

婚約！　とても正気とは思えない！

不安でじっとしていられず、椅子から勢いよく立ち上がると、長窓の前を行ったり来たりしはじめた。厚い雲を押し分けて太陽が顔を出そうとしている。これは未来への暗示？　でもわたしにとっての吉兆はなんだろう。雲間から差し込む日差し？　それとも——黒い雨雲？

感情ではなく理性でいまの状況について考えたいけれど、それは無理な相談だった。結婚とは心と体の結びつきだから。少なくともそのはずだ。

ジョンには最愛の女性がほかにいる。その女性はいまや未亡人で、喪が明けさえすれば再婚できるのだ。それなのに世間体と名誉を保つために、ジョンはわたしを妻にしなければならなくなった。そのことが自分でも意外なほど胸に重くのしかかっていた。

それにわたしもべつの人を愛している。いかにも上流階級の夫婦らしい完璧な組み合わせじゃないの！

その自虐的なユーモアに笑みがもれるどころか、こらえきれずに嗚咽が込み上げてきた。エマは肩を震わせながら両手で口をおおった。

ジョンが結婚を拒否するかもしれないじゃないの。藁にもすがる思いでそう考えたが、思いつくと同時に打ち消した。ケンドール卿は立派な人だといったドロシアの言葉に嘘はない。ジョンならどんな結果になろうとも〝正しいこと〟をするはずだ。

頭を垂れると涙が一粒頰を伝った。エマは手でそれを拭ったが、すぐに二粒、三粒と落ちてきて、やがてそれは嗚咽に変わった。鼻をすすり、顔を真っ赤にして、目が痛くなるまで泣き続けた。

ようやく涙が収まるとエマは椅子にぐったりと座り込み、やわらかいクッションに頭をもたせかけた。そしてドレスのポケットからハンカチを取り出して鼻をかんだ。

まるでなにかが死んでしまったみたいな気分だわ。

ケンドール卿と結婚すればすべてが変わってしまうだろう。べつの誰かの妻になれば、わたしは本当にセバスチャンを失うことになる。永遠に。

失うもなにも、セバスチャンはあなたのものではないでしょうに。理性の声が頭のなかで叫ぶ。彼はあなたのことを妹としか思っていなかった。恋愛対象として見ていなかった。そしてべつの女性と結婚した。彼が心から愛し、敬服する女性と。彼の子どもの母親となった女性と。

「そんなのわかっているわよ」エマはつぶやいた。でも頭でわかっていても、納得できるとはかぎらない。

物思いと――惨めな気分に沈んでいたせいで、客間のドアがノックされる音も、こちらに近づいてくる足音も聞き逃し、気がついたときには目の前に誰かの足があった。エマははっとして顔を上げた。

ケンドール子爵がこちらを見下ろしていた。きれいにひげを当たり、髪を整え、アイロンをかけたばかりの服はぱりっとして、しわひとつない。どうやらわたしに会いに来る前に、いつもより念入りに身なりを整えてきたらしい。

エマは立ち上がり、鼻をかみすぎてひりひりする鼻の下にそわそわと指を走らせ、それから額に手を当てた。「入っていらしたのが聞こえなくて」しどろもどろにいった。

「いろいろ考えることがおありなのでしょう」彼はおだやかにいった。その鋭い眼差しに心の奥底まで見透かされている気がして、同情のこもったその表情にエマは思わず顔を背けた。

「ええまあ」

肩に手が置かれるのがわかった。彼はエマをゆっくり自分のほうに向かせた。「泣いていたんですね」

エマは鼻をすすった。きっとひどい顔をしているのだろう。目は腫れ上がり、鼻は真っ赤で、髪はくしゃくしゃ。ジョンもさすがに恐れをなして逃げ出すかしら？

この際いいたいことをいってしまおうと、エマは顔を上げて彼の目を見た。ジョンは疲れ切った顔をしていた。自分のことばかりで、わたしはなんて身勝手だったんだろう。ジョンは心の痛手となるほどつらい目に遭ったというのに。

「あなたこそ大丈夫なの？」エマは訊いた。「牢屋に入れられて体を壊したりしていない？」

彼は苦笑いを浮かべた。「半日足らずでしたから」

エマは引きつった笑い声をあげた。「そうよね。わたしったら馬鹿みたい！　短いあいだにいろいろなことがあったものだから、頭がこんがらがってしまって」

「たしかにいろいろなことがありました」ジョンは相槌を打った。

「幸い、すべて元どおりになりましたけど」

「すべてではありません。あとひとつ、正さなければならないもっとも重要な問題が残っています」

脈が速くなり、エマは横目でちらりとジョンを見た。喉が詰まったようになり、胸がぎゅっと締めつけられてうまく息ができない。

「ミス・エリンガム。いや、エマ、あなたと結婚する栄誉をぼくに与えていただけませんか?」

張り詰めた沈黙のなか、ふたりは立ったまま向かい合っていた。しまった! ジョンはベストの金ボタンをいじった。プロポーズしたあとのことはほとんど考えていなかった。彼女は喜んで承諾してくれるだろうから、細かいことはあとから決めればいいと思っていたのだ。

ところがエマはためらいの表情を隠しきれないまま、体の両脇で手をきつく握りしめている。

ぼくは傲慢で恥知らずな大馬鹿だ! ジョンは心のなかで自分を罵り、エマに断られるのを覚悟した。結婚を考えた前回の経験からなにも学んでいなかったのか?

「ぼくの考えが足りなかった。きみもふたりの姉上たちのように愛のある結婚を望んでいるんだね」早く片をつけたい一心でエマの気持ちを考えていなかったことを深く悔やんだ。

エマは自分なりの考えを持ち、わが道を行く、独立心の強い女性だ。アトウッドは今回の結婚を承認し、持参金もたっぷり用意するといった。ただし、エマの同意を得られなければこの話はなかったことにするともいっていた。

どうやらアトウッドは義妹がこの結婚に乗り気でないことに薄々気づいていたらしい。くそ、それならそうと、ひと言いってくれればいいものを！

エマの頬にさっと血がのぼった。「わたしは多くの点で姉たちとは違います。結婚のことも、正直いって、これまで真剣に考えたことはありません」

その言葉を聞いて喜んでいいのか落胆すべきなのかわからなかった。女性にとって人生最大の目的とは、結婚して――子どもを持つことだとジョンはずっと信じてきた。これもまた、エマが上流階級の女性たちとは違うことの証明だった。

「結婚そのものに興味がないのか？　それともぼくとの結婚に気乗りがしない？」

エマはいいよどんだ。ジョンは身構えた。

「何度か短い会話を交わしたことがあるだけで、わたしたちはおたがいのことをなにも知らないのよ」きらめくエマの瞳は、心の奥にある不安と迷いを映し出していた。「それなのに結婚だなんて荒療治すぎるわ」

「取り返しのつかないスキャンダルを避けたければ結婚するしかないということは、きみもよくわかっているはずだ」ジョンは現実的な理由を挙げて説得を試みた。

エマは目を閉じ、素早く首を横に振った。「みんな大げさに考えすぎなのよ。そりゃ、悪い噂が流れたり、陰口を叩かれたりすることもあるだろうけど、そんなのは最初だけで、いずれあなたは評判を取り戻せるわ」

「きみの評判はどうなるんだ、エマ？」

「たしかに、女性については同じような配慮はなされないでしょうね。わたしの評判が完全に回復することはないわね」エマは顔をしかめた。「だけど、そんなことはべつにどうでもいいの。わたしが社交界の行事に呼ばれるのは、ふたりの姉とその夫の地位のおかげだから。パーティや舞踏会に招かれなくなったとしても、とくに残念だとは思わないわ」

「だがきみが社交界からつまはじきにされれば、ぼくは一生、深い罪の意識にさいなまれることになる。そんなつらい運命からきみを守ってやれたことを知っていればなおさらだ」ジョンは咳払いした。「エマ、ぼくならきみに何不自由ない生活を提供できる。そのための地位と財産がぼくにはある。やさしさと敬意を持ってきみに接することを誓う。ぼくはきみに忠誠を尽くす、だからきみもそうしてほしい。きみに不自由な思いはさせないし、絵画でもなんでもきみの想像力を刺激するものを好きなだけ追求してくれてかまわない」

エマの目に皮肉っぽい不穏な光が見えた。「あら、同情と賄賂で釣ろうだなんて。いかにも追い詰められた男の人がやりそうなことよね」

「ぼくと結婚してくれ」ジョンは強い口調でいった。

エマの返事を待つあいだ、気がつくとジョンは手を握ったり開いたりしていた。ダイアナへの愛に破れたあと、ジョンは結婚の二文字を心の奥底にしまい込んで、なるべく考えないようにしていた。

彼の持つ爵位は古くから伝わる由緒正しいものではあるが、地位としてはさほど高くない。財産は限嗣相続ではないから、土地も金銭も自分の望む相手に遺すことができる。だから然るべき慈善活動や、革新的な高等教育機関に寄付するつもりでいた。

嫡嗣に恵まれなかったとしても、誰にも迷惑はかからない。早く孫の顔が見たいと、事あるごとにほのめかしている母はがっかりするかもしれないが。ジョンの爵位は遠縁の誰か、たぶんアメリカ大陸に住む従兄弟に譲られるだろうが、爵位だけで財産がないならほとんど興味を示さないだろう。

ダイアナとの結婚が中止になってからというもの、ジョンはそうした可能性をすべて受け入れて満足していた。ところがエマが昨日、みずからの評判を犠牲にして彼を救ってくれたことですべてが変わった。

「いまなにを考えているんだ、エマ？」緊張感をはらんだ沈黙に耐えきれなくなり、ジョンはそう尋ねた。

エマは震える息を吸い込んだ。「たった一日のうちに人生がここまで変わってしまうなんて、と考えていただけ」

「きみは黙っていることもできたんだ」ジョンは反論した。「むしろ黙っているべきだった。ぼくが無実であることを、ぼくもきみも知っているんだから」

エマは呆れたように目を丸くした。「そのせいであなたが有罪になって、処刑されるかもしれないのに？　真犯人が見つかるまでに数カ月かかることもあるとカーターはいっていたわ。下手をしたら、ずっと見つからないかもしれないのよ」

さまざまな感情が波のように押し寄せ、ジョンはうろたえた。女性が彼の弁護に駆けつけたと聞いて、最初は憤りを覚えた。か弱い女性を守るのが男としての役割だからだ。でもいまは彼の弁護のために立ち上がった闘志に頭が下がる思いだった。エマは彼を救うためにわが身を危険にさらした――ためらいもせずに。

その勇気と信念と自己犠牲に感服せずにはいられなかった。だからこそ、そのおこないのせいで彼女につらい思いをさせるわけにはいかないのだ。

「きみの尽力と誠実さには感謝している。ありがとう」ジョンは正直にいった。

「やるべきことをしただけよ」エマは小さな声で答えた。

ふたりはまたしばらく見つめ合った。

「ぼくの妻になるのはそんなにいやか？」ジョンは一歩踏み出して彼女の手を取った。

「わたしはあなたのことを知らないし、あなたもわたしを知らないわ」消え入るような声でいった。

「それはそう珍しいことじゃない」ジョンは食い下がった。「似たような状況で結婚した夫婦は大勢いる」

「そうね。そして結婚したことを一生悔やむのよ」エマは身震いすると、握られていた手をそっと引き抜いた。

「きみの姉上たちは愛する人と結婚した。きみがためらう理由はそれか？」

「あいにく愛やロマンスに少女じみた夢は抱いていないわ」そこで考え込むような顔をした。「でも、どうしても結婚しないといけないなら条件がある」

ジョンは警戒するように身構えた。「条件？」

「一年の大半はここで、あなたの田舎の領地で過ごしたい」エマは上目遣いで彼を見た。「あなたにロンドンへ行く用事があるときはもちろんついていくけど、歳を重ねるにつれて社交シーズンの行事にほとんど関心がなくなってしまったの」

「願ってもない話だ。ぼくも田舎暮らしのほうが性に合っている」ジョンはさらに一歩前に出て、彼女の青い瞳が見えるところまで近づいた。「それだけか？」

「まだあるわ」エマは大きく咳払いした。そしてようやく口を開くと、一オクターブほど低くした声でいった。「形だけの結婚はしたくない。子どものいる本物の家庭を作りたいの。少なくともふたりほしいわね。恵まれればの話だけれど」

まいったな！　この女性には驚かされてばかりだ。そんな注文を出されるとは夢にも思わなかった。さっきエマがいっていたとおりだ。ぼくらはたがいのことをまるで知らない。

ジョンは思案ありげに彼女を見た。「その頼みをぼくがはねつけるとでも思ったのか？」

エマは眉をひそめ、頬を赤く染めた。「あなたがどう思うかなんてわかるわけないじゃないの。わたしにわかるのは、あなたが自分の意志で結婚を申し込んでいるわけじゃないということだけ」

なるほど。問題の核心はそこか。ジョンは真剣な眼差しをエマに向け、全身で誠意を伝えようとした。「いや、これはぼくの意志だよ、エマ。誰かに強制されたわけじゃない」

「わたしたちは仕方なく結婚するの」エマは力説した。「どちらにとっても、この結婚は考えてもみないことだった。それを否定したところで意味はないわ」

「去年の春にあんなことがあってからというもの結婚する気が失せていたのはたしかだ」ジョンは認めた。「だが今回のプロポーズはぼくが望んでしたことだ。理由は名誉を守るためだけじゃない。子どもがほしいといってもらえてうれしかった。白状すると、きみにいわれて初めて、それがぼくの望みでもあると気づいたんだが」

エマはほとんど表情を変えなかった。嘘偽りのない彼の言葉が彼女の心に響き、正しい選択をしてくれることをジョンは心のなかで祈った。

ついにエマが息を吐いた。長く深いため息は、彼女が下した決断の手がかりにはならなかった。が、そこで彼女は頭を垂れた。

「わかりました。プロポーズをお受けします。あなたと結婚しますわ、ケンドール卿」

「ジョンだ」彼はそう正し、ふたたび彼女の手を取った。

最初は婚約の印にキスするつもりだったが、なぜだか親密すぎる気がした。代わりにエマの手を口元に上げて手の甲にそっと口づけた。

そのとたん、ジョンの五感が目覚めた。彼の腕に抱かれ、唇を重ねるエマの姿がまぶたの裏に浮かび、みだらな妄想が頭のなかを駆け巡った。エマはじつに魅力的な女性だが、本人はそのことに気づいていない。

そのエマがぼくのものになるのだ。彼女の意外な一面を見つけていくのは純然たる喜びで、ちょっとした挑戦でもあった。

ありがたい。なにかに挑戦するのは昔から好きなのだ。

ジョンはしぶしぶエマの手を放したが、なめらかな肌の甘さが唇に残っていた。エマがはにかんだような笑みを浮かべるのを見て、ジョンはこの客間に足を踏み入れてから初めて前向きな気分になった。

翌日の午後遅く、エマは化粧台の鏡に映る顔を不安げに見つめながら、結婚を承諾する直前にジョンが口にした言葉のことはあまり考えないようにした。

〝今回のプロポーズはぼくが望んでしたことだ。理由は名誉を守るためだけじゃない〟

あれは彼の本心だろうか。あのときは素直に信じたけれど、一日経ったいまは、避けられない運命を受け入れるために彼女の頭が作り出した妄想なのではないかという気がしはじめていた。

感傷的になるのはやめなさい！　エマはかぶりを振り、心のなかで自分を叱った。そんなふうに暗く陰鬱なことを考えても困難な状況をさらに悪化させるだけよ。ケンドール子爵と結婚することの利点に目を向けなさい。

ジョンはわたしの自主性を重んじると約束してくれた。そして彼は約束を守る人だ。運がよければそのうち子どもができて、楽しみがまたひとつ増えるだろう。年の大半を田舎で過ごすとも約束してくれたから、ドロシアのマナーハウスに隣接する屋敷で暮らせるし、それもまた喜ばしいことのひとつだ。

ケンドール卿は立派な人だ。結婚で大事なのは相手への敬意と忠実さ、そして貞節を守ることだと考えている。ジョンの言葉を聞き、この結婚でもそれを得られるかもしれないという希望が生まれた。

でも愛情は？　エマは眉をひそめた。悲しいけど、それについてはあきらめなければ。エマは現実を見つめ、自分に正直になろうとした。ジョンもわたしも大切にしてきた愛を失うことの苦しさをすでに経験している。だから情熱的に愛し合うようになるかもしれないと期待するのは、とてつもなく愚かなことだ。

むしろ怖いのは、どちらか一方だけが恋に落ちて、もう一方がそれを拒むこと。そしてわたしは昔から運がないから、恋に落ちるのはきっとわたしのほうだ。

かつての痛みがよみがえった。どんな乙女の心も一瞬でとろけさせてしまう悪戯っぽい笑みを浮かべて、セバスチャンは「きみを愛している」といった。でもそのあとに「じつの妹みたいに」とつけ足してすべてを台無しにした。妹、仲間、信頼できる友、親友。でも女性として見たことはない、と。

エマはそのつらい記憶を――いつものように――心の奥に押しやった。完全に消し去れないことは恨めしかったが、いまではいくつか歳を重ね、前より賢くなっているはずだ。もう二度と男の人に心を捧げたりしない。それを慈しみ、守ってくれない人には。

降りしきる雨の音に彼女は窓のほうへ目をやった。未来への予兆？　いいえ！　くだらない迷信に振りまわされてたまるもんですか。そう腹をくくると、化粧台の上から生花で作った花冠を取って慎重に髪に留めた。

それから鏡のなかの自分をじっと見た。さあ、これで見た目は花嫁らしくなった。気持ちのほうは、ちっとも花嫁らしくないけれど。わずか一日足らずで結婚許可証を取り、結婚式の手配をして、牧師様を説き伏せて司式をお願いしたものだから、頭がついていっていないのだ。

カーターとジョンの財力と特権が合わさったときの威力を軽く見てはいけない。このことは肝に銘じておかなければ。

「すごくきれいよ、エマ」ドロシアが寝室に入ってきた。

「そう？」緊張で胃がうねった。「顔色が悪いような気がするんだけど。少し頬紅をさしたほうがいいかしら？」

「そのままで大丈夫よ」ドロシアはエマをぎゅっと抱きしめて頬に頬を押しつけた。「顔には出ていないけれど緊張しているのね」

「怖くてたまらない」そう白状した。

「今夜のことは？　結婚初夜のことでなにか訊いておきたいことはある？」

「わたしは馬鹿じゃないのよ。赤ちゃんの作り方ぐらい知ってるわ」エマは口を尖らせた。

「男性とベッドをともにする意味は肉体関係を持つことだけじゃないのよ」ドロシアはしかつめらしくいった。「とはいえ、なにが起きるか知っていれば、あまりショックを受けずに済むわ」

無数の問いが頭のなかを駆け巡ったが、どれも際どすぎて口にするのがはばかられた。それでも意を決して質問しようとしたとき、姉の顔が目に入った。「顔が真っ赤よ、ドロシア」

ドロシアはきゃっと声をあげて両手で顔をおおった。「そうみたい」

「ねえ、夫婦の営みのことを話そうとしただけで赤面するような人に、なにを訊けというのよ？」

ドロシアは顔から手を下ろして背筋を伸ばした。「いやね、ちゃんと話せるわよ」

「でも、いまはやめておいたほうがいいみたい」張り詰めた声でエマはいった。「それでなくてもこの結婚は不安だらけだから。これ以上不安の種を増やしたくないわ」

「花嫁が緊張するのはごく自然なことよ。ちょっとばかり不安になるのもね」ドロシアはエマの花冠の位置を直した。

「ちょっとどころじゃないんだけど」エマは皮肉っぽくいった。

彼女はちらりと鏡に目をやった。ドロシアがいじった花冠が少し傾いていた。目立つほどではないものの、完璧さは削がれた。奇妙なことに、それを見て少しだけ気分がよくなった。

「みなさんお待ちかねよ」ドロシアが静かに告げた。「用意はいい？」

エマは最後にもう一度鏡をのぞき込むと、ため息をついた。それから背筋を伸ばし、気を静めると、椅子から腰を上げた。「ええ」

9

客間に入ってきたエマを見たとたん、ジョンは胸が締めつけられるのを感じた。青いドレスをまとった彼女は得もいわれぬほど美しかった。体に張りつくシルクのドレスが女性らしいカーブを余すところなく見せつけている。ドレスの青が白くなめらかな肌と、瞳のブルーを際立たせていた。

長い髪は頭頂部で丸くまとめて、そのまわりに生花で作ったシンプルな冠をあしらっている。手には冠と同じ花を使った小さなブーケを持っていた。すらりと伸びた首に飾りはなく、ジョンはふと、ケンドール家に伝わるサファイアとダイヤモンドのネックレスをつけたらさぞかし美しいだろうと思った。

彼女の横にはレディ・アトウッドがいて、ふたりしてジョンのほうへ歩いてくる。ジョンは厳かに手を差し伸べ、エマがその手を取るとすぐにもう一方の手を重ねた。

「お待たせしてごめんなさい」エマは小声でいった。

「心変わりしたんじゃないかと心配した」ジョンは正直なところをいった。

「そうね」エマは大きく息を吸い込んだ。「昨夜は少なくとも六回、今朝も二回考え直したわ」

その声は楽しげにさえ聞こえた。それともこれは女性によくあるヒステリーだろうか？「それなのにいまここにいるのは、ぼくと結婚することに決めたからだと思っていいのかな？」

「ええ、かまわないわ」エマはうなずき、それから決然と顎を突き出した。「自分で決めた道だもの。あとは突き進むだけよ」

その生真面目な態度にほっとしていいはずなのに、そうならなかった。

牧師がいかにも不服そうな目をふたりに向け、咳払いしてから唇をきつく引き結んだ。ジョンはむっとして牧師をにらみ返した。牧師がこの結婚をよく思っていないことは明らかだ。アトウッドはどんな手を使って式を執りおこなうことを承知させたのだろう。

ヒステリーを起こしつつも決然とした花嫁、意地の悪い司式者。そしてバケツをひっくり返したような雨。やれやれ。大失敗に終わったダイアナとの挙式より、今日の結婚式のほうがはるかに波乱含みだ。

ひょっとしてぼくは結婚に縁がない男なのだろうか？

だがいまさら考えたところでもう遅い。エマのいうとおり、すでに道は定まったのだから。短く、淡々とした式だった。ジョンはいらだちを募らせ、牧師が投げてよこす咎めるような視線を無視した。ジョンは誓いの言葉を述べ、エマが同じ誓いを繰り返すのを一心に聞き、そしてエマの薬指に指輪をはめた。

牧師はおざなりな祝福の言葉で式を締めくくった。エマは長々と息を吐くと体を巡らせ、姉のことを抱きしめた。そのふるまいにジョンは意表をつかれた。やさしいキスを交わすつもりでいたからだ。しかし彼もすぐに祝福を受けることになった。アトウッドからは握手を、母からは涙ながらの抱擁を、そして最後にレディ・アトウッドからあたたかな抱擁を贈られた。

レディ・アトウッドは朗らかな笑みを浮かべ、食堂に祝宴の用意をしてあるのでみなさんどうぞと誘った。牧師は即座に辞退した。牧師夫人は不満げに唇をすぼめたが、夫の言葉に異を唱えはしなかった。

両家の家族がテーブルのまわりに集まった。アトウッド卿夫妻の上の子どもふたりも加わった。子どもたちがエマになつき、エマもまたふたりに深い愛情を注いでいることがひと目でわかった。

元気いっぱいの子どもたちのおしゃべりが食卓に華を添え、ジョンは祝いの席に子どもは入れないというしきたりを無視してよかったと思った。

全員が席につくと、ジョンはちらりとエマをうかがった。ジョンと同じで、エマもぼうっとした顔をしていた。ジョンは喉の乾きを癒すべく、クリスタルのゴブレットに注がれたフランス産ワインを口に含んだ。それからなんとか平常心を保とうと、糊のきいたリネンのナプキンを膝に置いた。

「もうひとりの姉上のミセス・バーリントンが今日の式に参加できなくて残念だった」ジョンはいった。

「ええ、本当に」エマは目に後悔の色を浮かべた。「グウェンとジェイソンは数週間の予定でフランスに行っているの。たとえ招待状を送ったとしても、今日の午後に間に合うよう戻ってくるのは無理な話よ。ふたりが戻るまで待ってほしいってカーターとドロシアに頼んだけど、一日も早く式を挙げなくてはだめだといって聞いてもらえなかった」

やむを得ないことだったとはいえ、ジョンは罪悪感に胸がうずいた。もっとエマの気持ちを考えるべきだった。急いで結婚したところで、この先かならず巻き起こるスキャンダルがやわらぐという保証はないのだ。それならエマの姉の帰りを待つことをもっと真剣に考慮すればよかった。

「きみが望むなら、こちらから訪ねていってもいい」ジョンはいった。「あるいはおふたりを屋敷に招いて長逗留してもらうとか」

エマは目を輝かせた。「やさしいのね。どうもありがとう。ヨーロッパ大陸から戻ったら、グウェンたちはロンドンの社交シーズンに参加するはずだけど、ぜひ泊まりに来てほしいと手紙を書くことにするわ」

おお、これが夫婦として初めての会話か。うまくいってよかった。ジョンはワインにまた口をつけると肩から力を抜いた。

コースの最初の料理、グリーンピースのスープが運ばれてきた。続いて魚料理、鶏と牛の肉料理、野菜料理、サラダがふるまわれた。テーブルについたときジョンはとくに空腹を感じていなかったが、気がつくと皿に山と盛ったすべての料理をきれいに平らげていた。エマはというと、皿の上の料理をつつきまわしては色ごとにきれいに積み上げるばかりで、ちっとも口に運んでいない。ジョンはわずかに眉をしかめた。ワインも手つかずのままだ。

「どの料理もすばらしく美味だ」彼はいった。「こんなに食べて意地汚いといわれそうだが、きみが食べない分、ぼくが食べないといけないからね」

エマの唇がほんの少し上向きにカーブしたかと思うと、彼女はアスパラガスを小さく切って上品に口に運んだ。「まだ神経が昂っていて、そのせいか胃の調子があまりよくないの」

「少し食べればよくなるかもしれない」

「そうね」エマはもうひと口アスパラガスを食べ、ワインをすすった。「ひょっとしたら、食べたものを一気にもどしてしまうかもしれないけれど」

ジョンは青ざめた。大変だ、食べたら吐いてしまいそうだということか？「そんなに具合が悪いとは知らなかった。横になるかい？」

「大丈夫、食べたらたしかによくなったわ」エマはいい、鴨のローストのお代わりを頼んだ。「そんな心配そうな顔をしないで。吐いたりしないから。そんな醜態はさらさないし、あなたにも恥をかかせないわ」

エマの頰に赤みが差し、少しリラックスしてきたように見えた。ジョンはようやく安心し、彼女の言葉を信じた。

「こんな短い時間でレディ・アトウッドはよくここまで準備をしてくれたものだ」三名のフットマンが新たな料理を手に食堂に入ってくるのを見てジョンはいった。

エマがうなずく。「昨夜はほとんど寝ないで段取りを確認していたし、今朝もかなり早起きしてすべての準備が整っているかどうか確かめてまわっていたわ。メニューも料理人と長い時間をかけて決めて、庭師とはさらに長い時間話し合っていたのよ。この日のために、カーターの庭に咲いている花の半分と温室の花のほとんどを使ってしまったんじゃないかしら」

「姉上のご尽力に感謝しないといけないな」

「ドロシアはたった一日でいくつもの奇跡を起こしてくれた。姉にとってもそれは、いろいろな意味で重要なことだったの。今日という日を忘れられない日にしたい、できるかぎりふつうの結婚式にしたいんだといっていたわ」

その発言をどう受け止めればいいのかわからず、ジョンは曖昧にうなずいた。たしかに大急ぎで手はずを整え、式を挙げた。それに、自分とエマは顔見知り程度の知り合いでしかないといっていい。だが貴族の結婚がそこからスタートするのは珍しいことじゃない。それどころか、上流階級の夫婦の多くは結婚を商取引と見なしている。家と家を結びつけ、富と地位を交換する手段だと考えている。それにもちろん高貴な血統を存続させるという目的もある。

不意にジョンはあることに気づいた。一昨日の夜にすばらしいキスを交わしたとはいえ、エマはこのあとの初夜のことで緊張や不安を感じているのかもしれない。彼女は潔癖なお堅い女性ではないものの、おそらくは処女だ。

エマの胃のむかつきの原因はそれだろうか？

その考えが頭から離れず、ジョンを悩ませた。彼はワインをすすった。エマの不安を取り除くために、体の交わりによる婚姻の完成は、おたがいにもう少し気を許せるようになるまで何日か先送りしようといってみよう。彼の気遣いにエマは感じ入るかもしれない。

先送りか。そう考えただけで激しい失望に襲われた。ジョンはエマとベッドをともにしたかった。彼女はぼくの妻になったのだ。この女性を敬い、慈しみ、守ると、ついさっき誓ったのだ。そのことを思い出したとたん、自分でも驚くほど強烈な独占欲が沸き起こった。

ジョンはごくふつうの夫婦になるつもりでいた。たがいに尊敬と称賛の念を忘れず、節度ある愛情を心がけ、冷静な判断や行動を邪魔する激しい感情——独占欲のような——とは無縁の夫婦になろうと思っていた。

はたしてその目標は達成できるのか？

ジョンの物思いはアトウッド侯爵によって破られた。アトウッドは立ち上がり、グラスを掲げると、ふたりの結婚に乾杯しようといい、新郎新婦の末永い幸せを祈るとつけ加えた。誰もが笑顔で唱和し、笑い声がはじけた。ジョンの横でエマが体を固くするのがわかった。

彼はエマに顔を寄せた。「なにを考えているんだ？」

エマはいっそう身をこわばらせた。「みんないい人ばかりだなと思って」

「たしかに。それから？」

エマがこちらに顔を向け、ワインをすすりながらジョンの目をまっすぐに見た。「本当のことをいっても？」

「もちろんだ」

彼女の頬が赤らんだ。「テーブルを見まわしていたら、わたしたちよりドロシアとカーターとあなたのお母様のほうが、この結婚をはるかに喜んでいるみたいだなと思って」

ジョンは話に出た三人にちらりと目をやった。たしかにエマのいうとおりだ。「なんだかおもしろくないな」

エマは驚いたようだったが、そこで表情が一変して満面の笑みを浮かべた。「ええ、そうね」

「どうしたらいいと思う？」彼は訊いた。

「みんなの期待を裏切るとか？」

ジョンは唇をひくつかせてにやりとした。こういう機転の利く人にはほとほと感心してしまう。

「では口喧嘩でもはじめようか」

「最初は小声で、徐々に声を大きくしていって最後は怒鳴り合うとか？」エマの目が悪戯っぽくきらめいた。

「いいね、たしかに忘れられない日になりそうだ」

「それも一生の思い出に」

ジョンは手を伸ばし、エマの手をそっと握った。エマも握り返した。胸にあたたかいものが込み上げてくるのを感じてジョンは驚いた。

ふたりしてくだらない悪巧みに興じたことで心が軽くなり、気の置けない友人のような関係ではなく、もっと深く親密なつながりを持てるのではないかという思いが生まれた。

その思いつきはジョンの好奇心をいたく刺激した。だめだ、現実的になれ。ところが悔しいことに、いつまでも頭にこびりついて離れなかった。

時計が三時を打ち、出発の時間が過ぎていることを知らせた。残った料理はとうに下げられ、会話も途切れがちになっていた。

これ以上長居はできない。エマは姉の注意を引いてうなずくと椅子から腰を上げた。

全員がエマに倣って立ち上がった。ジョンが彼女の背中のくぼみに手を置き、ドレスの生地を通して手のひらのあたたかさが伝わってきた。かばうようなその仕草も、夫としての義務のひとつなのだろう。

夫。全身に衝撃が走り、信じられない思いに襲われた。エマは感情を抑え込んだ。もう済んでしまったことよ。終わったことに心を乱すのは感情と気力の無駄遣いだわ。

ふたりを見送ろうと、全員が屋根つきの玄関までついてきた。朝のうちは激しく降っていた雨が霧雨に変わり、ベールのように地平線を包み込んで不穏な雰囲気を醸し出している。

わたしたちがまだ幼い頃、グウェンが夢中になって読んでいたゴシック小説のワンシーンみたい。これで野獣の遠吠えでも聞こえれば完璧なのに。

エマはそんな奇妙な考えを頭から振り払うと、さよならをいうために義母になった女性のほうを向いた。

先代のレディ・ケンドールは涙ぐんでいるようだった。「あなたの幸せを祈っていますよ、エマ」

「ありがとうございます」エマは義理の母の手を強く握った。「一緒に屋敷に戻らなくて本当によろしいのですか？」

「いいのいいの」義母は答えた。「新婚夫婦の邪魔はしたくありませんからね。それにちょうどいい機会だから、長年の約束を果たして親友のアイリーンを訪ねて、しばらくゆっくりしてこようと思っているの。荷物はもう馬車に積んであるし。霧が晴れるのを待ってリンカンシャーへ発つつもりよ」

「寂しくなりますわ」エマはありのままにいった。「なるべく早く帰ってきてくださいね」

「ほんのひと月かふた月のことですよ」義母はエマのことを強く抱きしめた。

次はドロシアの番だった。「がんばるのよ」エマを抱きしめて耳元で囁いた。「あなたならきっと幸せになれると信じてる」

エマは無言で、ただ眉を吊り上げた。いまはこの胸に渦巻く無数の疑念や不安を言葉にするだけの余裕はなかった。

馬車が到着した。エマは差し出されたジョンの手を借りて馬車に乗り込んだ。扉が閉まると、食堂を出たときに胸のなかで騒ぎ出した恐怖と不安が胃に重くのしかかった。

馬車はジョンのマナーハウスまでの短い道のりを静かに進み、なにごともなく屋敷に到着したが、残念ながらエマの緊張をやわらげる役には立たなかった。

フットマンが急いで踏み台を下ろし、馬車から降りるエマに慇懃に手を差し伸べた。彼のお仕着せが飾り気のないシンプルなもので、ドロシアの屋敷のお仕着せほど改まっていないのを見てエマはほっとした。格式のある大きなお屋敷を切り盛りするだけの心の準備ができていなかったからだ。

ジョンがかたわらに来るのを待ってから、ふたりは腕を組んで屋敷に入っていった。玄関広間では使用人たちが整列して恭しくふたりを出迎えた。執事と家政婦が前に進み出て自己紹介した。ミスター・ホプソンとミセス・フィールズはふたりに結婚のお祝いを述べ、末永い幸せを祈ったが、エマにはそれが心からの言葉だとわかった。

エマはそれから気が遠くなるほど長い列に沿ってゆっくり進み、自己紹介していく下級使用人たちの名前と役職をおうむ返しにしながら、どうか覚えられますようにと祈った。一点の曇りもないまでに磨き上げられた玄関広間から判断して、みな仕事熱心なのは間違いなかった。

すぐうしろをついてくるジョンが使用人ひとりひとりの手にギニー金貨を一枚握らせていることにエマは気づいた。ジョンがこの古くからの習わしを守ってくれたことがうれしかった。教会で式を挙げていないから、村の子どもたちにコインを投げてやることができなかったのだ。結婚式のもうひとつの習わしのこのコイントスを見るのが、エマは昔から好きだった。

「お夕食は何時からにいたしますか、レディ・ケンドール？」ミセス・フィールズが訊いた。

エマは曖昧な笑みを浮かべたが、そこで自分にいわれているのだと気づいてはっとした。

「ええと、どうしようかしら。いまさっきかなりたくさんのお料理をいただいたばかりだから」

「さようでございますか」年配の家政婦はうなずいたが、その眉がすっと寄せられたのをエマは見逃さなかった。「では今夜のお夕食は必要ないと料理人に伝えておきます」

エマは瞬きした。おそらく子爵とその花嫁のために祝い膳のようなものを用意してあるのだろう。今日はもうなにも食べられそうにないけれど、せめて料理の味見ぐらいはしないと厚意を無にすることになる。

「お夕食の時間をいつもより遅らせたら料理が悪くなってしまうかしら、ミセス・フィールズ？」エマはそう尋ねた。

「いいえ、そんなことはございません。奥様のご要望にお応えするのが料理人の務めですから」

「では、今夜のお夕食だけ八時半にしてください」これではロンドンの流儀と変わらないと思いつつそういった。

「かしこまりました」ミセス・フィールズはふっと表情をゆるめ、内緒話をするように微笑んだ。

「じつはおふたりのご結婚祝いにと、料理人が腕によりをかけて特別なケーキをご用意したんです」

「まあ、それはご親切に。きっとおいしくできあがっているのでしょうね」エマはいまも気をつけの姿勢で整列している使用人たちにちらりと目をやった。「旦那様とわたしがいただいたあとは、使用人全員にひと切れずつ行き渡るよう手配してください」

ミセス・フィールズは満足げにうなずいた。エマはほっと胸を撫で下ろした。家政婦との初顔合わせがうまくいけば、この家の女主人の座に収まるまでの道筋がはるかに楽になるからだ。

夫との関係にもそういう近道があればいいのに。

「エマ、きみさえよければ、ぼくは書斎に行きたいんだが。早急に目を通さなければならない書類があるんだ」

嘘でしょう？　もうわたしを置き去りにするつもり？

ジョンは答えを待つようにこちらを見つめている。いやだといったらどうするのかしら、そんな考えが一瞬浮かんだ。

「わたしのことならミセス・フィールズがいるから心配ないわ」エマはいい、力強い声が出たことにほっとした。

「では夕食のときに」

ジョンは一礼し、エマは彼の姿が見えなくなるまで見送った。

「お部屋にご案内いたしましょうか、奥様？」ミセス・フィールズがいった。

「ええ、お願い」ふとあることが気にかかり、言葉が途切れた。「わたし、大奥様のお部屋を横取りしてしまったのかしら？」

「まあ、ご心配なく。奥様——いえ、大奥様は」ミセス・フィールズは笑顔で訂正した。「何年も前にべつのお部屋にお移りになられました」

「それならよかった」

「奥様のお荷物は朝のうちにすべて荷解きさせてございます」長い階段を上がりながら家政婦はいった。「ご満足いただければよろしいのですが」

「ええ、ありがとう」

「お部屋は奥様のご希望に合わせて自由に模様替えしてかまわないと、旦那様から仰せつかっております」

二階の廊下に飾られた大理石の彫像に目を奪われ、エマは上の空でうなずいた。彫像も、金の額縁に収められた絵画もすばらしいものばかりだった。このマナーハウスを訪れたことは何度かあるけれど、上階に上がるのはこれが初めてだった。

長い廊下を進み、角を何度か曲がって、ようやくエマの部屋に着いた。部屋に足を踏み入れたとたん、模様替えはほとんど必要ないことがわかった。浅い色合いのグリーンで統一されたその部屋は、落ち着いた雰囲気でリラックスできた。ドレープを寄せたシルクのカーテンは、窓の端に寄せて同色の飾り紐で束ねてある。絨毯の模様は白とゴールドとグリーンを組み合わせていて目に楽しい。

調度品は深みのあるダークブラウンだったが、どれもすっきりとした繊細なデザインが美しかった。二方の壁に大きな窓があるせいで、今日のような曇り空の午後でも部屋は自然光にあふれている。場所ふさぎになる装飾用の花瓶や小像のたぐいがいっさいないところも気に入った。

ベッドはエレガントな四柱式で、床からかなり高さがあった。ベッドの横にさりげなく置かれた絹張りのスツールを見て、毎晩これを使ってベッドに上がるのだと気がついた。夫が抱き上げてベッドまで運んでくれるなら話はべつだけど。

そんな突拍子もない考えがどこからか降ってきたことに、エマはとまどいと驚きを覚えた。彼女はミセス・フィールズに注意を戻した。家政婦はエマを居間と、その横にあるエマ専用の化粧室へ案内した。化粧室の奥にドアがあることにエマはすぐに気づいた。きっと妻の寝室と夫の寝室をつなぐドアだ。エマはごくりとつばを飲んだ。

ありがたいことに、そのとき控えめなノックの音がしてエマの注意をドアからそらした。

「ああ、こちらはドリーです。侍女をお連れにならないとうかがっておりましたので、よろしければ、このドリーを侍女としてお使いくださいさい。若輩者ではありますが、裁縫と髪結いの腕はたしかです」

「きっとうまくやっていけると思うわ」自分と同じ年頃のメイドを選んでくれてよかった。「よろしくね、ドリー」

メイドはにっこりし、膝を折ってお辞儀した。「はい、レディ・ケンドール」

エマは心のなかでため息をついた。新しい名前で呼ばれるたびにどきっとするのは、いいかげんやめないと。

「わたしたちはこれで失礼しますので少しお休みください」ミセス・フィールズがいった。「ご用の際はベルを鳴らしてくださいませ」

ひとり残されたエマは、しばらくそわそわと部屋のなかを見てまわっていたが、やがて暖炉の前に置かれた金飾の椅子にどさっと腰を下ろした。机の上の華やかな装飾がほどこされた磁器製の置き時計に目をやり、針を読んでがっかりした。まだ五時前じゃないの！夕食の時間をあんなに遅くしたことがいまになって悔やまれた。八時半までなにをしていようかしら。

お屋敷のなかを探検するのもいいかもしれない。貴重な芸術品がもっと見つかるかもしれないし。でも広すぎて迷子になる可能性が高い。探検はべつの日にしたほうがよさそうね。

エマは窓の外に目をやった。雨はすでに止み、霧も晴れていた。そう、いまのわたしに必要なのは新鮮な空気よ。エマは上品な革の室内履きを散歩用の頑丈なブーツに履き替えた。

外へ向かいながら、使用人に出くわすたびに笑顔で会釈した。ここの庭はカーターの庭ほど優雅でもなければ広くもなかったが、型にはまらない魅力があり、自然がそのまま生かされているところも気に入った。

森の際に立ち、両手を組み合わせたとたん、左手にはめた指輪の存在が気になった。指輪の下側はなめらかだったが、宝石がはめ込まれた上側はごつごつしていた。粒の揃ったエメラルドが四つ、一列に連なっている。

エマは左手を顔の前に上げてしげしげと見た。エメラルドがきらめき、この指輪をつけるのはあなたじゃなかったのは知っているのよ、とでもいいたげにウインクしてくる。この指輪は子爵家に代々伝わる家宝なのかしら。ぼんやりとそんなことを思った。新しい指輪を作る時間がなかったからこれで間に合わせた？　それにしてはわたしの指のサイズにぴったりだけれど。

エマは沈みゆく夕日を眺めた。それから屋敷に戻り、フットマンに私室への帰り道を尋ねた。部屋では新しい侍女のドリーが、その実力を発揮しようと待ち構えていた。ドリーが衣装簞笥から真新しいドレスを選び、着替えを手伝って、ああでもないこうでもないと化粧や髪の毛をいじるあいだもエマは上の空だった。

客間に入ってきたエマを見て、ジョンは一瞬はっとしたようだった。彼は目を丸くしてエマの髪をしげしげと見た。エマははにかんだような笑みを浮かべ、照れくさそうに髪に手を持っていった。

「たしかにお客様もいないふつうのお食事にこの髪形はちょっと大げさすぎよね。でもドリーが——新しくわたしの侍女になった子が——髪ごてを上手に扱えるところを示そうと一生懸命だったものだから断れなくて」

「とても……」ジョンの声が途切れた。

「ごてごてして盛りすぎ」エマは代わりに答えて小さく笑った。「いわれなくてもわかっているわ。今後はあまり張り切りすぎないよう、ドリーにちゃんといっておきます。おたがいのためにね」

「それを聞いて安心した。人目につかないように屋敷から出ないでくれときみにお願いするのは心苦しいからね」

笑い出しそうになるのを、エマは唇を噛んでこらえた。「わたしを家のなかに押し込めておけると本気で考えているの?」

「たぶん無理だろうな」ジョンはそこで口をつぐみ、悪戯っぽい表情を浮かべた。「だがやるだけやってみるのがぼくの義務だという気がする。この村のためにね」

「あなたってとても思いやりのある人なのね、ジョン」エマはふたたび込み上げてきた笑いを押し戻そうとした。

「そうありたいと思っている」彼はサイドボードのほうへゆっくり近づいた。「なにか飲むかい？」

「ええ。あなたが飲んでいるのと同じものをお願い」

ジョンは眉を上げたが、エマは彼の射抜くような視線を真っ向から見つめ返した。当然ながらジョンは女性向けの甘いリキュールやシェリー酒よりはるかに強いものを飲んでいるはずだ。

ジョンがお酒の力に頼るなら、わたしだってそうさせてもらうわ。

デキャンターからクリスタルの栓を抜く小気味いい音がし、ジョンはふたつのグラスにお酒をなみなみと注いだ。その優雅な物腰と広い肩にエマは見惚れた。

エマは差し出されたグラスを受け取ると軽く頭を下げた。ふたりは無言でそれぞれのグラスを口に運んだ。エマは緊張をやわらげたくてちびちびとお酒をすすりつつ、飲みすぎないよう注意した。

今夜、彼女のベッドに来る気があるのかジョンはまだ口にしていないけれど、そうなった場合に備えて素面でいたかった。夕食の支度ができたことが知らされ、ふたりは腕を組んで食堂へ向かった。

あとは自分たちでやるといって、ジョンは使用人を下がらせた。エマはずらりと並んだ料理を見て、ため息をもらした。

「つかぬことをお訊きするけど、室内犬を一匹か二匹飼っていたりしないわよね？」

「どうしてだ？」

「この大量の料理を平らげるには助けが必要だから」

「ほとんどの料理を残されるより、きみが料理を犬にやったと知ることのほうが、料理人にとってははるかに屈辱だと思うが」

「そうね。じゃ、ふたりで果敢に挑みましょう」エマは空元気を出して、ほぼすべての料理を少しずつ皿によそった。

一時間後、ふたりは負けを認めた。

エマはナプキンで口を拭うと、椅子を押し下げて立ち上がった。「今日は長く忙しい一日だったので、失礼して先に休ませていただきます」

ジョンの表情に変化はなかった。彼はブランデーを注いだゴブレットをゆっくりまわし、それからほんの少し口に含んだ。「わかった。一時間したらきみの部屋に行く」

エマは口がからからになり、胸の奥で心臓が狂ったように打ちはじめた。わたしの夫は今夜、床入りして結婚を成立させるのだろうか。その問いに、いま答えが出た。

10

ジョンはガウンのサッシェを結び、裸足で静かに自分の寝室を横切った。居間を抜け、彼とエマの私室をつなぐドアの前で足を止めて、しばらくドアを見つめていた。大きく息を吸い込んで取っ手に手を伸ばし、また引っ込める。

漠然とした不安がさざ波のように胸に広がった。エマに告げた時間を少しばかり過ぎていた。彼が来ることをエマは知っている。ドアをノックし、ひと言断ってから部屋に入るべきだろうか？　おまえはそんな堅苦しいやり方で結婚初夜を迎えたいのか？

馬鹿馬鹿しい気もしたが、それが気遣いというものだろう。ジョンは一枚板のドアの中央を手の甲で軽くノックしてからドアを開け、「どうぞ」と声がかかるのを待った。

エマの部屋はろうそくの明かりで淡く照らされ、暖炉の火が赤い光を放っていた。部屋のなかを素早く見まわしたが、彼女はすでにベッドに入っているようだった。

期待に胸をふくらませて？　それとも恐怖に震えているのだろうか？　その答えはじきにわかる。

手にしたろうそくを高く掲げてベッドに近づいた。そしてしばらくただ花嫁を見つめていた。彼女の呼吸はゆっくりと安定していた。寝たふりをしているのだろうか、とジョンは思った。エマは床入りによって結婚の誓いを成就させることを怖がっているのか？

そう考えると気が滅入った。

ジョンはもう少しベッドに近づいた。揺らめくろうそくの火に、シーツの下の女性らしいシルエットがちらちらと浮かび上がる。あの魅惑的な曲線をやさしくエロティックなキスでゆっくりたどって彼女の体を燃え上がらせ、快感の高みへ導いて、ふたりして絶頂を迎えるところを想像した。

突然、エマがむにゃむにゃいって仰向けになった。解かれた髪が絹のように枕に広がる。ブラウンに琥珀色の筋が交じっている。夕食のときのあの凄まじい髪をほどくのに、どれくらいブラシをかけたのだろう。

「エマ」ジョンはそっと呼びかけた。

彼女はまたむにゃむにゃいいながら寝返りを打った。掛け布団がずれて、むき出しの肩がのぞいた。ジョンは鋭い音をたてて息を吸い込んだ。エマは寝間着を着ていなかった。それどころか、なにも着ていない。

部屋の温度が急に上がった気がした。

セクシーな空想にとらわれて、ジョンはその場に立ち尽くした。肉体の悦びを教えてくれる相手をベッドのなかで待っている女性には、ひどくそそられるものがある。ジョンはむくむくと頭をもたげてきた欲望を抑え込もうと大きく息を吸い込んだ。

ふたりが体を合わせることで、この結婚は正式なものになる。だからといって、飢えた獣のようにエマに襲いかかるのはだめだ。

ジョンは咳払いした。わざと大きな音をたてて。エマのまぶたが震え、ゆっくりと目が開いた。その目に浮かんだとまどいを見て、あたかも冷や水を浴びせられたようにジョンの欲望は一気にしぼんだ。

エマはどうして寝間着を着ていないんだろう。姉にそうしろといわれたのだろうか。理由はどうあれ、エマが未経験だという事実は変わらない。

時間をかけてゆっくり進めなければ。さもないと、どちらにとっても取り返しのつかないことになってしまう。夫婦として初めて悦びを分かち合うこの夜は、衝動のままに欲望を満たすだけではだめなのだ。

そのためにはやさしさと、甘い言葉が必要だ。やさしくすることはできる。だが、甘い言葉はどうだ？　愛してもいない女性に甘く囁くことなどできるのか？　無理しているように聞こえないだろうか？　空々しく響くのでは？

「ジョンなの？」エマの目が完全に開き、好奇心と不安が入り交じった表情でこちらを見ていた。

「べつの誰かを待っていたのか？」ジョンは緊張をごまかすようにジョークを飛ばした。

エマはその言葉に驚いたようだった。わずかに眉をしかめてベッドに起き上がると、豊かな胸のふくらみが目の前にさらされたが、ジョンがその絶景を堪能する前に、彼女は慌ててシーツを首まで引っ張り上げた。これほどきめ細やかな肌をした女性を見たのは初めてだった。クリームのように白くなめらかな肌がかすかにバラ色に輝いている。

「どういう意味？」エマが訊いた。

「ただのジョークだ、マダム。それも下手な」

ふたりのあいだに沈黙が落ちた。永遠にも感じられたが、実際はほんの数秒のことだった。

ジョンは彼女の顔と体にゆっくり視線を這わせた。ベッドが高い位置にあるせいで、ふたりの目線はほぼ同じ高さだ。

「震えているね、エマ」しばらくして彼はいった。

「緊張のせいよ」エマは答えた。

ジョンは彼女の肩に両手を置いた。「ぼくに出ていってほしいか？」いってすぐに、自分の馬鹿さ加減に呆れ返った。それでもエマがそれを望むなら……。

「今日はわたしたちの初夜なのよ」

「べつに今夜じゃなくてもいいんだ」

エマは唇を噛んだ。「あなたは出ていきたいの？」

そんなわけあるか！　ジョンはごくりとつばを飲み、勃起した股間を隠そうとガウンの合わせを直した。「ぼくは結婚の第一歩をどちらにとっても喜ばしいものにしたいんだ」

エマは顔を赤らめた。「わたしも同じ気持ちよ」

ジョンはまたベッドに近づいた。「きみは処女だね」あえて断言したのは、疑問形にすれば彼女を侮辱することになると思ったからだ。

「あなたはどうなの?」エマは気色ばんだ。

ジョンは微笑み、食ってかかるようなその口調を聞き流した。不安や緊張を抱えていても、気丈なエマはそう簡単に挫けない。

「べつに非難しているわけじゃない。単なる確認だ」そうはっきりさせた。「女性はふつう性に関する知識から遠ざけられている。そのせいでありとあらゆる誤解や不安が生じるんだ」

ジョンの配慮に感謝するどころか、エマはむっとしたようだった。「わたしは初心(うぶ)でも無知でもないわ。これからなにが起こるかくらい知っています。ドロシアが全部説明してくれたもの」

「いやいや、知識と経験には大きな違いがある」

エマはひどく苦々しい顔をした。「それはまあ、そうかもしれないけど」

「なにかぼくに訊いておきたいことはあるか?」

エマは彼に用心深い目を向けながら首を横に振った。「あなたは初めてじゃないのね」

先ほどのジョンの語調をまねて、問いかけではなく断言した。

「気に障ったかい？」

エマは両眉を吊り上げた。「これからどうなるのか、どちらかひとりでも知っていたほうがいいと思っただけよ」

ジョンの口元に歪んだ笑みが浮かんだ。「そのひとりが自分だったらよかったのにといっているように聞こえたのはどうしてかな？」

エマは笑って顎を引いた。「驚かされるのはあまり好きじゃないの」

「それはぼくも同じだ」ジョンは手を伸ばし、手の甲で彼女の頬をそっと撫でた。「この夜をきみにとってすばらしいものにしてあげたいんだ、エマ」

エマは顎を上げた。大きく見開いた目は澄んだ夏空のようにきらめいていた。「あなたを信じるわ」囁くようにいった。

なんてことだ！　そのシンプルで純粋なひと言がジョンの胸を揺さぶった。「最高の幕開けだよ」

ついにエマを名実ともに妻にする時が来た。

エマはやわらかなシーツをそわそわと指でこすりながら呼吸を落ち着かせようとした。ジョンを待つあいだに眠ってしまったようだった。ジョン。わたしの夫。

彼が寝室に入ってきたことにも気づかなかった。エマは夢を見ていた。奇妙でとりとめのない映像が無意識のなかに入り込んで、エマを不安で落ち着かない気持ちにさせた。そのとき、そっと彼女の名を呼ぶ声が、エマを現実に引き戻してくれたのだ。

そしていま、ベッドのかたわらにはジョンがいて、ロマンチックなろうそくの明かりのなかに丈の長いシルクのガウンを着たシルエットが浮かび上がった。がっしりしたたくましいその姿にうなじの毛が逆立ち、ぞくぞくするような感覚が全身を駆け抜けた。

結婚の第一歩を喜ばしいものにしたい、とジョンはいった。エマはその言葉を信じた。彼の作業場で交わしたキスの記憶がよみがえる。誘惑的で、胸がわくわくして、好奇心を刺激された。彼に惹かれるのは、きっと欲望のせいだ。

それでも不安はまだ消えてくれなかった。男女の営みというのは、自分をさらけ出すもっとも親密な行為だ。ジョンとそれをする覚悟がわたしにあるだろうか?

ジョンが身を乗り出し、彼女を腕のなかに抱き寄せた。エマは両手を彼の胸に押し当てた。ガウンの上からでも硬く引き締まった筋肉が感じられた。ジョンは彼女に体をもたせかけた。

「起こしてしまってすまない」指先でエマの髪に触れながら、かすれた声でいった。

「きっとひどく疲れているだろうに」

「ここ数日、あまり眠れなかったから」エマは認めた。

ジョンの目がぎらりと光った。「じゃあ、今夜もまたきみを眠らせてあげられないことを、前もって謝っておくべきかな」

爽やかな息の温度が感じられるほどにジョンの顔がすぐそこにあって、エマはキスの予感に気が遠くなりかけた。

ジョンを引き寄せようとして片腕を上げると、シーツがはらりと落ちて乳房があらわになった。裸でベッドに入るつもりはなかったのだが、ドロシアに薦められたレースのネグリジェはサイズが合っていなくて、胸のところがきつすぎて息苦しかったのだ。

それで、衣装箪笥のなかから飾り気のないいつもの寝間着を取ってこようと考えてネグリジェを脱いだ。ところが裸のままベッドカバーの下にもぐり込み、ふかふかのベッドと肌触りのいいシーツのあいだに挟まれたとたん、疲れ切った体に心地よいけだるさが広がったのだ。

でもいまではすっかり目が覚めていた。エマは伏し目がちに夫を見上げ、息を詰めて、唇にキスされるのを待った。ところがジョンは甘いキスで彼女の首筋をなぞった。彼の巧みな唇がいちばん感じやすい場所を探り当てると、エマの体に震えが走った。

エマは喉の奥でうめき、頭を傾けて彼と唇を合わせた。ジョンは焦らすようなキスをすると、舌で彼女の口をなぞり、唇を割って舌をするりと差し入れた。彼の熱い舌に唇をこじ開けられ、口のなかを情熱的に探られて、エマは身をわななかせた。

ジョンが体を離した。ガウンを脱ぎ捨て、彼女のかたわらに横になると、片肘をついて頭を起こした。彼の重みでベッドが沈んだ。先ほどのキスで乱れた呼吸のまま、エマはつかのま彼の裸体に見惚れた。このときばかりは芸術家の冷静な目ではなく、ひとりの女として。

そして彼の肉体の力強さと美しさに魅了された。全身にしっかりと筋肉がついていて、腰は細く、ヒップは引き締まり、脚も長い。たくましい肩から広い胸、そしてくっきり割れた腹部から腰へと視線を這わせる。ろうそくの光を受けて、股間をおおう茂みと硬くそそり立った部分がちらりと見えた。

エマの口元にゆっくりと笑みが広がった。ジョンはうっとりするほど美しかった。眼福とはこのことね。彼が裸でもくつろいでいられるところもよかった。エマは我慢できずに彼の胸から脇腹へと手のひらをすべらせ、おへそから下腹部へとつながる体毛を指でなぞり、腹筋の硬さに驚いた。

ジョンの顔に視線を上げると、欲望に暗くけぶる瞳にぶつかった。彼の胸は激しく上下し、体が震えているのが指先から伝わってきた。

「やめないでくれ」ジョンの声はしわがれていた。

その言葉に勇気づけられ、手をさらに下へ伸ばすと、硬く張り詰めた彼のものを指で包み込み、手のひらでその重さを味わった。石のように硬いのに、熱くてすべすべしている。

そのみだらで官能的な発見はエマに自信と喜びを与えた。

「わたしに触られると気持ちがいいの？」かすれた声で尋ねた。

指先で焦らすように根元から擦り上げ、先端から滲み出てきたあたたかくねっとりした液体を、円を描くようにゆっくり塗り伸ばした。ジョンは腰を突き出し、エマの顎をつかんで上を向かせた。

ジョンの目は欲望に翳っていた。彼は喉の奥から低くうめき、エマの手のなかのものが脈打ちながらさらに大きくなっていく。「もっと強く握ってくれ」彼の顔は快感と甘い痛みで歪んでいた。

いわれたとおりに彼をこすって強く握った。ジョンがうめいてエマのほうに手を伸ばし、張り詰めてうずいている胸のふくらみを熱い手のひらで包み込んだ。親指で愛撫すると頂きが尖り、手のひらに食い込んだ。

体の奥から熱いものがせり上がってくる。エマは自分から体を押しつけると、彼の首筋に鼻をこすりつけ、顔を深くうずめた。ジョンは手を下へすべらせて彼女の脇腹をなぞり、太股の付け根に軽く触れた。

エマの指がゆるむと、ジョンはさっと体を離した。セクシーな新しいおもちゃを取り上げられて、エマは抗議の声をあげた。

「いやよ！　返して」息をあえがせながら叫んだ。

「少しの辛抱だ」ジョンの声は低く、かすれていた。「きみにぼくを受け入れる準備ができるまでの」

熱く濡れた唇が胸のふくらみに押しつけられた。エマは彼がキスしやすいように体をねじり、ジョンは貪るようなキスでそれに応えた。

彼は乳首を口に含んで吸った。エマは快感にうめきそうになるのをこらえた。頭がまともにまわらず、ただ快感にひたることしかできない。

ジョンの口が乳房から離れて下へ向かった。脇腹から腹部へ。彼女の内腿に口づけすると、力強い手で脚を大きく開かせた。彼が顔を近づけてくると、湿り気を帯びた茂みに熱い息がかかった。エマは体をこわばらせた。全身が痛いほどうずいていたけれど、ここまで親密な行為を受け入れる心の準備ができていなかった。

「ジョン、わたし……」

「リラックスして」ジョンは甘く囁いた。

冗談でしょう？　みだらにも彼の前で脚を開き、大事なところをさらけ出している状態で、どうリラックスしろというの？

エマは体の脇で両手をばたつかせ、恥ずかしさを克服することだけを考えた。ジョンが指と口と舌を使って彼女のそこをこすり、こねまわすと、エマは歓喜の声をあげた。体の奥が張り詰め、情熱に絡め取られて、われを忘れた。

敏感な部分を焦らすように舌で転がされ、エマは激しく乱れた。こらえきれずに脚をさらに大きく開くと、自分から彼の口にそこを強く押しつけた。体の内側でくすぶっていた欲望に火がついて全身に広がっていく。

「快感に身を任せて」ジョンがやさしく焚きつけた。

みだらな愛撫に興奮を掻き立てられ、恥じらいも忘れてうめいた。ジョンは舌を突き出し、感じやすい蕾を攻め立てた。エマは身を震わせ、体の奥から快感がせり上がってくると、彼の髪をつかみ、脚をばたつかせて、激しく腰を振った。

耳の奥でどくどくと血が脈打ち、まるで海鳴りのようだ。まわりから世界が消えてなくなり、ジョンが呼び起こす狂おしいまでの快感に没頭した。声をあげそうになるのを唇を噛んでこらえ、官能の高みへたどり着こうともがいた。

突然、快感が堰を切ってあふれ出した。まぶたの裏で光が炸裂し、体の芯から熱いものが全身に広がって強烈なエクスタシーへ昇りつめる。エマは頭をのけぞらせ、息をあえがせた。

体を震わせ、荒い息をなんとか静めようとしながら、シーツを引っ張って顔を隠したいという衝動と闘った。頭がぼうっとしていた。完全に放心していた。言葉ではいいあらわせない気持ちだった。すべてを暴かれ、さらけ出してしまった——それなのに信じられないくらい幸せだった。

エマは純然たる快感の余韻にひたっていた。心も体もふわふわしている。そのうち太腿から足首までをやさしく愛撫されていることに気がつき、自分の体を見下ろした。

ジョンが顔を上げて彼女の目を見た。彼はいまも大きく開いた脚のあいだにいた。エマは顔を赤らめ、ろうそくの火が顔の赤みを隠してくれますようにと願ったが、そこで自分の愚かしさに笑い出した。

ジョンにあんなことを許したあとで、いまさらなにを恥じらっているのよ！

不意にジョンが動き、肘で上体を支えておおいかぶさるような姿勢になると、エマの心は千々に乱れた。

「よかったみたいだな」ひとり悦に入ったようにジョンはいった。

「あら、どうしてわかったのかしら？」エマは気恥ずかしさをごまかした。

ジョンは口を開けてエマの唇をすっぽり包み込み、深いキスをした。エマは彼の広い背中に両手を這わせ、背骨のくぼみを下へたどって、引き締まった腰の付け根に触れた。ジョンは体をずらしてエマの指に指を絡ませると、そのまま彼女の腕を頭の上へ持っていった。

それから上体を倒しておおいかぶさった。心臓の音が重なる。エマは本能のままに腰を突き上げ、彼の腰に脚を巻きつけて体を開いた。ジョンはそれに応え、彼女の入口にゆっくりとペニスの先端を押し当てた。

熱くて硬いものがエマのなかを押し広げながら入ってくる。奥へ、奥へと。突然、鋭い痛みが全身を貫き、エマは息をのんだ。

「これできみは処女じゃなくなった」ジョンが動きを止めた。「慣れるまで時間をおこうか？」彼は目を見開き、探るようにエマを見た。

エマはいっぱいに満たしている熱いものから逃れようと腰をくねらせた。ジョンは動きたいのを必死に我慢しているようだった。全身をこわばらせ、肩を小刻みに震わせている。

「もう少しだけ待って」エマは彼の自制心に舌を巻いた。

ジョンの口から低いうなり声がもれ、それはすぐにうめきに変わった。彼の指が乳房をかすめ、腹部を撫で下ろして、重なり合った体のあいだにもぐり込むのがわかった。敏感な蕾を強く押され、エマの体をぞくぞくするような興奮が駆け抜けた。

「少しはよくなった？」かすれた声でジョンが訊く。

エマは唇を舐めた。お腹の奥がきゅっとなり、いままでは馴染みになった甘いうずきが広がる。「ええ、すごくいいわ」

ジョンは低くうなると動きはじめた。ゆっくりやさしく彼女を押し開きながら、ひと突きごとにさらなる深みへ分け入っていく。エマは目をつぶり、背中を弓なりにして、自分から腰を突き上げた。彼の動きに合わせて腰を揺らし、ふたりしてゆっくりと官能的なリズムを刻む。痛みは少しあったものの、彼とひとつになる感覚がすばらしすぎて気にならなかった。

ジョンがまばたきして目を閉じ、リズムが速く深くなったことにエマは気づいた。それに合わせてエマの興奮も高まり、二度目の絶頂が近づいてくるのがわかった。寄せては返す波のような絶え間ない快感が次第に一点に集まって、そして一気にはじけた。

エマは歓喜の悲鳴をあげた。ジョンは彼女を胸に掻き抱き、一層激しく腰を打ちつけた。そして彼もまた雄叫びをあげて、熱い精をどくどくと勢いよく彼女のなかに放った。ジョンは体を震わせて果て、エマは彼が倒れ込んでくるものと身構えた。

ところが意外にもジョンは彼女の唇に甘くやさしいキスを落として、額と額をくっつけた。彼の息は荒く、その肌は汗に濡れてうっすら光っていた。彼はエマの目を見つめて静かにいった。「大丈夫かい？」

エマは急に胸がいっぱいになり、喉が詰まった。声がかすれてしまいそうで、ただうなずいた。

ジョンは彼女の上から下りた。彼の体の重みが消えると、なんともいえない喪失感に襲われた。ジョンはエマの隣で仰向けになると、目の上に腕をのせた。

エマは寝返りを打って彼に身を寄せた。太くたくましい腕に腕を絡め、肩に顔を押しつける。

「いまのあれは――」気持ちを言葉にすることができず、ため息がもれた。

ジョンは彼女を引き寄せて鼻の頭にキスした。「少し眠るといい、エマ。もう夜も遅い」

眠る？　そんなの無理よ。あんなことを経験したばかりなのに。あれほどすばらしいものを分かち合ったばかりなのに。

抗議しようと口を開きかけたとき、ジョンが寝返りを打ってうつ伏せになった。頭をのせた枕に片方の腕を投げ出すようにして。エマは開けた口を閉じて、ジョンの広い肩と背中に見惚れた。

それは完璧な造形だった。あたかも大理石から彫り出され、磨き上げられたかのようだ。目を閉じてリラックスしている姿は、屈託のない少年のように見えた。その口元にうっすらと満足げな笑みが浮かんでいるのを見て、エマは誇らしさで胸が熱くなった。あの笑みを浮かべさせたのはわたしなのだ。

わたしの夫。この先の人生をともに生きる人。文字どおり〝死がふたりを分かつまで〟。

ああ、なんてこと！

自分は人妻になったのだということは考えないようにして、エマは夫の言いつけに従って目を閉じた。

そして数分後には眠りに落ちていた。

11

翌朝目が覚めるとエマはひとりで、ベッドの横はもぬけの殻だった。かたわらの枕に手をやると、ジョンの頭がのっていた場所がうっすらへこんでいた。彼の匂い――うっとりするほど男らしい香り――はかすかに残っていたが、本人は影も形もなかった。

わたしが寝ついた瞬間にこっそり部屋を出ていったのだろうか？　それとも朝まで隣で寝ていた？

ジョンは昨夜のような親密な関係を保つことを望んでいるの？　それともその気はない？　彼にとっては単に体だけのことなの？　わたしにとっては？　まだジョンに恋してはいないけれど、いまこの胸にある強い感情が昨夜の行為への深い満足感だけでないことはたしかだった。

私室のドアが開いた。エマは寝返りを打って頭をもたげた。

「おはようございます、奥様」ドリーがカーテンを開けながらいった。

淡い光が部屋いっぱいに差し込んだ。エマはベッドに起き上がり、くしゃくしゃになった髪を手で撫でつけながら、入ってきたのが夫ではなく侍女だったことにがっかりなんかしていないわ、と心のなかでつぶやいた。

「いま何時かしら？」ドリーに尋ねる。

「八時半です」

この二十四時間であれだけのことがあったのに、いつもと同じ時間に目が覚めたことに、エマは苦笑いを浮かべた。頭と心はざわついていたが、体の疲れはすっかり取れていた。ドリーが差し出したガウンを礼をいって受け取り、肩をすぼめるようにして羽織った。それから寝室の隅にある衝立の奥へ向かい、熱いお湯が入った水差しと、清潔な布とタオルが用意されているのを見てほっとした。

衝立があることに感謝しつつ、ひりひりする脚のあいだを洗った。布に血がついてきたが、そういうこともあるとドロシアから教えられていたから心配せずに済んだ。

ベッドからシーツをはがす音が聞こえた。シーツについた血のしみを見て、年若い侍女がびっくりしないといいのだけれど。

ドリーの手を借りてドレスに着替え、髪をお結いしましょうかという申し出を体よく断った。誰の助けもなしに食堂までたどり着けたことにほっとしながら、エマはドアの前でしばしためらい、ジョンに会う心の準備をした。

胸を張って顔を上げ、ゆったりした足取りで戸口を通り抜けたが、緊張しただけ無駄だった——食堂には誰もいなかった。磨き上げられた木製のテーブルには、窓に面してひとり分だけ席が用意されていた。

「旦那様はもう食事を済ませたの？」エマは給仕のためにサイドボードの横に気をつけの姿勢で立っているフットマンに声をかけた。

「はい、奥様」フットマンは答え、エマのために椅子を引いた。「旦那様はふだんから早朝に食事をお召し上がりになりますので」

「ああ、そうなのね」エマは勧められた椅子に腰を下ろした。こんなことなら部屋にいればよかった。朝食はめったに食べないのに階下へ下りてきたのは、夫に会えると思ったからなのに。

「コーヒーをお持ちしますか？　それともお茶かホットチョコレートになさいますか？」フットマンが答えを待つような目を向けてきた。

「ホットチョコレートをお願い」今朝は熱くて苦い飲み物がほしかった。

ふたり目のフットマンがあらわれた。最初のフットマンより若く、表情にやる気がみなぎっている。名前はヘイスティングスといったかしら？　それともハワードだった？

「お食事をお取りしましょうか、奥様？」彼はいった。「ほかに召し上がりたいものがあれば、料理人に伝えますが」

エマはサイドボードにちらりと目をやった。銀の蓋をかぶせた保温用の深皿がずらりと並び、その重みで天板がきしんでいる。信じられないことに、料理人は朝食に出せるメニューをひとつ残らず用意したらしい。

「卵料理を少しとベーコンをひと切れ、それにトーストとジャムをもらえるかしら」エマはそう返事をしてホットチョコレートをすすった。

「半熟卵とスクランブルエッグ、どちらになさいますか?」

ああもう、決めなきゃいけないことが多すぎる!「あなたのお薦めはどっち?」

「料理人が作るものはどれもおいしいです」彼は顔を赤くし、口ごもりながら答えた。

「では、少しずつ両方とも食べてみるわ」

あたたかい料理を盛った皿が目の前に置かれると、エマはうなずいて感謝の気持を示した。フットマンは一礼すると、気を利かせて部屋から出ていった。

ああ、よかった。たとえ観客がいなくても、皿の上の料理の半分も飲み込めそうになかった。冗談じゃなく、犬を飼うことを考えたほうがいいかもしれない。それも食欲旺盛な大型犬を。

トーストにバターを塗りながら窓の外に目をやったが、渦巻く霧のせいでほとんどなにも見えなかった。気まぐれな夫のことで頭がいっぱいだった。今朝ジョンにほったらかしにされるなんて思ってもみなかった。

あの情熱の一夜のあとで、平然とした顔で夫と対面するのは生やさしいことじゃない。時間が空けば空くほど、神経がすり減ってしまうだろう。

とはいえ、これに関して自分にできることはほとんどないとわかっていたから、エマは食事に注意を戻した。そして料理人のとびきりおいしい卵料理をできるだけお腹に詰め込んだところで降参した。皿の上にまだ料理がたっぷり四分の一は残っているのを見てうろたえ、卵料理の残りとベーコンの切れ端をトーストにのせて、もう一枚のトーストで挟んだ。それをリネンのナプキンで包み、ポケットに押し込むと、食堂をあとにした。

食後は散歩をするのがよさそうだ。こんな食事を続けていたら、そのうちドレスが縫い目のところではちきれてしまうわ。

テラスガーデンのほうへ歩いていくと、そよ風がスカートを揺らした。空が晴れてきて、朝日が顔を出すと同時に霧はみるみる消えていった。なだらかに傾斜した芝生を足取りも軽く下りていきながら、エマはまぶしい日差しに目を細めた。

あたりには誰もいなかった。庭師（ガーデナー）と庭園管理人（グラウンドキーパー）はどこかべつの場所で忙しくしているのだろう。これだけの規模の地所を維持できているのは、大勢の使用人が休みなしに働いてくれているからだ。

遠くでなにかが動くのが見えた。エマは目をすがめた。誰かが平原で馬を走らせているのかしら？　もしかしてジョン？　胸が高鳴った。腕で日差しをさえぎり、よく見ようと目を凝らした。

ううん、馬の背中には誰もいない。

それに、あれは馬じゃない。

犬だ。夜の闇のように黒い筋肉質のすらりとした体をして、肢は長く、頭は大きい。その動きは犬というより馬のようで、ぐんぐん速度を上げながら平原を駆け抜けていく。その自由で楽しげな姿に、エマはほんの少し嫉妬を覚えた。

突然、雑木林のなかから三人の男が姿をあらわし、すると犬は素早く方向を変えた。三人組は大声で叫び、両腕を振りまわしながら犬を追いかけたが、犬はいまやエマのほうへまっすぐ向かってきていた。

ぐんぐんと迫ってくる犬に、一瞬、純然たる恐怖を覚えた。身を隠せるような場所はどこにもない。どうかあの大きな犬が人懐っこい子でありますように――それか、せめてわたしに興味がありませんように――と願いつつ、エマは大きく息を吸い込み、地面に足を踏ん張った。

ところが犬は追手から逃げることしか頭にないらしく、エマには目もくれずに横を駆け抜けた。どこへ行くのだろうとエマが振り向いたとき、犬が横すべりしながら急停止して大きな頭を上げた。

エマは丘のほうを振り返った。黒い鼻がひくひく動くのが見えた。

「逃げて！」犬に向かって叫んだ。「さもないと捕まっちゃうわよ」三人組が近づいてきている。

エマの声に犬の耳がぴんと立った。犬は小首をかしげると、鼻の穴をふくらませて彼女のほうへ駆けてきた。エマは恐怖に後ずさったが、そのとき犬が焦げ茶色の瞳を上げて彼女を見た。

そのくりくりしたやさしい目を見たとたん、怖がることはなにもないとわかった。「まあ、ハンサムなワンちゃんだこと」エマは声をあげた。「あの人たちをあんなに怒らせるなんて、あなたいったいなにをしたの？」

犬はそばまで来ると、エマのドレスの横に顔を押しつけてくんくんかいだ。エマはびっくりして後ずさった。犬はついてきた。そしてその場に座り、期待するような目で彼女を見上げた。

明らかになにかおねだりしている。でもなにを？　あげられるものなんて持っていないのに。ああ、そうか！　エマは笑みを浮かべると、ドレスのポケットからナプキンにくるまれたものを取り出した。犬がものすごい勢いで尻尾を振り、エマはたしかに風を感じた。

「朝ごはんがほしいの？」エマはベーコンと卵を挟んだパンを少しちぎった。

食べ物を見て、犬は興奮に目を見開いた。そして行儀よくお座りしたまま近づいてきた。エマがそろそろとパンを差し出すと、犬は大きな口を開けてひと飲みした。

「ちゃんと噛まないとだめよ」やさしく叱って、またパンをちぎってやった。

「そいつを捕まえたんですね、奥様！　お見事です！」

三人組が息を切らしながらようやく追いついた。昨日、出迎えてくれた使用人たちのなかで見た顔だとエマは気づいた。いま声をかけてきたのが庭園管理人で、残りのふたりはその助手だ。あいにく名前までは思い出せなかったけれども。

エマは三人組を見た。「この子のことを知っているの？」

「そいつにはもう何カ月も手を焼かされていたんです。新しく植えた苗を全部掘り返してしまうものですから」庭園管理人が説明した。

「それだけじゃありませんよ」助手のひとりが苦々しげにいった。

親方に脇腹をつつかれ、助手は目を伏せた。

エマは好奇心をそそられた。「そうなの？　ほかにどんな悪戯をしたのか、ぜひ聞かせてちょうだい」

小柄だががっしりとして、こめかみのところに白いものが交じった庭園管理人は顔をこすった。「その雑種犬がうちの犬小屋に入り込んだんです。先週、旦那様が大事にしている猟犬の一頭が仔犬を産みましてね。母親の毛は真っ白なんですが、仔犬はみんな真っ黒で、私の拳ぐらいある大きな手をしていました。誰が父親か一目瞭然ですよ」

全員の視線が犬に集まった。あたかも自分の話題だと察したかのように、犬がまた尻尾を振った。

「あらまあ、あなた女性にもてるのね」エマは笑った。

彼女は大きく四角い犬の頭と、長くすべすべした耳を撫でてやった。犬は気持ちよさそうに目を閉じ、尻尾の動きがさらに激しくなって、最後には円を描くようにぶんぶん振りまわした。

「この子の飼い主は誰なのかしら？」

「われわれの知るかぎり飼い主はおりません」庭園管理人が答えた。「ときどき料理人が残飯を与えたり、うちの猟犬に餌をやるときに近くにいれば少し分けてやったりしています。食べ物を与えればここに居着いてしまうことはわかっているんですが……」彼は肩をすくめた。

エマは感心したようにうなずいた。この家の使用人が厄介者の野良犬にも餌を恵んでやるようなやさしさを持ち合わせていることを知ってうれしくなった。

「あなたは間違ったことはしていないわ、ミスター……」

「コリンズです、奥様」庭園管理人はかしこまって帽子のつばに手を添えた。

「わたし、この子を飼うことにするわ、ミスター・コリンズ」エマは心を決めた。「ちょうど今朝、犬を、それも大型犬を飼いたいと考えていたの。そしたらこの子があらわれた。この子ならきっとすばらしいペットになってくれるはずよ」

庭園管理人は頭を掻いた。「旦那様も幼い時分に仔犬を飼っておられましたが、ここまで大きくありませんでした」

「たしかにこの堂々とした体格に敵（かな）う犬はそういないでしょうね」エマは認めた。「幸い、マナーハウスはとてつもなく大きいし、この子にぴったりよ」

味方ができたことがわかったかのように、犬がエマの手を舐めた。エマが耳のうしろを掻いてやると手に鼻を押しつけてきた。

庭園管理人はまだ納得していないようだった。「こういってはなんですが、その犬はレディのペットにはふさわしくないと存じます」

「そこがいいんじゃないの。大きくて悪戯だけど、愛情にあふれてる。まさに理想のペットだわ」まだ渋い顔のままの庭園管理人を見て、エマはさらに続けた。「あなたもじきにわかると思うけど、わたしはそのへんのレディとは違うの、ミスター・コリンズ」

エマは貴婦人たちのあいだで流行っているペット用小型犬の、甘やかされてぶくぶくに太った姿を思い浮かべた。パグやトイプードルに宝石つきの首輪をはめ、クッションにのせて持ち運ぶのだ。おおいやだ、そんなのはわたしの求めるペットじゃない。

「それを屋敷のなかに入れるおつもりなら、まずは体を洗わないと」ミスター・コリンズはいった。

「たしかにそうね。引き受けていただける？　それともフットマンに頼んだほうがいいかしら？」

助手のひとりが忍び笑いをもらした。きちんとした身なりのフットマンが石鹸水を溜めたバスタブのなかで、いやいや犬を洗っているところでも想像したのだろう。

「そいつは私らが洗っておきます、奥様」ミスター・コリンズは厳しい顔を犬に向け、つけ足すようにいった。「きっと面倒なことにはならんでしょう」

「みなさんにお任せすれば心配ないわね」エマはいった。「きれいになったら、わたしのところまで連れてきてください」

ミスター・コリンズは口笛を鳴らし、犬について来るよう合図した。犬は地面にぺたんとお尻をつけたままエマに体をもたせかけた。「いい子だから、あの人についていって」エマはいった。

犬は地面に腹ばいになり、前肢を組んでそこに大きな頭をのせた。

「こいつ、風呂に入れられるのをわかってるんじゃないかな」助手の片方がつぶやいた。

その真剣な口ぶりにエマは笑いを嚙み殺した。これから徹底的に体を洗われることを犬が知っているわけがない。まあ、動物がなにを考えているかなんて誰にもわからないけれど。

「たしかに利口な子のようね」何気ない口ぶりでいった。「この子のことはサー・ガラハッドと呼ぶことにするわ。アーサー王の円卓の騎士のなかで、もっとも偉大な人物よ。姉のドロシアのところにはサー・ランスロットという名前の犬がいるのだけど、ガラハッドは勇敢で純潔な人として知られているの」

サー・ガラハッドはその高貴な名前に感銘を受けた風もなく、口を大きく開けてあくびをした。全員の目がその大きな獣に向いた。のんびりと地面に寝そべっていると、さらに大きく見える。ミスター・コリンズは眉を寄せ、ふたりの助手は途方に暮れた顔をしている。エマは笑顔でナプキンのなかから朝食の残りを取り出すと助手のひとりに手渡した。

助手はわかったというようにうなずき、残飯をのせた手を犬のほうに差し出した。食べ物の匂いをかぐと、犬はぱっと立ち上がって近づいていった。

「今度はついてくるぞ」助手は犬を引き寄せるようにゆっくり歩き出した。

「奥様のほうが一枚も二枚も上手でしたな」ミスター・コリンズがいい、三人は慌ただしくその場から立ち去った。

エマは微笑み、三人が視界から消えるのを見届けてからマナーハウスへ戻った。犬を――サー・ガラハッドを見つけたことがいい気晴らしになり、ジョンが今朝、声もかけずに部屋を出ていったことを忘れていられた。だがそれも、ほんのいっときのことだった。

なぜジョンはわたしを待たずに朝食を終えてしまったのだろう？　どうして行き先を記したメモすら残してくれなかったの？

いくら考えても答えは見つからず、しまいに頭が痛くなってきた。ジョンと心地よい関係を築くまでには時間がかかりそうだ。気長にこつこつやるしかないわ。

とりあえず、ケンドール子爵夫人という新たな役割に慣れることと、新しいペットが早くこの家に馴染めるようにすることだけ考えよう。大きくて元気がありすぎる子だから、使用人たちの邪魔をするのは目に見えているもの。

サー・ガラハッドを見たらジョンはどんな顔をするかしら。そう思うと、口元にふっと笑みが浮かんだ。ものすごく迷惑そうな顔をすればいいのに。心のなかに住む悪戯な悪魔がそうつぶやいた。

時間がのろのろと進み、ようやく午後になった。エマは料理人と一週間分の献立について話し合い、家政婦のミセス・フィールズの案内で屋根裏部屋から地下貯蔵庫まで家じゅうを見てまわり、自分宛ての手紙に——といっても、姉のグウェンが送ってよこした長い手紙一通だけだったが——目を通した。

緑が生い茂るサンルームのなかをのんびり散策しながら、ここでジョンと初めて言葉を交わしたときのことを思い出していた。あれは中止になった彼の結婚式のあとだった。その記憶に気持ちが沈み、ひとりきりの寝室に戻る気にもなれなくて、エマは客間に腰を落ち着けた。

装飾こそ格式張っていたけれど、床から天井まで届く大きな窓から日差しがたっぷり差し込む、この広々とした部屋をエマは気に入っていた。

調度品は豪華だが趣味がよく、居心地もよかった。カーテンと布張りの家具はゴールドで統一され、磨き上げられた木の床に敷かれた絨毯の模様にはゴールドと緑と青が使われている。

退屈で死にそうになっていたとき、部屋の外が急に騒がしくなった。エマは書き物机から腰を上げてドアを開けた。ドアの前にはミスター・コリンズがいて、サー・ガラハッドの首にかけた長い革紐の端を両手で引っ張っていた。

「三人がかりでなんとか風呂に入れました。すぐに走り出そうとするもんですから、お屋敷のなかに入れるなら引き紐(リード)につないだほうがいいかと思いまして」

「いい考えだわ」そういったとき、犬がエマのそばへ行こうと革紐を引っ張った。「もっとも、本人は気に入らないみたいだけど」

「頑固な犬ですよ」ミスター・コリンズはぶつぶついい、犬を引き戻そうと足を踏ん張った。

「意志が強いのはいいことよ」エマはいった。「でも、すぐにいうことを聞くいい子になると信じているわ」

ミスター・コリンズは疑わしげに眉を上げた。エマはそしらぬ顔でリードを受け取ると、礼をいってドアを閉めた。そのとたん、サー・ガラハッドは嘘のようにおとなしくなり、エマを部屋の向こうへ引っ張るどころか、彼女の足元に座って体を擦り寄せた。

エマはご褒美に頭をやさしく撫でてやった。首からリードをはずしてやるとサー・ガラハッドはたちまち部屋のなかを調べはじめ、床や家具の匂いをかぎ、長いシルクのカーテンの裏にまで頭を突っ込んだ。

その様子がおかしくて、エマは絹の錦織りの長椅子に座って見ていた。

部屋の隅々まで調べ終えると、サー・ガラハッドはエマのところへやってきた。長椅子の彼女の横に飛び乗ると、きちんと足を揃えて座り、ぴんと伸ばした背中を肘掛けに預けた。すると顔の位置がエマより高くなった。

あらまあ、本当に大きいのね。

エマは彼の鼻を掻いてやり、すべすべした長い耳を撫でた。サー・ガラハッドはエマににじり寄り、そこで急に立ち上がってその場をぐるぐるまわったあとで、また椅子に座り込み、そこでようやく落ち着いた。満足げにため息をつくと、エマの膝に頭をのせて目を閉じた。

犬の頭をぼんやりと撫でながら、心が妙に落ち着くのを感じた。本を手にくつろいでいると、ドアが開いてジョンが入ってきた。

彼は普段着だった。たくましい太腿に張りつく黄褐色の半ズボンに、膝丈の黒いブーツ。濃紺の上着が肩の広さを際立たせ、上着の下には銀色のベストを着けている。エマは思わず息をのんだ。

ああ、なんて美しい人なの。

その姿に昨夜の記憶がよみがえる。彼のキスと愛撫がどんなふうにして、わたしの奥深くで眠っていた欲望の火を燃え上がらせたことか。頬が赤く染まりそうになるのを意志の力でなんとか抑え込んだ。

認めたくはなかったが、ジョンと性的に結ばれたことでエマは変わった。ジョンも同じだろうと考えるほど初心ではなかったけれど、せめて義務感とは違う絆のようなものを感じてくれていればと願った。

彼女がいるのを見て、ジョンがかすかに眉をしかめたことにエマは気づいた。なるほど。できるだけわたしと顔を合わせたくないわけね。エマはむっとし、顎をつんと上げた。

「ごきげんよう、ジョン」

「エマ」

ジョンがこちらに足を踏み出したとたん、喉の奥から絞り出すような低いうなり声が部屋に響いた。ジョンとサー・ガラハッドは警戒するようににらみ合った。

「ああ、そういえば、犬を飼うことにしたわ」エマはいい、さらに顎を高く上げた。

ジョンの目がエマに向いた。「そうみたいだな。どこで見つけたんだ？」

「この子がわたしを見つけたのよ」

ジョンは興味を引かれたように片眉を上げた。「本当に犬なのか？　小馬の間違いじゃなく？」

「名前はサー・ガラハッドよ」遠目でこの犬を見たとき自分もまさに同じように考えたことなどおくびにも出さずに、ジョンの当てこすりを無視した。「頭がよくて、主人に忠実な、人懐っこい子よ。まあ、誰に対してもというわけじゃないけど。だからこの子に近づくときは用心したほうがいいわよ、万が一、嫌われているといけないから」

ジョンの足が止まった。「ぼくがそいつに肉を食いちぎられるかもしれないといいながら、なんとなくうれしそうなのはなぜかな?」

「わたしが? そんなことあるわけないじゃないの」さまざまな感情がどっと押し寄せて頰に血がのぼるのがわかった。午前中ずっとわたしをほったらかしにしていたんだから、犬に嚙まれても当然よ。

「わが家では犬は犬小屋で飼うことにしている」ジョンはさらりといった。「アンティーク家具の上でくつろがせるより、そのほうがはるかに望ましいからね」

「あらそう?」エマは手を伸ばしてサー・ガラハッドのお腹を撫でた。「ここのほうがはるかにふさわしいと思うけど。この子はわたしの話し相手だから、そばにいてもらわないと困るわ」

「使用人たちが怖がる」ジョンはほんの少し前に進んだ。

「そのうち慣れるわ」エマはいい返した。

「餌代もふつうの犬の三倍はかかりそうだ」ジョンは不平をこぼした。

「それくらいの余裕はあるでしょう?」エマはサー・ガラハッドのやわらかな毛に指を絡めた。「どんなに反対されようと、もう飼うと決めたの。花嫁への結婚祝いだと思ってちょうだい」

ジョンが疑念の表情を浮かべた。「ふつうは宝石を贈るものだと思うが」

「いやね、ジョン。わたしはふつうの花嫁ではないし、わたしたちの結婚もふつうからはかけ離れているわ。あなたも同じ意見だとばかり思っていたけど」

あらやだ、ジョンが黙り込んでしまった。エマは上目遣いで夫を盗み見た。わたしのずけずけした物言いに気を悪くしたのかしら。だがすぐに、そんなことを気にする自分に腹が立った。

「たしかにぼくらは一般的な夫婦とは違うかもしれない。だが、できることなら冷め切った夫婦にはなりたくない」ジョンは上着のポケットに手を入れた。「今朝は早くから村に用があって、そのあとは作業場でノリスと相談したいことがあった。きみはぐっすり眠っていたから、わざわざ起こすようなまねはできなかった。これを枕の上に置いていこうかとも考えたが、直接渡したほうがいいと思い直した。これは二個目の結婚祝いだ、奥様」

エマは手にしていた本を置き、細長いベルベットの箱を受け取った。サー・ガラハッドが頭をもたげ、期待に目を輝かせて鼻をうごめかしたが、謎めいた箱の中身が食べ物ではないらしいとわかると、たちまち興味をなくした。

「ありがとう、ジョン」エマはいった。

ジョンは唇を歪めて苦笑いした。「まだ箱を開けてもいないじゃないか」

エマは箱を開け、そこに収められた見事なダイヤモンドのネックレスを見て、思わず息をのんだ。小粒のダイヤを連ねた細いチェーンに七個の大粒ダイヤが並んでいる。午後の日の光を受けて、きらきらとまばゆいばかりに輝いていた。

「これは……」エマは言葉を失った。

「気に入った?」ジョンがやさしい声で訊いた。

「息をのむほど美しいわ」正直に答えた。

「ああ、だがきみは気に入ったのか?」

胸に熱いものが込み上げた。宝石のたぐいはめったに身に着けないし、これほど美しいものは触れるのさえ初めてだ。「子爵家に代々受け継がれてきたものなの?」

「いや、きみのためだけに買ったものだ」

心がかき乱され、エマはみぞおちに手を当てた。認めたくはないけれど、このプレゼントにひどく感動していた。とてつもなく高価なものを贈られたからじゃない。もちろん、見たこともないほど豪華なネックレスだけれど、たとえシンプルな真珠のネックレスを贈られたとしても同じくらいうれしかったと思う。

あるいは、今朝、夫とふたりで食卓を囲むことでも。このことひとつ取っても、ジョンがわたしのことをほとんど知らないのがよくわかる。それでも彼は彼なりに努力してくれているのだ。「ありがとう」エマは重ねていった。

ジョンが真顔になるのを見て、いまの返事は彼が期待していたものとは違ったのだと気がついた。ジョンは犬に顔を向けて指を鳴らした。するとサー・ガラハッドは長椅子から飛び降りた。

ジョンは犬が空けた場所にすかさず腰を下ろした。うっとりするような男らしい匂いがエマの鼻腔をくすぐった。「気に入らなければ、べつのものにしてもいいんだよ」

エマはびっくりしてまばたきしたが、すぐに気を取り直した。無愛想な態度を取ってしまった。礼儀を欠いていた。

「正直いうと、こんな貴重な宝飾品をいつ、どこへ着けていけばいいのかわからない」エマは大きく息を吐いた。「でも、あなたが選んでくれたというだけで、わたしにとって一生の宝物よ」

ジョンはつかのま彼女を見つめ、その熱い眼差しが熱波のように全身に広がってエマは身をよじった。気を紛らわそうとサー・ガラハッドにちらりと目をやったが、彼は部屋の隅にのんびり寝そべっていびきをかいていた。

もう！　こういうときこそベーコンのかけらが必要なのに。

これが半日わたしを放っておいたことへのジョンなりの謝罪なのだろう。その謝罪はもちろん喜んで受け入れる。でもこのネックレスはやり過ぎだし、豪華なプレゼントで機嫌を取らないといけないような女だと思われているのだとしたら心外だった。

おたがい正直になって本音で語り合うほうが何十倍もうれしかったのに。傷ついたことや腹が立ったことを口に出さずに溜め込むと、いつしかそれは憎しみに姿を変える。
そうなったらもう、大量のダイヤモンドを贈られようと取り返しはつかないのだ。

12

エマが身を乗り出し、彼女の顔がすぐそこにあった。内心の葛藤が表情にあらわれている。おそらく今日一日、彼に放っておかれたことが原因だろう。

ダイヤのネックレスに目を奪われたのもほんの一瞬で、その瞳に宿る暗い光を見れば彼女の機嫌が直っていないのは明らかだった。そう、エマの反応はジョンの予想と違っていた。飛び上がって喜ぶものと思っていた。ダイアナなら大はしゃぎしてすぐにネックレスを着け、得意げに鏡をのぞき込んだだろう。

エマはダイアナとは違うということを肝に銘じなくては。それどころか、ジョンが知っているどんな女性とも違う。そしてそれこそがエマの魅力なのだ。

彼女が寝ているあいだにベッドを出て、ほぼ一日放っておくなんて、ひどいことをしてしまった。じわじわと罪悪感が込み上げてきた。エマが怒るのも当然だ。配慮が足りなかった。

悪気はなかったのだ。ふたりで過ごした夜があんなにも満たされたものになるとは思ってもみなかった。体も心も深く結ばれた気がした。

意外だった。ダイアナに裏切られたことで、そういった感情はなくしてしまったものと思っていたからだ。

そうではなかったと知ってジョンはショックを受け、面食らった。そしておのれの感情と闘うために夜が明けきらないうちに彼女のベッドから出て、着替えを済ませて作業場へ向かったのだ。作業に没頭し、エマとのあいだに物理的な距離を置けば、この感情の正体がはっきりするのではないかと思った。

だが、だめだった。

そしていま、まっすぐに彼を見つめる瞳の輝きに心を奪われ、ジョンは唯一自然でこの場にふさわしいと思われることをした。頭を下げて、エマの唇に唇を合わせた。

エマははっと息をのんだが拒みはしなかった。まぶたをゆっくり閉じ、身をさらに乗り出して、ジョンの誘いに応じてキスを返してきた。彼女の口は甘く、やわらかで、その唇と舌の味にジョンは酔いしれた。

片手を上げ、なめらかな弧を描く彼女の眉を指先でなぞった。彼女の体がぐらりと揺れて、その手がジョンの上着をぎゅっとつかんだ。エマを引き寄せ、強く抱きしめたいという衝動と闘いながらキスを深めていく。官能的な悦びがジョンを貫き、血液が全身を駆け巡った。

エマの背後から、低いうなり声がはっきり聞こえた。エマが唇を離して肩越しに振り返った。あの大きな犬が目を覚まし、部屋の隅の寝床から出てきていた。全身の毛を逆立て、女主人の横に立った。口は閉じていたが――少なくとも牙は剝いていない――喉の奥から絞り出すような警告のうなり声はいかにも恐ろしかった。

「サー・ガラハッドは保護本能がものすごく強いの」息を切らしながらエマはいった。「あなたがわたしにキスしたことが気に入らなかったみたい」

「ほう、だが慣れてもらうしかないな」ジョンはぶっきらぼうにいった。「これからも何度となくキスするつもりだから」

それを聞いてエマの赤くふっくらした唇に歪んだ笑みが浮かび、ジョンもつられて笑みを返した。

「あなたのこともちゃんと好きだとサー・ガラハッドにわからせてあげないとだめね」

エマは抱擁を解いて犬に近づいた。そして頭を搔いてやりながら、やさしい声でたっぷり褒めてやった。さもうれしそうに尻尾を振る犬を見て、ジョンは急に仲間意識を抱いた。うん、エマに褒められたりかまわれたりするのはうれしいものだよな。

戸口のあたりが騒がしくなり、ジョンは魅力的な妻と馬鹿でかい犬から視線をはがした。つねに冷静沈着な執事のホプソンが部屋に飛び込んできた。いつもの澄まし顔が、すっかり影をひそめている。

「お邪魔をして申し訳ございません、旦那様。お客様がお見えでございます」

「堅苦しい紹介は必要ないわ、ホプソン」黒いドレス姿の女性が、スカートをなびかせながら颯爽と部屋に入ってきた。

「ダイアナ？」

「おお、ジョン。いえ、ケンドール卿。ああ、ジョン」彼女は手袋に包まれた両手をこめかみに当てて首を振った。「押しかけてきてごめんなさい。でも、居ても立ってもいられなくて。とてもおぞましい噂を耳にしたものだから、あなたが無事かどうかこの目で確かめずにいられなかったのよ」

ジョンは目をしばたたいた。喪服姿のダイアナはやけに初々しく、無垢に見えた。眉をひそめ、見るからに心配そうな顔をしている。深い悲しみに満ちたその瞳に、ジョンは一瞬吸い込まれそうになった。

「レディ・ブレイヤー」ジョンは視線をはがして一礼した。「ご主人のご逝去に際し、心よりお悔やみ申し上げます」

「信じがたい悲劇だったわ」ダイアナはつぶやいた。

「ご自宅で起きたことだと聞きました。あなたは大丈夫なんですか？」過去にひどいことをされたとはいえ、ダイアナの不幸を願ったことは一度もなかった。

「ええ」ダイアナは大きく息を吸い込んだ。「事件があったとき、わたしは二階の自室で眠っていたの。ジェラルドの遺体が発見されたと、家じゅうの人間が叩き起こされてからのことはほとんど覚えていなくて。まさに蜂の巣をつついたような大騒ぎだったわ」

その声はか細く不安げで、身を乗り出さないと聞こえないほどだった。

「あなたが無事でよかった」ジョンはいった。「ですが葬儀のあとすぐに外出なさるとは思いませんでした」

「だからいったんだ、こんな時期に人を訪ねるのは不適切だし、とんでもなく外聞が悪いとね」男性の声が咎めるようにいった。「だが例のごとく妹は聞く耳を持たないし、道理や礼儀などどうでもいいと思っているんだ」

声のほうに目をやると、ヘクター・ウィンスロープが部屋に入ってくるところだった。息を切らし、顎のまわりの贅肉が揺れているところを見ると、走って妹を追いかけてきたらしい。ダイアナはまんまと逃げおおせたようだが。

青ざめたダイアナの頬にさっと血がのぼり、彼女は床に目を落とした。「不躾に訪ねてきたりしてごめんなさい、ジョン」

ヘクターが怒りの形相になった。いまにもダイアナを叱りつけて説教をはじめるはずだ。この男は偉そうに人を見下すことを無上の喜びとしているのだから。

そのときエマが前に進み出て、事態はいよいよ混迷の度を深めた。ダイアナもヘクターも啞然とした顔をしている。ジョンはサー・ガラハッドが警告のうなりを発するのを待ち受けたが、犬は静かなままだった。

この役たたずめ。いまこそ注意をそらしてほしかったのに。

「ミス・エリンガム！」ヘクターが大げさに声を張り上げた。「非礼をお許しください、まさかあなたがいらっしゃるとは思わなかったものですから」

ヘクターの頬がまだらに赤く染まった。エマに会えたことを喜んでいるのは一目瞭然で、興奮のあまりいまにもよだれを垂らすのではないかとジョンは思った。当のエマは気にも留めていないようだったが。

「ほらごらんなさい、ヘクター。この午後にケンドール卿を訪ねてきたのはわたしたちだけじゃなかったのよ」ダイアナが勝ち誇ったようにいった。

「わたしは訪ねてきたわけではありません」エマはそういうと当てつけがましくジョンをちらりと見た。その謎めいた言葉の意味を彼が説明するのを待っているのは明らかだ。

「そのとおり。彼女のことはミス・エリンガムではなく、レディ・ケンドールと呼んでくれたまえ」ジョンは大きく息を吸い込んだ。「光栄なことに、昨日エマと結婚したんだ」

ダイアナとヘクターはぽかんと口を開けてエマを見つめた。

まったく、そこまで驚くようなことではないだろうが。エマは良家の令嬢で、侯爵の義妹だ。ジョンが妻にしてなにが悪い？

ダイアナの頬にわずかに残っていた赤みまでが消えてなくなった。「結婚？」

「教会行事にあまり注意を払っていないのは認めるが、さすがに三週にわたる結婚予告に気づかないはずない」ヘクターは信じられないといった表情で、つばを飛ばしながらまくしたてた。胸ポケットからふんわりした白いハンカチーフを抜き取って額の汗を拭う。

「結婚予告は公示しなかったので」エマはぞんざいにいった。

ヘクターがとまどったように首をかしげた。なるほど、この急な結婚の理由と——それが引き起こすスキャンダルを最小限にとどめるよう全力を尽くすといっていたアトウッドの言葉に嘘はなかったようだ。この偉業を成し遂げたエマの義兄にジョンは感服した。

とりあえずいまのところは。じきに結婚の事実が知れ渡って醜悪な噂が広まることだろうから。

「結婚予告を公示しなかった？　それほど急いで結婚を決めたのですか？」ヘクターの声が大きくなった。「いったいどうして？」

「そうする理由があったからです」エマは淡々と答えた。

ヘクターはエマの顔をじろじろ見てから彼女の腹部に視線を落とした。「なるほど。そういうことならお祝いをいわせてください」

だがその言葉とは裏腹に、ちらりとエマに向けたまなざしは落胆と非難を含んだ意地の悪いものだった。ヘクターは一歩前に踏み出したが、ジョンは手で彼の胸を押すようにしてそれを制した。

「ぼくらに子どもができたと考えているなら、それは甚だしい誤解だ、ウィンスロープ。妻の人格と名誉を傷つけるような、そんな根も葉もない作り話を広める前に、よくよく考えたほうが身のためだぞ」

ヘクターの目が細くなり、剣呑な光を帯びた。

ダイアナが鋭い音をたてて息を吸い込み、恐怖に顔を歪めた。「もう、ヘクターったら！　礼儀を欠いているのはどっちなの？　おふたりの結婚のいきさつは、わたしたちには関係のないことでしょう」

そういいながらも、ダイアナもまたジョンとエマのあいだで視線を行ったり来たりさせながら、状況を把握しようとしているのが見て取れた。

「まあ、急な結婚の理由がなんであれ、あなたにとってこれがきわめて有利な婚姻であることは間違いないでしょう、ミス・エリンガム」ヘクターは皮肉っぽく眉を吊り上げた。

「さぞかしお喜びのことでしょう」

「レディ・ケンドールだ」ジョンはぴしゃりと訂正し、激しい怒りが全身を駆け巡るのがわかった。

自分は道徳的に優れ、影響力のある人間だということを、なにかにつけ示そうと躍起になっているヘクターに同情を覚えたこともあった。富にも地位にも恵まれず、そのふたつを渇望している男だった。だがそんな同情心もヘクターがエマを愚弄するたびに、みるみる消えてなくなった。

「きみがジェラルド殺害の容疑で逮捕されたというおぞましい噂を耳にした」ヘクターが

話を蒸し返した。「妹が今日どうしてもきみに会いにいくといい出したのはそのせいだ、ケンドール。ぼくは強く反対したんだがね」

「あなたが牢屋で朽ち果てていないで、いまここにいるのだから、噂はでまかせだったということね」ダイアナは断言したが、その声は弱々しく途方に暮れていて、自分の言葉に自信が持てないでいるようだった。

「濡れ衣を着せられて逮捕されたが、エマがすぐに無実を証明してくれたんだ」ジョンはよどみなくいった。

「それで助けてくれた見返りに彼女と結婚したわけだ」ヘクターはそう断定し、図星をついたかどうか見極めるように目をすがめた。「じつに興味深い」

口から飛び出しそうになった辛辣な否定の言葉をジョンはぐっとのみ込んだ。この男に弁明する義務はない。ヘクターの推論が一部、的を射ていることは不愉快極まりないが、彼の言葉を否定しても肯定してもエマに気恥ずかしい思いをさせるだけだ。

「どうしてもお知りになりたいのでしたら、ミスター・ウィンスロープ、ジョンがわたしを救うために結婚したというほうが正しい解釈だと思いますわ」

ダイアナの視線がジョンに向いた。「あなたは昔から高潔な人ですものね」しんみりといった。

「そうなんですの」エマは前に進み出てジョンの腕に腕を絡めた。

それは明らかに独占欲をあらわす仕草だった。ジョンは驚き、それを喜んでいる自分に気づいてまた驚いた。

ダイアナははっとしたように胸に手を当てた。「これ以上お邪魔するわけにもいかないし、そろそろ失礼しましょうよ」

ヘクターが大きく鼻を鳴らした。「そもそも来るべきじゃなかったんだ。まあ、子爵と奥方様はお許しくださると思うがね」

ヘクターは大仰に一礼すると妹の手をつかみ、ドアのほうへ引っ張っていった。ダイアナは肩越しにちらりとジョンを振り返り、すまなそうな顔をしたが、なにもいわずに出ていった。

ふたりが去ったあと、息苦しいほどの沈黙がしばらく続いた。

「まったく、災難だったわね」エマが大きく息を吐き出した。「わたしが取り返しのつかないような失礼なことを口走る前にあの人たちが帰ってくれたことが、せめてもの慰めだと思うしかないわね」

「ぼくも何度言葉を飲み込んだことか。ウィンスロープは遠慮なしに好き勝手なことをいっていたが」招かれざる客が戻ってきた場合に備え、ジョンはドアから目を離さずにいた。「ぼくらの急な結婚が世間の好奇心を掻き立て、さまざまな噂や憶測を生むだろうというのはわかっていたことだ」

「でも、あの人たち結婚のことは知らなかったじゃないの」エマは絡めていた腕をほどきながらいい返した。「ダイアナはあなたのことを心配して訪ねてきたのよ」

急に息苦しくなった気がして、ジョンはクラバットを引っ張ってゆるめたいという衝動を抑え込んだ。エマの口調はいつもと変わらないのに、責められているような気になった。

エマは部屋の反対側にある絹の錦織りの長椅子のところへ戻ってふたたび腰を下ろした。犬がすかさず隣に陣取った。このぎくしゃくした雰囲気を少しでもほぐせればと、ジョンも長椅子に近づいた。妻から数フィートのところまで来たときサー・ガラハッドが吠え出した。

「おいおい、いまになって存在感を示すことにしたのか?」ジョンはわざと呆れたような声を出すと、ふたりの向かいにある椅子に腰を落とした。「おまえがもう少し早くそんなふうに吠えたり、低くうなったりしてくれたら、ヘクター・ウィンスロープは一目散に逃げ出しただろうに」

「妹さんのほうは?」エマがおだやかな声で尋ねた。「彼女も震え上がって逃げ出したかしら?」

「ダイアナはヘクターよりはるかに度胸があるな」

エマは両手を握りしめた。「あんなひどいことをされたのに、まだ彼女のことを気にかけているのね」

傷ついたようなその口ぶりにジョンは胸が締めつけられた。「気にかけることと愛することはまったくべつだ。ダイアナを失ったことを一生嘆き続けるつもりはないから安心してくれ」

「自分の力だけではどうにもならないこともあるわ」

「ああ、だがダイアナのことはそれには当たらない」ジョンは力説した。

エマの目がぎらりと光ったが、口はつぐんだままだった。彼女は冷静だった。怖いくらいに。

「この結婚に同意した自分の正気を疑うのは、まさにこういうときよ」ついにそういった。

その言葉が胸に突き刺さった。どう答えればいいというんだ？　口約束は無意味だし、説得力に欠ける。

たしかにこの結婚はありえないような形ではじまり、障害もふつうの夫婦より多い。だからといって、不幸になるとはかぎらない。

それとも、そうなる運命なのだろうか？

エマは目の奥からはじまった頭痛をやわらげようと、こめかみを指で押した。千々に乱れる感情のせいなのはわかっていた。執事のホプソンが来客を告げたときは、後ろめたそうな笑みを浮かべたドロシアが踊るような足取りで部屋に入ってくるものと思っていた。

だからダイアナの姿を見たときは、衝撃のあまり一瞬言葉を失った。エマは涼しい顔で、夫の元婚約者の——元恋人の登場に動揺などしていないというところを見せつけたかった。ところが、そううまくはいかなかった。

ああもう！　どうして曖昧な笑みを浮かべて、不意の来客とどうでもいい天気の話ができなかったの？　それどころかダイアナを迎えるジョンを見たときに感じた、腹の底が煮え立つような怒りに振りまわされてしまうなんて。

その怒りがどこから湧いてきたのか知らないが、さっさと消えてほしかった。ところが、いまだにみぞおちあたりに居座っている。

ふたりが結婚したと聞いたとき、ダイアナの顔に——ほんの一瞬だったが——裏切られたような表情が浮かんだのをエマは見逃さなかった。彼女がいまだにジョンになんらかの感情を抱いているのは明らかだったけれど——その感情の正体については考えたくなかった。

そして本人は否定していたが、ジョンのほうもダイアナに気持ちが残っているのは間違いなかった。それは残酷な悲劇と深い喪失感に見舞われた女性に良家の紳士が抱く、単なる思いやりの気持ちだろうか？　それとも、それ以上のもの？

夫の気持ちがわからないのに、彼との関係に自信を持てるはずがなかった。この半日、放置されていたことを思えばなおさらだ。この結婚を決めたときは、夫婦で感情をぶつけ合ったり、喧嘩したりするのはやめようと思っていた。ところが、そんなことはほぼ不可能だとすぐにわかった。

ああもう、なんでこうも難しいの！　エマは心を静めようと、自分を抱くように体に腕をまわした。この結婚となんとか折り合いをつけようとしているときに嫉妬心は邪魔なだけだ。こんな落ち着かない気持ちは一刻も早く払いのけてしまいたかったが、問題はそれだけではなかった。ジョンに対してこれほど強い感情を持つようになるとは思いもしなかった。

きっといまだけのことよ。エマは自分にいって聞かせた。昨夜、ジョンと肌を合わせて性的に満たされたせいだ。そのうち消えてなくなるわ。セックスへの好奇心が薄れてしまえば、きっと。

それとも、さらに激しく燃え上がるか。

エマはそんな考えを決然と頭から振り払い、馬鹿げたことを口走らないように頬の内側を噛んだ。長年の訓練の賜物で、本心を隠すのは得意なのだ。

「ジェラルドを殺した犯人についてなにかわかったのかしら？」話題を変えようと躍起になってそういった。

意気地なし！　おたがい正直になって本音で語り合いたいと嘆いてから、まだ何分も経っていないのに、いまのわたしは怯えたウサギみたいに会話から逃げている。

「ぼくはなにも聞いていない」ジョンが答えた。

「訪ねてきたのがヘクターだけだったら訊いてもよかったんだけど、ダイアナのいるところでその話題を持ち出すのは失礼だと思ったから」

「ウィンスロープがそのことに触れなかったのは意外だった。彼はドラマチックなことに目がないし、気遣いや配慮とは無念の男だからね」

「あのふたりどことなくぎくしゃくした関係に見えたけれど、男女のきょうだいではそれがふつうなのかしら？」

「ぼくたちの子どもはそうならないことを願うよ」

ジョンがやさしく微笑むと、エマは胃のあたりがざわついた。張り詰めていた空気がわずかに変化し、エマは、またキスされるのかしらと思った。

あのキスはけっこう気に入っているんだけど。

そのとき控えめなノックに続いてホプソンがふたたび客間に入ってきた。何時にお茶を出したらいいか訊きにきたのだろうと思ったが、またしてもエマの予想ははずれた。

ホプソンが開けたドアから颯爽と入ってきたのは、末の息子をしかと抱いたドロシアだった。

「押しかけてきちゃってごめんなさい。いえね、ハロルドがずっとぐずりっぱなしで、でもほら馬車に乗せるとあっという間に泣き止むじゃないの。で、たまたま近くまで来たものだから、ちょっと挨拶していこうかと思ったの」ドロシアはそういうと、やけに明るい笑みを浮かべた。

ドロシアは何食わぬ顔をしていたがエマは騙されなかった。むしろ、口実を見つけてわたしの様子を見に来るまでにこれだけ時間がかかったことのほうが驚きだ。

「ようこそ、レディ・アトウッド」ジョンが愛想よくいった。「それにハロルド坊やも」

「ご親切にどうも。でも、昨日の結婚式のあとにもいったけれど、わたしたちはもう家族なんだから、どうかドロシアと呼んでくださいな」やんわりと催促した。

ジョンはうなずいた。「わかりました、ドロシア」

ハロルドが寝ながら喉をくっくと鳴らした。その音にサー・ガラハッドがさっと頭をもたげ、ドロシアの注意を引いた。

「まあ、すごく大きな犬だこと」ドロシアは感嘆の声をあげた。

「妻のひと声で、最近家族に加わったんです」ジョンは真顔でいった。「気をつけて。ご子息のことをおやつにしようとするかもしれませんから」

ドロシアはぎょっとして目を見開き、眠っている息子をかばうように抱きかかえた。

「そんな恐ろしい獣をどうして家のなかに入れているの？」小声でいった。

「ケンドール卿は大げさなのよ」エマは眉をしかめた。「サー・ガラハッドが人に危害を加えることは絶対にありません。それどころか、あなたのところのランスロットみたいにやさしい子よ」

エマに太鼓判を押されたそばから、サー・ガラハッドはドロシアに近づいて彼女の脇腹を鼻でつつきはじめた。ドロシアは悲鳴をあげ、腕に抱いた赤ん坊を高く掲げた。

「人に危害は加えないといったじゃないの」ドロシアは息をあえがせた。

「そのとおりよ」エマは姉の慌てぶりを内心楽しんでいた。サー・ガラハッドに悪意がないのは見ればわかる。ただし、ドロシアにいたく興味を引かれているのはたしかだ。「そのポケットになにが入っているの?」

「ポケット?」ドロシアが横にずれるとサー・ガラハッドもついてきた。「さあ。ハンカチ?」

「なにかべつのものだと思うわよ」エマは断言し、サー・ガラハッドのうしろをまわって姉のドレスのポケットに手を入れた。「やっぱり! ハロルドの歯固め用ビスケットだわ」

エマは得意満面でお菓子を高々と掲げた。サー・ガラハッドがうれしそうに吠えたかと思うと、たちまちお座りして、ドロシアの脇腹にぐいぐい体を押しつけた。

「お願いだから、わたしが押し倒される前にビスケットをあげて」ドロシアはわめいた。

エマが差し出したビスケットは一瞬にして消えた。サー・ガラハッドはすぐに立ち上がると、尻尾ばかりかお尻全体をぶんぶん振ってお代わりを催促した。

「かわいそうに、この子に餌をあげていないの?」犬への恐怖心を克服したのかドロシアはいった。

「数え切れないくらいあげてるわ」エマに暴露され、サー・ガラハッドは彼女の足元に寝そべった。

「申し訳ありませんが、急ぎの仕事があるのでこれで失礼します」ジョンがいった。「すぐにお茶を用意させますので」

彼はしかつめらしくお辞儀をすると向きを変えた。そしてドアのところで口笛を吹いた。サー・ガラハッドがすっくと立ち上がり、ジョンのあとを追っていそいそと部屋から出ていった。

「裏切り者」エマは小声でつぶやいた。

「犬が？　それとも夫？」ドロシアが訊いた。

「両方よ」

ふたりは忍び笑いをもらした。エマが両手を差し出すと、ドロシアはその手に坊やを委ねた。赤ちゃんのあたたかい体を抱きしめたとたん、エマは安らぎを覚えた。ハロルドは汚(けが)れなき善なるものの象徴だから、こうして胸にくっつけるようにして抱いていると、ただただ満ち足りた気持ちになる。

お茶が到着した。ドロシアはカップにお茶を注ぐと、ハロルドをどこかへ下ろすようエマにいった。ふたりはまどろんでいる赤ん坊を長椅子の真ん中に寝かせ、落ちないようにまわりをクッションで囲った。

それが済むと、ドロシアはそれぞれの皿にサンドイッチとケーキを取り分けた。そしてせっせと食べはじめたが、エマは皿の上のものをただつつきまわしていた。

ケーキの最後のひと口を食べてしまうと、ドロシアはナプキンで口元を拭った。「どれもおいしかったわ。料理人によろしく伝えて。あなた、どうして食べていないの？」

「お腹が空いていないの。きっと朝食を食べすぎたせいね」

姉が探るような目を向けてきた。エマはどうにか笑みを作ったが、なんでもないふりをするのは至難の業だった。それに目ざとい姉はそう簡単に騙されない。

ドロシアはエマの手を取ると、やさしくも気遣わしげな顔をした。「ねえ、エマ。なにが問題なのか教えてちょうだい」

エマは乾いた声で小さく笑った。「なにもかもよ」

13

それからの数日はいつもどおりに過ぎた。ジョンはほとんど家にいなかった。朝から晩まで作業場に行っていることは知っていた。ジョンにとってその仕事がどれほど大切なのかエマは理解していたし、仕事など放っておいて自分にかまってほしいなどとはもちろん思っていなかった。どちらも、おたがいにどっぷりと依存し合いたい性格ではない。

数日前、姉のドロシアに相談したことで、気持ちはだいぶ軽くなっていた。ドロシアが非難めいた言葉を口にすることは絶対にないとわかっていたから、エマは悩みを打ち明け、すべてを話した。言葉にしたことで心がすっきりし、ただ話を聞いてもらっただけなのに、疑念や困惑には負けないという決心が強くなった。

ドロシアはよけいなことを訊かなかったし、なによりもありがたいことに、忠告めいたことをいっさい口にしなかった。ただそばに座り、黙って慰めと支えを与えてくれた。

結局のところ、将来についての不安は、ある日の午後に奇跡的に解消するものではないのだとエマは悟った。これから時間をかけて、根気強く、ジョンとの関係を築いていくしかない。

毎朝、サー・ガラハッドを連れて散歩をした。〝連れて〟というより、二十フィートほど先を行く犬を〝眺めて〟といったほうが正しいかもしれない。サー・ガラハッドは元気いっぱいに飛び跳ね、うれしそうに何度もエマのほうを振り返った。エマはサー・ガラハッドの明るさを見習って、自分も日々の小さなできごとを楽しもうと心に決めた。

午後の前半は女主人としての仕事に当てたが、これが意外と手間がかかった。時折、ドロシアとカーターと子どもたちの顔を見にアトウッド家を訪ねることはあったものの、村へ出かける勇気を出すにはまだしばらくかかりそうだった。

幸い、あれ以来、心臓に悪い訪問者は来ていない。

エマは使われていない上階の一室を自分のアトリエにした。その部屋は自然光がたっぷりと入るのだ。午後の後半はそのアトリエで過ごしたが、たいがいはインスピレーションが湧き上がるのを待っているだけだった。それでも、たとえキャンバスや絵の具を何時間も使うことがなくても、新しい住まいに自分の居場所であるアトリエを持てたことに満足していた。

夜は邪魔されることなくひとりで眠り、朝もひとりで目覚めた。なぜエマのベッドに来ないのかジョンはなにもいわなかったし、エマも訊かなかった。いずれまた来るのはわかっていた。ジョンは子どもを作ろうといった。彼は約束を守る人だ。

初夜の記憶が忘れられず、ふとしたときに心が乱されることはあったものの、毎晩、夕食をともにしているときは、それなりに落ち着いていられた。

その夕食のとき、エマは天気や隣人や、家事の改良点など、うわべだけの会話は断固として避けた。そういう夫婦にはなりたくなかった。接点のほとんどない生活を送っているせいで、たまに顔を合わせても世間話しかできないような夫婦には。

そんなのはいや。ジョンとは体の関係だけじゃなく絆を作りたかった。愛はなくても、おたがいにやさしさと思いやりを持つことはできる。

「遅くなってすまない。先に食べていてくれと託(ことづ)けたんだが」ジョンはぼそぼそといって夕食の席についた。

彼は妻の顔色をうかがうような表情をしていた。それなら、驚かせてあげるわ。

「待つのは大したことじゃないわ」エマは明るく答えた。そしてドアのそばに立っているフットマンに合図した。「スープをいただく用意ができたと料理人に伝えてもらえる？今夜はゆっくりとディナーを楽しむつもりだとも。そうそう、ローストビーフはなかをピンク色に仕上げてほしいと伝えてちょうだい。旦那様はそのほうがお好みだから」

フットマンはお辞儀をし、足早に部屋を出ていった。ジョンはワインをひと口飲み、妻に顔を寄せた。「さっさと食べ進めないと、肉を焼きすぎてぱさぱさになってしまうんじゃないか？」

エマは微笑んだ。「まだオーブンに入ってさえいないわよ。焼きすぎで、硬くて、ぱさぱさになるのを防ぐには、ああいっておくのがいちばんなの」

「うちの母は焼きすぎで、硬くて、ぱさぱさした肉が好きだった」ジョンがワイングラスを空けると、フットマンがお代わりを注いだ。「だからぼくは子どもの頃、ローストビーフが嫌いだったんだ」

スープが供され、ふたりは食事をはじめた。

「今日はお仕事捗ったの？」エマは尋ねた。

「ああ。だが、蒸気エンジンがうまく動かなかった。計算が甘いと機械が爆発してしまうんだが、燃料の取り込みが少ないとうまく動かなくて、刈り取りも脱穀もできないんだ」

「もっとくわしく聞かせて」ジョンが片眉を上げるのを見てエマは付け加えた。「とても興味があるの」

ジョンは最初こそぽつりぽつりと話していたが、話が進むにつれて早口になり、やがて声に張りが出てきた。興奮で表情が明るくなり、ついには熱い目でミスター・ノリスとともに得た問題点や成功点を語った。

エマはジョンの話についていくことができた——まあ、だいたいのところは。たとえ込み入ったことがわからないまま話を続けられたとしても、それはそれでかまわなかった。ろうそくの明かりを受けたジョンの美しい顔が考え込んだり、輝いたりするのを見ているのが楽しかった。

「最初の設計とはだいぶ違った見た目になっているよ」ジョンは器の端にスプーンを置き、

咳払いした。「よかったら明日、作業場にいまの機械を見に来ないか？」

エマがその言葉の意味をのみ込むまで、ふたりのあいだに長い沈黙が落ちた。「ええ、ぜひ」

「よかった」ジョンは笑顔になった。「スケッチブックを持ってくるのを忘れないように」

「描いてもいいの？」エマは感情が昂りそうになるのを懸命にこらえた。

「以前のものほど興味を持ってもらえるかはわからないが。だいぶ変わってしまったから」

「きっと、夢中になると思うわ」

「そうだといいな」

エマは心の底から驚いていた。機械のスケッチを許してもらうには、時間をかけて説得するしかないと思っていた。この件に関して、ジョンの意志は固かったからだ。

うれしい展開にほくほくしつつ、エマは食事に戻った。ある感情が体じゅうを駆け巡った——これほど強く感じたのは久しぶりだ。

それは、希望だった。

翌朝、エマはわくわくしながら作業場へ向かった。ジョンはいつものように朝早く出かけてしまっていたが、メモが置いてあり、そこにはいつでも都合のいい時間に来るようにと書いてあった。エマは朝食を済ませると、すぐに家を出た。敷地の小道を行くのにサー・ガラハッドが横にいないのは奇妙な感じがしたけれど、あの子は作業場に連れていくには元気がありすぎるし、そのうえ好奇心が旺盛すぎる。

予想もしない、とてもうれしい招待だったので、二度と誘われなくなるような危険は冒したくなかった。体が大きく無邪気なサー・ガラハッドはなにをしでかすかわかったものじゃないもの。

作業場のドアを軽くノックしてから室内に入った。ミスター・ノリスが作業台で金属製の歯車にやすりをかけていた。エマが入っていくと彼は顔を上げて軽く会釈し、また作業に戻った。

ジョンがあらわれたのを見てエマの鼓動は速まった。ジョンは白いシャツに着古した黒い半ズボン、それに地味なベストという姿だった。ブーツは汚れていつもの輝きはなく、顎から頬にかけてうっすらと無精ひげが生えている。今朝はひげを剃る間も惜しんだのだろう。

それをむさくるしいと感じる人もいるかもしれないが、エマはそういう粗野な一面も好きだったし、今朝の彼はとりわけすてきに見えた。

「よく来たね、エマ」ジョンはにっこりし、機械のほうへ手を伸ばした。「さあ、近くへ来て、思う存分眺めてくれたまえ」

エマは湧き上がる興奮を鎮めようと、何度かつばを飲み込んだ。ジョンの言葉どおり、今回の機械は前に見たものとはまったく違っていた。以前のものより大型で存在感があり、歯車が大きく、ベルトが長く、造りが複雑だった。

機械に近づき、首を伸ばしててっぺんまで見ようとした。そわそわとスケッチ用の鉛筆をいじりながら美しい細部の隅々まで観察し、どこから描きはじめようか迷った。

「ああ、どうしよう」エマはつぶやいた。

「どう思う?」ジョンが尋ねた。

「はい?」

「これを見た感想を訊いたんだ」

「ごめんなさい」エマは首をすくめ、頬を赤らめた。「つい夢中になってしまって」

機械のそばに寄り、いちばん大きな歯車にそっと手を当てた。金属製の歯車はひんやりとして冷たく、それでいてなめらかだった。なんてすばらしいの。

心が決まり、スケッチに取りかかった。いったんうしろへ下がり、次に横に移動してべつの角度から眺める。ジョンはそんなエマを無言でしばらく見ていたが、やがて自分の作業に戻った。

彼の動きをなんとなく視界の端にとらえながらも、そちらにはあまり意識を向けずスケッチに没頭した。いまはただこのすばらしい機械の真髄を紙に写し取りたいという願望

——いや、欲求——を満たすことしか頭になかった。

時間が経った。ついには指が痙攣しはじめた。ひと息入れようと、疲れた目をこすった。スケッチブックをぱらぱらとめくり、余白にいくつかメモを書き込む。

「エマ、うしろに下がっていたほうがいい」ジョンが声をかけた。「蒸気エンジンの出力を上げるから」

エマは目を丸くし、いわれたとおりにした。ミスター・ノリスがレバーを引くと大型シリンダーから蒸気が抜ける〝しゅーっ〟という音がした。歯車がきしみ、ゆっくりと回転しはじめる。耳をつんざく騒々しい音がしたが、エマにはさながら音楽のように聞こえた。ちらりとジョンを見た。彼の表情は生気にあふれ、その目にはもう疲れの色はなかった。興奮が込み上げ、エマは叫んだ。「成功したのね！」

ジョンは声をあげて笑った。「実用化までには解決すべき問題点がまだまだあるがね」肩越しにエマを見つめたままいった。

そのとき鋭い金属音がして、歯車のひとつが作業場の反対側まで飛んだ。ジョンは悪態をつき、横へ飛び退いて首をすくめ、危うく直撃を免れた。それでも歯車が額をかすめた。ミスター・ノリスがすぐさま機械を停止させた。ジョンは額を押さえ、うめきながら体を起こした。けがの程度を確かめたエマは、左眉の上に大きな痣ができているのを見て心配になった。

「わたしのせいで気が散ったのね。ごめんなさい、ジョン」

ジョンはきまり悪そうに眉根を寄せた。「ぼくならなんともない。足にあたらなくてよかったよ。とんでもないことになるところだった」

「あなたが？　それとも歯車が？」エマはからかい、ジョンが大丈夫そうなのを見て安心した。

「歯車がひとつ当たったくらいで死にやしないよ、エマ」ジョンは表情ひとつ変えなかった。

「血は出ていないけど、かなり大きな痣になりそう」エマは指先でそっとジョンの額に触れた。

ジョンは顔をしかめて後ずさった。「もし誰かにその痣はどうしたのかと訊かれたら、きみのせいだといっておくよ」

「痣にキスして治してあげましょうか？」

「子ども扱いはやめてもらおうか、マダム？」

エマは肩をすくめて受け流した。ジョンが不機嫌なのは、けがをしたのが恥ずかしいからだ。男の人ってプライドが高くて、ときどき面倒くさい。

「ちょっといってみただけよ」陽気に答えた。

ジョンは前かがみになってエマの手を取った。「いいかい、エマ、ぼくが妻にキスしてほしいと思うときは、けっして額にじゃない」

「そうなの？」エマはためらいがちに尋ねた。「わたしにキスしてほしいの？」

ジョンは舌先で唇を舐めた。「ああ、とてもね」

エマはジョンのシャツの前面にそっと触れ、軽くつかんだ。ジョンがそわそわした顔をするのを見て、本当にキスを待っているのかもしれないと思った。ところが彼はそこでくるりと背を向け、仕事に戻ってしまった。

体が凍りついた。キスを拒否されたことに失望し、エマは荷物をまとめた。ミスター・ノリスに挨拶してから夫のほうを向いた。

「今日は楽しかったわ。お招きありがとう。それにスケッチを許してくれたことも」手袋をはめた。「じゃあ、またあとで」

その夜、エマは結婚祝いの贈り物を身に着けた。ダイヤのネックレスは肌に冷たく、首に重く感じられた。侍女のドリーが選んでくれた襟ぐりの深いドレスによく映えた。もっとも、どんなドレスだろうと、すばらしく見えるネックレスではあるけれど。

鏡をのぞき込むと、見知らぬ女性がこちらを見返していた。嘘でしょう、これがわたし？　ハイウエストで襟ぐりが深いドレスのおかげで胸が美しく見え、アップにした髪から巻毛が垂れているのが粋でおしゃれだった。

ジョンはどう感じるかしら？

エマが食堂に入っていくと、珍しくジョンが待っていた。

「エマ！　なんてきれいなんだ」

「ありがとう、ジョン。意外だという口ぶりじゃなければ、もっとうれしかったんだけど」

エマの期待どおりにジョンは微笑み、さっぱりとひげを剃った顎を撫でた。ジョンもまた身なりに気を遣ってくれたことがうれしかった。

ジョンが引いてくれた椅子にエマが収ると、最初の皿が運ばれてきた。作業場を訪れたときのことや、歯車がはずれた原因についてジョンとミスター・ノリスが達した結論などの話をした。ジョンの額の腫れがそれほど目立たないことにエマは安堵した。

「今日、発明家仲間から手紙をもらった」ジョンはいった。「ジョージ・オグデンといってね。数カ月か前から、さまざまな機械の設計について意見を交わしている。ぼくと同じで発明品の情報を明らかにすることには慎重な男なんだが、最新作の蒸気エンジンの設計をぼくに売ってもいいといってきた。

こちらの機械に使えるように改良できるかどうか動作確認をしたいと伝えたところ、ドーセットに見に来ないかと誘ってくれたんだよ。月曜に発つつもりだ」

エマはとたんにがっかりした。やっと気心が知れてきたような気がしていたのに。しばらく離れていれば、そんな小さなつながりさえ、また切れてしまうかもしれない。

「あなたが家を空けたりすれば、また噂が立つわ」つい、口調がきつくなった。「わたしたちが結婚した理由は、よけいなことが世間の口の端にのぼらないようにするためじゃなかったの？」

ジョンは首をかしげ、わけがわからないという顔をした。「きみを残してひとりで行くとはいってないよ」

エマは驚き、体を引いた。「わたしを連れていくの？　どうして？　噂にならないようにするため？」

つかの間、ジョンはきょとんとした顔でエマを見た。「いや。たまには詮索好きな世間の目から逃れて、ふたりで過ごすのもいいかと思って」かすかに微笑んだ。「ただ、贅沢な旅行にはならないよ。ミスター・オグデンは人里離れた場所でつましい生活をしているらしい。村には海沿いになかなか立派な宿屋があると自慢していたがね」

エマはすっと視線をそらして自分の気持ちを確かめ、興味が湧いていることを認めた。「旅行は大好きよ。どれくらい滞在するつもり？」

「せいぜい一週間というところだな。もう少し短くなるかもしれない。ぼくは仕事をしていることが多くなるだろうが、それでもふたりで周辺を散策する機会はあると思う」

「海辺を旅行するなんて何年ぶりかしら」エマは恥ずかしそうに笑った。「絵を描く道具さえあれば、ひとりでいても、ちっとも退屈しないわ」

「じゃあ、一緒に来てくれるかい？」

「ええ」

ジョンはうなずいた。「よかった。侍女はいなくても大丈夫かな？　ミスター・オグデンに悪いから、ぞろぞろと使用人を引き連れていくのはやめようと思うんだ。ぼくも近侍を同行させるつもりはない。御者をひとりとフットマンをふたりだけにしようと考えている」

「わたしもドリーがいなくても平気よ。とくにおしゃれをしなくても、あなたがかまわないのならね」エマは頬にかかった巻毛を軽く引っ張った。

ジョンは片眉を吊り上げた。「きみが凝った髪形にしていなくても、なんとか我慢するよ」

ふたりはくすくすと笑い、それから黙り込んでそれぞれに思いを巡らせた。「ドリーったら、歩廊（ロングギャラリー）でご先祖様の肖像画を見ては髪形の勉強しているんじゃないかしら。とりわけ、ルイ十五世の時代に流行った、複雑で、やたらと手のかかる、色粉を使った髪形がお気に入りみたい」

ジョンが興味津々という顔をした。「当時の女性は鳥の巣やなんやら、奇妙奇天烈なものを頭にのせていたんだろう？」

「そのほとんどはただの言い伝えよ。当時の貴族の女性たちがおかしなものをかつらにのせた風刺画が世に出たの。鳥かごとか、卵がのった鳥の巣とか。色とりどりのリボンや、庭園よりたくさんの花や、帆船のレプリカとかね。

歩廊にある肖像画にそんな変わったものはないわ。どのかつらも豪華なだけ」エマは眉をひそめた。「ドリーはパステルカラーの髪形が気になっているみたい。ピンクとかブルーとかスミレ色とか。幸い、どこで色粉を買ってくればいいのかわからないようだけど」

「おいおい、彼女はきみの侍女だし、もっというなら使用人だぞ。いやだとひと言伝えれば済むことじゃないのか？」

「彼女をがっかりさせろってこと？」エマは首を横に振った。「そんなかわいそうなことできないわ。ドリーは一生懸命にやってくれているけど、若いから自信がないのよ。おいおいなだめていくことにするわ」

ジョンの唇から軽い笑い声がもれた。「今夜の髪形はとりわけすてきだよ」

微笑むと、目に浮かんでいた疲れが薄れて若々しく見えた。彼は腕を伸ばしてエマの手を取った。ジョンに触れられたところが甘くうずき、心地よいあたたかさが腕を這い上がった。

「一緒に旅行できるなんてうれしいわ」エマはいった。

ジョンは彼女の手を自分の口元へ持っていき、手のひらにそっとキスをした。その優雅でさりげない仕草に、ふたりのあいだで情熱の炎が揺らめいた。目と目が合い、エマは息が苦しくなった。

ジョンはエマの手のひらに頬を押し当て、手首の内側の脈打つ血管を唇でなぞった。唇で触れられたところが熱くなる。

うまくいかないと不安を感じることもあるけれど、それでもわたしは彼を欲している、とエマは気づいた。ジョンはわたしをときめかせ、誰とも違うやり方で興奮を掻き立てる。

「今夜はわたしのベッドに来てくれる？」エマは大胆にもそう尋ねた。「それとも、わたしが行きましょうか？」

ジョンの目が暗く陰り、さまざまな表情が顔をよぎった。手の甲を親指でゆっくりと撫でられ、エマの肌に熱が走った。

「きみのベッドに行くよ、エマ」

エマははっと息をもらした。鼓動が速くなり、心臓が胸から飛び出してしまいそう。

心ここにあらずで、どのようにして食事を終えたのかさえ覚えていなかった。食堂を出たあとは、いつものように客間（サロン）でくつろいだ。春のじめじめした肌寒さを追い払うべく暖炉には火が入っていて、それが親密でロマンチックな雰囲気を醸し出していた。

おそろいのウィングバックチェアに向かい合って腰を下ろした。ジョンは新聞を広げ、エマは刺繍を手にした。ぎこちない沈黙が流れ、甘い緊張が高まった。

ようやく時計の鐘が鳴りはじめた。まだ寝室へ引き上げるには早い時刻だったが、エマはこの機をとらえて、つぶやくような声でおやすみなさいとだけいうと、鐘が鳴り終える前に客間を出た。

フットマンが玄関ホールで持ち位置についていなかったら、きっと階段を駆け上がっていただろう。寝室へ入ると大急ぎで寝間着に着替え、ドリーがやるべきことを終えるやいなや追い出すようにして下がらせた。

そわそわしながら暖炉の前の椅子に座り、セクシーで挑発的に見えるかと、肘かけに片脚をのせてみた。

二十分ほどすると脚が痺れてきた。

わたしったら、救いようのない馬鹿だわ。ため息をつき、肘かけからそっと脚を下ろすと、痺れが取れるまで脚全体をごしごしとこすった。

ジョンはどこでなにをしているの？

ふらふらとベッドに歩み寄り、支柱に手をついた。でもベッドの脇に突っ立っているのはもっと不自然な気がしたので、ベッドに入り、枕に背中をもたせかけた。屋敷のなかはしんと静まり返り、まるでなにかを警戒しているようだった。耳を澄ませると、変な物音や、家鳴りや、不安を覚えるような音が、家のあちらこちらから聞こえてくることに驚いた。

それなのに、じれったいことに、こちらへ近づいてくる足音は聞こえない。エマは頬をふくらませ、ジョンの寝室に続くドアを穴が開くほど一心に見つめた。

さまざまな考えや感情が頭のなかを駆け巡る。ジョンは気が変わったのかしら？　エマは下唇を嚙み、ベッド脇に置いていた本を手に取って膝にのせた。しばらくして、本が逆さまなのに気がついた。

ため息をついて本の上下を直し、次はどうしたものかと考えた。こちらから彼のベッドへ行く？　いいえ、やめておこう。だって、ジョンはこちらへ来るといったのだから。

お誘いの印にドアを少し開けておこうかしら。わたしがその気だということが伝わる？　それとも必死に見えてしまうだろうか？　態度を決めかねてうめき声をもらし、本を上掛けに叩きつけた。

「残念な結末だったのかい？」男性の深みのある声が尋ねた。「本はとても興味深いものだが、筋書が単調だったり、登場人物に深みも意外性もなかったりすると、読んでいていらいらするものだ」

ジョンがゆっくりとベッドに近づいてきた。エマは息をのみ、一瞬、なにも考えられなくなった。彼は青いシルクのガウンを着て、サッシェをゆるく結んでいた。その下は……きっとなにも着けていないはずだ。

広い肩と、もつれた胸毛に目が行った。その胸毛とたくましい胸に触れたくて指先がむずむずした。

ジョンは腕を伸ばしてエマの手から本を取り上げ、ナイトテーブルに丁寧に置いた。「まだ二、三ページしか読んでないの」エマはぼそぼそといった。「だからおもしろいかどうかわからないわ」

「じゃあ、なにかほかにうちの奥様を楽しませることを探さないといけないな」

ジョンはベッドのかたわらに腰を下ろすと、エマを引き寄せ、たくましい腕で抱きしめた。その顔に誘うような笑みが広がり、エマは背中に手が這うのを感じた。不意に、ベッドに押し倒された。

エマは驚いて声をあげた。見上げると、すぐそばにジョンの顔があった。ほんの少し近づくだけで唇が触れてしまいそう。

エマは期待に唇を湿らせた。ジョンはその期待を裏切ることなく、ゆっくりと顔を近づけ、そっと口づけをした。エマは吐息をもらした。そのキスは覚えていたものよりはるかに甘かった。ずっとこうされたかった。

こうされたくてたまらなかった。

エマはジョンの頬と顎をやさしく撫で、両手で顔を包み込んで目を合わせた。

「こういうキスは好きかい？」ジョンは囁き、エマの口の端の感じやすい部分に唇を押し当てた。

「ええ」

「よかった」

ジョンはもう一度、長い長いキスをした。エマがこらえきれずに唇を開くと、キスは徐々に情熱を増し、頭が真っ白になった。ジョンの香りがなまめかしいマントのようにエマを包み込む。エマはその情熱に身を任せて悦びのうめきをもらした。

ふたりは体を絡ませながら、さらに激しく唇を奪い合った。ジョンはエマのヒップに手をやり、やわらかな茂みを硬くなった自分のものへ引き寄せて、ぴったりと重ね合わせた。その感触にエマの心臓が高鳴った。

エマは押しつけられたものの熱を堪能した。その熱く硬いものを自分のなかに迎え、ひとつに結ばれて、快感が解き放たれるときの悦びと安らぎを感じたかった。

「きみは美しく魅惑的なぼくの妻だ」ジョンが囁くと、熱く湿った息が肌にかかった。

「ぼくがどれほどきみをほしいと思っているか、どれほど求めているかわかるか?」

ずっと胸にわだかまっていた不安がその言葉で吹き飛んだ。エマは震える指で彼の髪を撫でた。ジョンは守るようにしっかりとエマを抱きしめると、頭を下げて、硬く尖った胸の先を唇でつまんだ。

頂のまわりに舌を這わせ、片方を口に含み、次いでもう片方へ移った。エマは声をあげ、めくるめく快感に背中を弓なりにし、頭をのけぞらせた。体の奥から湧き上がる震えが全身に広がっていく。

ジョンに求められていると思うとめまいがした。愛しさに体が重く熱くなり、心が不安から解放された。

大胆にもガウンのなかへ手をすべり込ませて彼のものを包むと、そっと指を動かした。ジョンがうめき声をもらし、エマの手に自身をこすりつけてくると、女性としての力を感じた。

ジョンも同じようにエマの脚のあいだに手をもぐらせた。その指の動きに体が張り詰め、快感が高まり、奥深くからなにかがせり上がってきてエマは身悶えた。

次の瞬間、エマは絶頂に達し、衝撃が全身を貫いた。体をぶるぶる震わせながら歓喜の声をあげるエマに、ジョンはやさしく励ますように囁いた。

心も体もすっかり満たされ、エマはやわらかいベッドにぐったり横になると、快感の余韻が引くのを待った。ジョンの指が汗ばんだ額と頬を撫でているのを感じた。

唇を湿らせ、まぶたを開けると、ジョンの目がそこにあった。その目の奥にある熱に浮かされたような表情を見て、新たな欲望の波が押し寄せた。膝で脚を広げられた。エマは身を震わせながら上体を起こし、両腕を開いて、言葉ではなく態度で彼を誘った。

ジョンはエマの顔を引き寄せ、もう一度唇を重ねると、ゆっくりと腰を沈めた。すべてをうずめ、彼女をいっぱいに満たす。エマは腕を伸ばしてジョンの肩をつかみ、身を擦り寄せた。

「ああ、すてきだ」ジョンはかすれた声でいい、腰を突き立てた。

彼の動きが速くなると、エマは息をするのも忘れて同じリズムを刻みはじめた。両腕をジョンの背中にまわしてしっかり抱きしめる。

涙があふれた。絶対にこの人を離したくない。

14

猛烈な感覚がジョンのなかで吹き荒れた。快感が突き上げてきて理性が吹き飛ぶ。あえぐようなうめき声が聞こえたが、それが自分のものだと気づかないほどだった。

エマは彼の背中に腕をまわしてしがみついていた。ジョンがさらに速く、強く突き立てると、彼の下でエマがまた身悶えた。ふたりはたがいが欲するものを与え合い、たがいを求める気持ちを体の奥深くから、狂おしいまでに激しく募らせていった。

これ以上我慢できず、ジョンは最後にひと突きすると、かすれた声で妻の名を呼びながら熱い精を放った。快感の波に襲われ、息が止まった。

エマが体をすり寄せ、激しく脈打つ喉元に唇を押し当ててきた。ジョンは最後にもう一度うめくと、エマの上におおいかぶさった。ふたりはひとつにつながったまま無言でベッドに横たわった。

エマはぼんやりとジョンの背中を撫でた。ジョンは汗ばんだエマの首筋に顔をうずめ、荒い息が収まってふつうの呼吸になるのを待った。

エマを抱いていると、なんとも名状しがたい、理解不能な感情が湧いてくる。初夜のあとも、ちょうどこんなふうになった。初めて一夜をともにしたあと、しばらくは妻のベッドに行かないことが誠実で思いやりのある態度だと思っていた。エマには初めての営みから体を回復させる時間が必要だ、と。

自分は獣じゃない。待つことができる。ところがおのれの欲求を抑え、エマから遠ざかっているには、かなりの自制心が必要だった。初夜の記憶がかたときも頭を離れなかったからだ。

今夜、食堂でエマの前に座っているときは、欲望で体がかっと熱くなった。ドレスの襟ぐりから乳白色の肌が見え、妻がいかに魅力的で、優雅で、美しいかを、あらためて思い知らされた。

その妻から、今夜ベッドに来てくれるか、それとも自分が行こうかと誘われたときは、驚いたし、うれしかった。彼女のほうから求めてくれたことに有頂天になった。

風で窓ががたがたと鳴り、その音でジョンは現実に引き戻された。しまった、妻を押しつぶしているかもしれない！　ベッドをきしませながら体を動かし、エマから離れた。

エマは目をつむったまま、なにかをつぶやいてジョンにすり寄ってきた。ジョンは反射的に腕をまわして抱き寄せた。エマの体はあたたかく、やわらかで、くつろいでいて、ジョンの体の重みを苦にしてはいないようだった。

乱れた髪のやわらかいひと房がジョンの鼻をくすぐった。ジョンは顔を傾け、エマを笑わせようと、彼女の頭のすぐ横で大げさに鼻を掻いてみせた。だが、エマは満足そうに息を吐いただけだった。きっと疲れているのだろう。

頭にそっとキスしたとき、エマの胸が規則的に上下しているのを見て、眠っているのだと気づいた。ジョンは心地よい疲れのなかで誇らしさを覚えた。

肉体的には、ジョンもエマも自分をさらけ出した。ふたりの体がひとつになったとき、ジョンは妻を見下ろし、エマは夫を見上げた。たがいに視線を絡めたまま、ジョンはリズミカルに動き、エマもまたそれに応えて腰を動かした。それは気持ちが昂る親密な時間だった。だが、まだなにかが欠けているような気がする。

もっと深いつながり？　心を許し合うこと？　真の信頼感を伝え合うこと？　たぶんそんなところだろう。明確にひと言で表現できないかと考えたが、ぴったりくる言葉が思いつかなかった。だが、欠けているものがあるのはたしかだ。

ベッドでのエマは惜しみなくすべてを与えてくれるが、まだどこか気を許していないところがある。それは悪意や恨みから来るものではないし、初心だからというわけでもない。だがどういう理由からにせよ、エマは感情を抑え込み、殻に閉じ込って、ジョンと距離を取っている。完全に心を開くのを避けているのだ。

なぜわかるのかというと、ジョンもまた同じことをしているからだ。

それから数日経った日曜の朝、眠れぬ夜を過ごしたエマはベッドから這い出した。翌日からミスター・オグデンのところへ向かうため、すべてが順調に進むようにあれこれと気を揉みながら用意を整えてきたのだ。

ジョンも準備のため、朝から晩まで仕事にかかりきりだった。あれから一度もエマのベッドへ来たことはなく、顔を合わせることもほとんどなかったから、こちらから行ってもいいかと尋ねることすらできなかった。

それがどうしていらだちの元になるのかくよくよと考える代わりに、エマはなるべく忙しくしていることにした。すべてはこの旅がうまくいくかどうかにかかっている。自分はジョンの仕事にとって役に立つ人間だということを、ジョンに——そして自分自身にも——証明したかった。この旅行はその絶好の機会なのだ。

エマはジョンの寝室へ続くドアに耳を押し当て、彼が起きているかどうか気配を探った。使用人たちは村の礼拝へ出かける支度をしていて、エマとしても遅れたくなかった。慌ただしい結婚をしてから、夫婦揃って公の場に出るのはこれが初めてだ。ゴシップ好きの人たちは、すでにありあまるほど噂の種を持っている。それをさらにひとつ増やすようなまねはしたくない。

ジョンの寝室からは人の気配が感じられず、エマはそっとドアを開けた。室内は真っ暗だった。長くて重いカーテンはきっちりと閉められたままだ。足音を忍ばせてベッドに近づき、上掛けのふくらみが夫かどうか確かめた。

「旦那様はまだ一時間ほどしか眠っておられません」背後で男性の小声がした。「早朝にお屋敷へお戻りになったばかりなのです。なんとかして目を覚ましていただくよう努めます、奥様」

危うく悲鳴をあげそうになるのをこらえ、うしろを振り返ると、そこにいたのはジョンの近侍だった。足音がまったく聞こえなかったせいで、近づいてきたことに気づかなかったのだ。それとも、気づかなかったのは夫の寝顔に見入っていたせいかしら？

「だめ」エマはベッドに近づこうとする近侍を手で制した。「このところずっと忙しかったから。どうか寝かせてあげて。旦那様には睡眠が必要だわ」

近侍は眉をひそめた。「それでは礼拝に行けなくなります」

「健康のほうが大事よ。わたしがふたりを代表して参加します」エマはきっぱりといい切った。

それは思い切って人前に顔を出すときに、エマが望む形ではけっしてなかった。しかも姉のドロシアに連絡して、一緒に馬車に乗せていってくれるよう頼む時間すらない。夫とふたりで行けないなら、せめて姉と義兄の助けを借りたいところだったのに。

教会の敷地に入り、最初に出会ったのはミスター・ホーンズビーだった。彼は挨拶の言葉をかけることもせず、険しく非難がましい顔で短く会釈しただけだった。

少なくとも無視はされなかったわ。ジョンの――そしてカーターの――名前と爵位のおかげで爪はじきにはならずに済みそうだ。

エマはゆっくりと息を吸い込み、ジョンがいない心細さを忘れようとした。こちらをちらちらと見ながらこそこそ話している人たちの存在を意識しつつ、背筋を伸ばし、人々の頭の少し上あたりに視線を据えて歩いた。もう誰にも冷たくあしらわれるつもりはないわ。

「これはこれは、ミス・エリンガム。いや、いまやレディ・ケンドールでしたね」ヘクター・ウィンスロープの歯切れのいい声が教会の敷地に響いた。

エマは身がすくみそうになるのをかろうじてこらえて、ヘクターのほうに顔を向けた。ヘクターの目元は険しく、唇を引き結んでいた。

どうしてこの人はいつも、まずいものを食べたような顔をしているのかしら？　まわりの目がいっせいにこちらを向いたような気がして体が火照った。恐怖に襲われ、それに負けまいと顎をつんと上げた。

「おはようございます、ミスター・ウィンスロープ」

度胸があるところを見せようと自分から彼に近づいた。人々は道をあけ、好奇に満ちた視線を投げてくる。ひそひそとなにか囁く声がしたが、エマはそれを無視した。

「今朝はおひとりですか？」ヘクターが訊いた。

「もちろん、違います。うちの者たちほぼ全員が一緒に来てくれましたわ」エマはいった。

ヘクターは首をかしげ、あからさまに蔑んだ目をした。「使用人のことですか？　おやおや、あなたは女主人としてのお立場をおおげさに考えすぎですよ」

「みなわが家にはなくてはならない人たちですから、一緒に礼拝に参列できることを誇りに思っています」エマはいらだちながら答えた。

「なんとまあ、独創的な平等主義だなあ」ヘクターは高笑いした。

「どのような身分の者に対してもきちんと敬意を示すのは、人としてあたりまえのことですわ」ぴしゃりと返す。

ヘクターは疑わしそうな目をした。「そういうことを好まない人もいるし、なかには毛嫌いする者もいますよ。でもぼくはあなたのその歯に衣着せぬ物言いを、以前からずっと賞賛していますから、レディ・ケンドール」

「それはどうも、ミスター・ウィンスロープ」笑みを浮かべようとしたが、うまくいかなかった。

「で、ご主人はどこに?」

「ここにいる」ジョンがエマの手を取り、自分の腕に置いた。「口を閉じておけ、ウィンスロープ。そんなふうにだらしなく開けていると、ひどくおめでたい顔に見えるぞ」

一瞬、ヘクターの目が怒りに燃えたが、すぐになにかを怪しむように細くなった。なにかおかしいが、それが具体的になんなのか考えている。「われわれ下々の者とともに礼拝にご参列いただけて、まことに光栄ですよ、ケンドール卿。ところで花嫁とべつべつに教会においでになったのは、いったいどういうわけなんです？」

ジョンはヘクターをぎろりとにらんだ。「きみがそんなに詮索好きだとは知らなかったよ、ウィンスロープ」

ヘクターは肩をすくめた。「そうか？　ぼくはなんにでも興味を持つよ。たとえばケンドール卿は毎日なにをしていらっしゃるのだろう、とか。きみの作業場についてはいろんな噂が流れているからね。まっとうな人はみな心配しているよ。人目を避けておこなわれている異教徒の科学実験からは、いいことはなにも生まれない、とね」

「ぼくがしているのは実験じゃない。社会をよくするための革新的な技術開発に取り組んでいるんだ」

「そういうことに潜む危険性について、『現代のプロメテウス』という書物が警告を発していなかったか？　主人公はちょうどきみと同じように、科学を通じて世界をより深く理解しようとするんだ。その異常な興味が高じて、すでに命亡きものに生命を吹き込むことに執着するという話だよ」

「メアリー・シェリーの小説のことをおっしゃっているの？」エマは尋ねた。「ヴィクター・フランケンシュタインの物語？（『フランケンシュタイン』の原題は『フランケンシュタイン、あるいは現代のプロメテウス』）」

ヘクターはうなずいた。「まさにそれです」

エマはその馬鹿げた比較に腹が立ち、ジョンの弁護にまわろうとした。と同時に、ヘクターがその小説を最後まで読んでいることに正直驚いた。

「それなら数年前に、夫の名義で出された初版本で読んだ」ジョンはいった。「最新版は著者が本人の名前になっているらしいな」

「あんなにぞっとする小説を女が書いたなんて衝撃だ」ヘクターは感心しないとばかりに首を振った。

「ジョンが開発しようとしているのは、小説のなかで創られる生き物とは似ても似つかないものですわ」エマは反論した。『フランケンシュタイン』はまったくの創作です。ジョンの仕事がそれに似ているなんて思うのは心がひねくれた人だけです」

ウィンスロープは鼻を鳴らした。「一生懸命にご主人をかばわれようとする姿には頭が下がりますよ、レディ・ケンドール」

本来なら誉め言葉のはずだが、そらぞらしく、蔑むような口調でいわれれば喜ぶ気にもなれない。「わたしは憶測でものをいっているわけではありません、ミスター・ウィンスロープ。夫が作っているものをこの目で見ました。スケッチまでしたんです。夫が開発しているのは農業に革命をもたらし、すべての人々の生活を楽でよいものにする機械です」

ウィンスロープはあからさまに疑うような目をした。「われわれはいつそれを見ることができるんです？　いつになったらお披露目していただけるんでしょうね」

「完成したときだ」ジョンはエマの腕を引いた。「もう失礼する。礼拝に遅れたくないのでね」

エマはほっとして夫についていった。ふたりは教会のなかに入った。エマはもうまわりの批判的な視線が気にならなくなった。それよりもヘクター・ウィンスロープに対する怒りのほうが大きかった。

会衆席に腰を下ろし、ジョンから聖歌集を手渡された。

「ウィンスロープはあなたのことを頭のいかれた人に仕立てあげようとしている」エマは声をひそめた。「いったい、どうして？」

「無知ゆえに、理解できないものが怖いんだよ」ジョンは落ち着いた声で答えた。「だが、そういう人間は少なくない」

エマは聖歌集を握りしめた。「そんなたわごとをいう人たちは黙らせるべきよ」

「時間の無駄だよ」ジョンは聖歌集を開いた。「気にしないことだ」

「無理よ」

「努力するんだ」

エマは胸が上下するほど大きくため息をついた。なぜそんなに冷静でいられるのかわからなかった。ウィンスロープの非難は馬鹿げた言いがかりだが、いずれ面倒の元になるかもしれない。もっと強く夫をかばうことができたらよかったにと思いながらも、今日のところは夫にいわれたとおりあまり気にしないことにした。

礼拝はいつもより長く感じられた。説教は、結婚前に卑しい本能に負けてしまう男女に対し、それは大いなる罪であり恐ろしい罰がくだると警告するものだった。牧師はまっすぐにジョンとエマのほうを見ながら、不気味な口調でだらだらと説教を続けた。エマは歯が折れてしまうのではないかと心配になるほど強く奥歯を噛みしめた。

そわそわしたり、ちらちらと夫のほうを見たりしないよう我慢した。見た目ではわからないが、ジョンが疲れていることを知っていたからだ。目の下にくまができているのは明らかに睡眠不足のせいだし、口元に力が入っているのはあくびをこらえているからだろう。

ようやく牧師が説教壇から下りた。信徒が声を合わせて聖歌を歌い、礼拝は終わった。ジョンは疲れたように顔を撫でると、エマをエスコートして通路を進んだ。

ふたりはまわりの目を無視してまっすぐに馬車のところへ向かった。ジョンはエマに手を貸して馬車に乗せると扉を閉めた。

「ぼくは馬で帰るよ。途中、少しだけ作業場に寄るから」彼はいった。

エマは開いている窓から顔を出した。「今日、姉夫婦から午餐に招かれて、それを受けてしまったの。でもあなたが疲れているなら断るわ。わたしがひとりで行ってもいいし。ドロシアとカーターならわかってくれるはずよ」

「ここ数日、申し訳ないことに、きみをほったらかしにしていたからな」ジョンは答えた。

「せめてきみのご家族との食事会くらいは参加させてもらうよ」

「あなたがそういうなら」エマは短く息を吸い、目顔でわかったと知らせたが、その目は少しばかり曇っていた。ジョンが食事会に同席してくれるのはうれしいけれど、それが義務感からだとしたら素直には喜べない。

ジョンが御者に合図を送り、馬車は揺れながら動き出した。エマはため息をついて前を向き、夫が視界から遠ざかるのを見送った。

「きみの子どもたちは馬術の達人だな」丘のてっぺんで馬を止めてジョンはいった。

カーターはうなずき、ジョンの横に馬を並べた。「ふたりとも馬に乗るのは大好きなんだが、とりわけニコールのほうが乗馬に夢中でね」

ふたりは眼下の盆地に広がる平原を走る子どもたちを目で追った。おいしい食事を終えたあと、馬にでも乗ってきたらと勧めたのはエマだった。ジョンはカーターとふたりきりで話せる機会ができたことをありがたく思った。

「ディケンソンの死を調査するために雇ったボウストリートの男から、なにか連絡はあったか？」ジョンは尋ねた。

カーターは厳しい表情で唇を引き結んだ。「調査員によると、ブレイヤー卿には賭け事による多額の借金があり、何人もの怪しい輩から金を借りていたそうだ」

ジョンは首をかしげて考えを巡らせた。「そのうちのひとりが犯人だという可能性は？

ディケンソンに金を返せと迫り、口論になったとか？」

「たしかにそれはあり得る。しかしそれでは二名のフットマンが、あの夜ディケンソンと一緒にいるきみを見たと、あれほどはっきり証言したことの説明がつかない」

「単に見間違えただけとは思えないしな」ジョンは同意した。「いくら考えてもわからない」

「それに関しては後日談がある」とカーター。「そのフットマンふたりが、突然姿を消したらしい」

ジョンは驚いてカーターのほうに顔を向けた。「なんだって？」

「失踪したんだよ。正確にいついなくなったのかは誰も知らないし、行き先の見当もつかないそうだ」

「解雇されたということか？」

カーターは首を横に振った。「執事に聞いたところでは、そうではないらしい」

「働きはじめて長いのか？」

「ひとりは六カ月、もうひとりは五年だ」

ジョンは顔をしかめた。「書き置きはなかったのか？　推薦状を書いてほしいと頼まなかったのだろうか？」

「執事がいうには、ふたりに失踪しそうな気配はまるでなかったそうだ。二、三日前に持ち場にあらわれなかったことから、姿を消したことが発覚した」

「なんてことだ。ふたりの失踪にはなにか裏があると、ボウストリートの調査員は考えているのか？」

カーターは肩をすくめた。「きみが金を握らせて追い払った可能性はあるか、と訊かれたよ。そうすれば、もしまたきみに嫌疑がかかっても、きみに不利な証言をする人間がいなくなるからな」

侮辱的なことをいわれ、ジョンはぐっと身を引いた。「ぼくのために仕事をしていることを、そいつはちゃんとわかっているんだろうな？」

カーターは声をあげて笑った。「正直で有能な男だよ。それこそいまのぼくらには必要だ。ぼくはきみの無実を信じているといっておいた」

「そう思ってくれる人間は少ない」ジョンは手綱を持つ手に力を込めた。「今朝、礼拝に行ってわかったよ。エマの証言のおかげで絞首刑を免れはしたものの、ぼくへの疑いが完全に晴れたわけではないとね。エマは治安判事にぼくらはふたりとも眠り込んでいたと証言したが、いま広まっている噂じゃ、エマが眠っているあいだにぼくが作業場を抜け出してブレイヤーを殺し、こっそり戻ってきたので、エマはぼくが外に出たことを知らないのだろう、ということになっている」

「馬鹿馬鹿しい！　そのうち、もっとひどい噂が流れるだろうよ。レディ・ブレイヤーに捨てられた元許婚が怒りに駆られて彼女の夫を殺し、寂しいミス・エリンガムがそれを逆手に取って、自分の名誉を危険にさらすまねまでして、子爵を自分と結婚するしかない状況に追い込んだ、とな」

ジョンはいまいましさが表情に出るのを抑えられなかった。くそっ、なんて気の滅入る話だ！

「パパ、一緒に馬を走らせようよ！」子どもたちが声を揃えて叫んだ。

カーターはやさしい笑みを浮かべてふたりに手を振った。「すぐに行く！」それからジョンのほうに顔を向けた。「つらいだろうが、いまは我慢のときだぞ」

ジョンはそのとおりだと思い、しぶしぶうなずいた。「ひとつはっきりしているのは、犯人が捕まりさえすればいいということだ。そうなれば誰もがほっとできる」

翌日、夜が白々と明けはじめる頃、エマとジョンはミスター・オグデンに会うための旅に出た。出発にあたり、春先の肌寒さを追い払い、エマがあたたかくしていられるように、馬車の座席の足元に熱した煉瓦が置かれた。エマは長旅に備え、革張りの座席にゆったりと座った。

ジョンは馬でついてきた。どこかの時点で馬車に乗ってくれればいいのに、とエマは思った。旅は快調に進み、宿屋で馬を交換し、昼食をとった。出発の準備をしていると、うれしいことにジョンが馬車に乗ってきて、あんなにたくさん食べたら鞍の上で居眠りして馬から落ちそうだと冗談をいった。

てっきり目を閉じてうとうとするかと思いきや、会話が弾み、最近読んだ本のことや、ミスター・オグデンに会うことへの期待感や、景色の感想などあれやこれやと話をして楽しい時間を過ごした。その日の目的地に着く頃には、すでに暗くなりかけていた。そこはこぢんまりとした宿屋で、居間とふたつの寝室からなるスイートルームがあることが自慢だった。エマとしてはジョンと一緒に眠りたかったが、とても疲れていたので、慣れないベッドで独り寝をしてもぐっすりと休むことができた。

旅の二日目も、初日と同じように過ぎた。三日目にはそんな日常が当たり前になり、旅にもすっかり慣れた。ジョンは午前中は馬を使い、昼食を終えると馬車に乗った。エマはジョンと過ごす時間を楽しみにしていた。さまざまな話題について会話が弾んで、長旅もちっとも退屈ではなかった。

五日目の正午頃に最終目的地に着いた。馬車は古くて趣のある村へ入り、広場の横を通りすぎ、石畳の道を進んだ。煉瓦造りの頑丈そうな建物の前に馬車が着くやいなや宿屋から夫婦が飛び出してきて、顔をくしゃくしゃにして歓迎の笑みを浮かべた。

ふたりは誇らしげに、この宿を営むジョーダン夫妻だと名乗った。貴族を自分たちの宿に迎え入れることを恐れ多く感じているらしく、あまりに何度もお辞儀をするので、そのおおげさな歓待ぶりにエマは落ち着かない気分になった。

　ジョンも同じように感じているようで、宿泊するスイートルームへ案内されると大仰に褒めてみせた。たしかにきれいにしつらえられた部屋だった。居間はちょうどよい広さで、出窓があり、通りを見下ろすことができた。窓の下に造りつけられたフラシ天の長椅子は、スケッチや読書をするのにちょうどよさそうだ。

　寝室は宿屋の裏手に位置していた。窓がふたつあり、新芽や花のついた木々の並ぶ庭を見渡すことができた。家具は濃い色合いでどっしりとして、天蓋つきのベッドにはやわらかい毛布や枕がうず高く積まれてる。

　エマは隣の寝室へ続くドアがあるかと室内を見まわしたが、ドアはひとつしかなかった。つまり寝室はここひとつで、ジョンと同じベッドで眠るということだ。期待で頬がちくちくするほど熱くなった。

「妻は侍女を連れてきていないので、滞在中、妻の世話を頼める女性はいませんか、ミセス・ジョーダン？」ジョンは宿の女将に尋ねた。

「おりますとも」ミセス・ジョーダンは答えた。「姪っ子が三年前に結婚するまで、そのような仕事をしておりました。奥様にお仕えできることを光栄に思うと存じます」

「それはよかった」

　ミスター・ジョーダンが誇らしそうに妻に笑いかけ、ミセス・ジョーダンは得意げな顔をした。

「何時にお着きになるかわからなかったので、お昼は作り置いたものをご用意しておりますが、夕食は熱いものをいつでもお出しできます」ミスター・ジョーダンがいった。

「もし、それでよろしければですが」ミセス・ジョーダンがつけ加え、急に不安そうな顔になった。

「妻もまさにそういう食事をお願いしていたと思いますよ」ジョンは機嫌よく答えた。

「お気遣いありがとう」

夫婦は愛想笑いをしながら何度も深々とお辞儀をし、部屋を出ていった。エマが夫のほうをちらりと見ると、ジョンは愉快そうな顔をしていた。「わたしたちを喜ばせたくてしかたがないという感じね」

「痛々しいくらいだ。子爵夫妻をもてなすことなど、そうそうないのだろう」

「わたしのせいでがっかりさせるようなことにならなければいいんだけど」エマは悲しそうにいった。「わたしは貴族らしくないもの」

「なにをつまらないことを。きみはお姫様だよ」

エマは夫の快活で、からかうのが好きな一面を楽しみ、にっこりと笑った。

おいしい昼食をとったあと、ふたりは脚の凝りをほぐそうと村の散策に出かけた。天気がよく、空気はすがすがしくて爽やかだった。曲がりくねった小川沿いの小道をたどり、石橋を渡った。

つんとする潮の香りが鼻孔をくすぐり、甲高い鳥の鳴き声と波が打ち砕ける音が聞こえて、海が近いことがわかった。ふたりは道を曲がり、崖のほうへ向かった。そこは海岸に特有の野草が紫色の花をいっせいに咲かせていた。

強い向かい風のなかを崖の端まで進み、広い海を一望した。鋼色の水が渦巻く白波となって音をたてて岸に打ち砕け、雪のような白い泡を砂に残していた。

波が引いたあと、眼下の砂浜にターコイズブルーの水たまりができた。金色の砂浜がどちらの方角にも延々と続き、そこにいるのは長い脚をした白い鳥だけだった。

「息をのむ美しさだな」ジョンがいった。「スケッチブックを持ってまた来るといい」

「そうね」

エマはぼんやりと答えた。目の前に広がる景色はたしかに壮大ですばらしく、エマの感性を刺激し、気持ちを昂らせてくれる。でもその印象を一刻も早くスケッチブックやキャンバスに写し取りたいという欲求には駆られなかった。いま気になっているのはジョンの仕事のことだけだ。

ふたりは少し長めに散歩し、浜辺へ続く荒れた小道に入ろうか迷った。結局、また時間のあるときに来ることにして、宿屋へ戻った。

ジョーダン夫妻はふたりの帰りを待ち構えていた。しばらく休んだあと、その宿にひとつしかない個室の食堂でディナーを食べた。食事が終わり、しばらく食堂でくつろいだあと、部屋へ戻った。ミセス・ジョーダンの姪のデボラがやって来てエマの寝支度を手伝うあいだ、ジョンは居間で待っていた。

デボラはもの静かな娘で、笑顔が愛らしかった。メイドとしての経験が豊富なのは見ればわかった。デボラはエマが用を足すのを手伝い、衣服の後始末をし、暖炉に火のついた薪を広げることにまで気をまわすと、丁寧にお辞儀をしてから部屋を出ていった。

寝間着姿でひとり残されたエマは、窓際へ行って夜空を見渡した。満月が明るく、満天の星が輝いていた。無限に広がる夜空を眺めていると、自分がちっぽけな存在に思えた。

ジョンが寝室へ入ってくる音がした。エマは背を向けたまま窓辺にたたずんでいた。ジョンが部屋のなかで動く音を背中で聞きながら、彼が服を脱ぐところを想像した。ブーツを床に置く音が聞こえたから、次はきっと靴下だ。それからベストのボタンをはずし、クラバットをほどく。

そこまで済んだら、次はシャツを頭から脱いで、上半身裸になる。最後にズボンを脱ぎ、その下に着けているものも取る。サッシェを結ぶ音が聞こえたので、きっとガウンを羽織ったのだろう。

もう脱ぐものはなにもない。

エマの息が乱れた。ジョンが近づいてくるのが感じられた。不意に背後から腰を抱かれ、鎖骨あたりの素肌にそっと唇を押し当てられた。

その心地よいくすぐったさに、エマは長い息をひとつついた。硬いものが当たっているのがわかる。寝室がひとつしかなかったおかげでこんなに親密な時間を持つことができてよかった。

「ベッドに行くかい?」ジョンが囁いた。

その低くセクシーな声に、体に震えが走った。エマが頭を傾けると、ジョンのやわらかい唇が首筋を這い、耳へ達した。ジョンはふっくらとした耳たぶを軽く噛んだ。

エマはため声をもらし、体の向きを変えて彼の胸にもたれかかった。ジョンは快活に笑うと、腰をかがめてエマを抱き上げた。

15

ジョンはエマをベッドへ運び、背中から下ろした。彼女を抱きしめ、そのやわらかな体が自分の心臓のそばにあるという心満たされる感覚に、しばらくひたっていた。

だが、そんなおだやかなひとときも長くは続かなかった。ジョンはエマの唇に濃厚な口づけをし、エマも情熱的にそれに応えた。エマの唇はたまらなく甘く、ジョンは欲求で体が燃えさかった。思わず彼女のヒップをつかみ、やわらかな場所に硬くそそり立ったものを押しつけた。

キスがさらに激しく、熱くなる。エマがあえぎながら、誘うように体を押しつけてくるのを感じた。ジョンの快感が高まっていく。

彼は仰向けになり、エマを自分の上に乗せた。驚きで目を丸くしている彼女を持ち上げ、痛いほどにこわばっているものの上にゆっくり下ろしていく。そして屹立したもので熱く潤った場所を刺激した。エマは歓喜の声をあげ、みずから腰を沈めた。

ジョンは腰を突き上げた。自制しようと息を乱しながら、エマを悦ばせるために一定のリズムを刻む。ところが強く締めつけられて理性が吹き飛んだ。この美しくなまめかしい女性が自分にまたがり、みだらにも腰を振っている。それだけで彼は絶頂に達した。

ジョンが震えながら欲望を解放したことが引き金となり、エマもまたクライマックスに到達した。快感の波に飲み込まれるエマを、ジョンは欲望に目をぎらつかせながらしっかり支えた。ようやく痙攣が治まると、エマはジョンの上に倒れ込んで彼の頬に顔を寄せた。ジョンはエマをきつく抱いたままでいた。彼女の甘い香りをかぎながら、この胸が締めつけられるような甘い感情はなんなのか理解しようとした。

永遠にこうしていられる、と思った。だが正直いって、妻を求める気持ちが止められないことを、どう考えればいいかはわからなかった。紳士にあるまじき浅ましい行為だ。

それでも、純粋な喜びだった。

翌朝、ようやくミスター・オグデンに会えるとあって、ジョンは小走りで馬小屋へ向かった。ただひとつ、この興奮に水を差しているのは、エマを置いていかなければならないことだった。ここ数日で一緒にいることに慣れてしまったので、エマを連れていけないのは残念だった。エマは人を見る目がたしかだから、ぜひともミスター・オグデンに会った印象を聞いてみたかった。

ところが妻が同行することを手紙で伝えると、独身のミスター・オグデンから、自分の研究室と作業場に奥様がおいでになるのはご遠慮いただきたいと、はっきり拒否されてしまったのだ。

宿の主人は道を説明するのがうまく、村からかなり離れたミスター・オグデンの住居まで、ジョンは迷うことなく到着した。玄関ドアをノックすると、ひどく背が高く、用心深い目に苦虫を噛み潰したような顔をした、ぎすぎすと骨ばった女性が出てきて、家政婦だと名乗った。

家政婦はジョンを玄関先で待たせたまま、本当に約束があるのかどうか確かめに行った。確認が取れると、ようやくジョンを玄関脇の客間へ通した。数分後、ミスター・オグデンがあらわれて自己紹介をした。

ミスター・オグデンは背が低く、痩せてはいるが筋肉質で、左右の側頭部から灰色の髪が翼のように突き出ていた。声は低くてしわがれて、話しながら頭をひょこひょこ動かす癖があった。

本題に触れることのない用心深い会話が一時間近く続いた。今回の旅は壮大な時間の無駄だったかもしれないとジョンが思いはじめた頃、ミスター・オグデンがようやく現在開発中の機械をお見せしようといって、研究室に誘った。

裏口を出て斜面を進み、踏み固められた小道を行くと、深い雑木林に入った。葉の隙間から日の光が差し込み、いたるところに緑色の影を落としている。ようやく開けた場所に出た。前方にかなり大きな建物がある。

「私の研究室です」ミスター・オグデンが誇らしげにいった。

そして上着のポケットから鍵束を取り出し、ドアにいくつもついている重い鉄製の錠を開けはじめた。すべて解錠し終えると大きくドアを開いた。室内に一歩足を踏み入れたところで、強い硫黄の臭いにジョンは息が詰まりそうになった。

ミスター・オグデンはちょこちょこと動きまわって、ランプに次々と火を入れていった。ジョンはあとをついていこうとしたが、そこで足がすくんで動けなくなった。室内のいたるところ――机、テーブル、椅子の上はもちろん、床にも、書物が散乱しているのだ。うず高く積まれているものもあれば、開いたまま置かれ、ページの端が折られているものもある。多くの書物は余白にメモが書き込まれ、図形が描かれ、走り書きがされていた。

そのような混沌とした部屋では探し物をすることすら難しいし、ましてやなにか新しいものが生み出されるとしたら、それはまさに奇跡だと思われた。ところがミスター・オグデンがなにか大きなものから掛け布をはずしたとき、ジョンの考えは一瞬にして変わった。

ジョンはうれしさのあまり揉み手をしながら、その蒸気エンジンをもっと近くで見ようと、書物や書類の山のあいだを縫ってそばへ寄った。ジョンの質問に答えるミスター・オグデンを見ながら、人は見かけによらないとはよくいったものだと思った。その風変わりな外見の下には、科学的な才能があふれている。

時間があっという間に過ぎた。家政婦がむっつりとした顔で、あたたかいもののない昼食とリンゴ酒を持ってきた。ジョンは堅焼きパンと、スライスしたハムと、香ばしいチーズをほおばりながら、立て続けに質問した。ミスター・オグデンは油断なく、情報の一部しか開示しなかったが、その気持ちはジョンにもよくわかった。開発者の権利を保護する特許を取るには、さまざまな役所に書類を出し、そのたびに手数料を支払うことになる。さらに、設計の詳細な模型も提出しないといけないから、特許が付与されるまでには時間と費用がかかる。そのため、発明品の詳細は特許で権利が守られるまで明かされないのがふつうなのだ。

家政婦がお盆にお茶をのせて運んできたのを見て、ジョンはもう遅い時刻だと気づいた。翌日、また面会するという約束を交わして研究室を辞去した。弾む気持ちで馬にまたがった。早く宿屋へ戻って、今日のことをエマに話したい。そのことで頭はいっぱいだった。

「春の舞踏会の招待状が来た。毎年恒例らしく、今夜、集会場で開催されるそうだ」ジョンがいった。

小さめのトランクに荷物を詰めていたエマは、振り返って片眉を上げた。「舞踏会?」

「ああ。この村最大の社交行事なんだろう」ジョンは羊皮紙の招待状を掲げてみせた。「それに招待されるというのは名誉なことだ」

エマは背筋を伸ばした。「ありがたいわね」

ジョンは招待状で膝をはたいた。「出席したほうがいいと思うんだ。かまわないかな?

帰るのが一日遅れるだけだからね」

「ミスター・オグデンもお見えになるの？」エマは尋ねた。ジョンがしょっちゅう話題にしているのに、なかなか会う機会のなかった発明家に、ついにお目にかかれるかと思うと好奇心をそそられた。この村には三日間滞在したが、まだ彼をちらりと見かけたことすらなかったのだ。

ジョンは声をあげて笑った。「いや。世捨て人として知られている男だからな。大勢の客が集まる社交行事に参加するくらいなら、熱した石炭の上を裸足で歩くほうがましだと思うだろう」

エマにはミスター・オグデンの気持ちが理解できた。何年ものあいだ、やれパーティだ、音楽の夕べだ、舞踏会だと、姉に無理やり連れて行かれた。楽しいと感じたときもあったけれど、すべてにおいて居心地がよかったわけじゃない。なにより苦痛だったのは、浅薄な人々が不倫相手や玉の輿に乗れる裕福な結婚相手を探すことだけを目的に集まるパーティだった。

エマはそのどちらにも興味がなかった。

「あなたは出席したいのね？」

ジョンはうなずいた。「いずれはミスター・オグデンと提携を結びたいと考えているんだ。だから村の集まりに参加して顔つなぎをしておくのは悪いことじゃない」そこで急に眉をひそめた。「舞踏会にふさわしいドレスなんて、持ってきていないだろうか？」

エマはにっこりした。「それなら大丈夫。なにしろドリーが荷造りしてくれたんだもの。もちろん、夜会服も何着かあるわ。デボラはなんでもできるから、きっと支度を手伝ってくれるはずよ」

エマはトランクに向き直り、舞踏会に着ていけそうなドレスを何着か取り出した。なにがなんでも出席したいというほどの気分ではなかったが、ジョンのために参加することに決めた。一方的に出席を決めるのではなく、意見を訊いてくれたことがうれしかった。

夫婦の関係が変わってきた証だから。

その夜遅く、エマは黄色いシルクの夜会服に身を包み、宿屋の階段を下りていった。繊細なレースのオーバースカートと、肘までの長さの袖には、小粒の真珠をあしらった蔓草模様の刺繍がほどこされ、襟が深くくくれたボディスにも同じ模様が並んでいる。

階段の下で待っていたジョンは、賞賛に目を輝かせながら妻を出迎えた。エマもまた夫の姿を見て胸が高鳴った。正装のイブニングコートに身を包んだジョンはとびきりすてきだった。黒い上着に銀糸の錦織りのベスト、真っ白なクラバットとダイヤモンドのカフスボタン。その姿は気品に満ち、まさに貴族そのものだった。

「すごくきれいだよ」ジョンは彼女の手を取ると耳元で囁いた。

「あなたこそ」胃のあたりに居座っていた緊張がほどけていく気がした。

集会場へは馬車で向かったが、そう遠くはなかった。エマはジョンに手を取られ、正面玄関前の短い階段をのぼった。ふたりは丁重に出迎えられ、会場へ案内された。ほかのゲストたちがちらちらとこちらと見ている。黒髪で二重顎の貫禄に満ちた女性が、取り巻きから離れていそいそと近づいてきた。

その女性はミセス・ピールズと名乗った。彼女の手を取って挨拶し、招待への礼を述べるジョンの横で、エマは、ミセス・ピールズが気絶してしまうのではないかと思った。ジョンの優雅な仕草を見て、さもうれしそうに真珠のイヤリングを躍らせ、女学生のようにくすくす笑っている。

ミセス・ピールズがジョンを相手にぺらぺらとしゃべっているあいだに、エマは周囲を見まわした。集会場は広々として、たくさんのろうそくが灯され、緑の葉を編み込んだ花綱(はなづな)で美しく飾り立てられている。部屋の片隅に三人の奏者が待機し、ダンスフロアとおぼしき場所を取り囲むようにテーブルと椅子が配されていた。

一張羅に身を包んだ男女が会場内をそぞろ歩いたり、軽食のテーブルに集まったりしている。テーブルにはチーズ、肉、パン、ケーキの盛り合わせと、銀製の大きな器に入ったパンチが用意されていた。あたりはざわめきに満ちて、ときおり陽気な笑い声が響いた。

社交界では当たり前とされる堅苦しさはそこになく、会場は開放的な雰囲気に包まれていた。みな人目を気にせず、ただ純粋に楽しんでいた。

ミセス・ピールズの相手をジョンに任せてしまったことに急に気が咎め、エマはふたりに視線を戻したが、ちょうど奏者がチューニングをはじめたおかげで会話に加わらずに済んだ。

曲目はワルツだった。ジョンがかすかに片眉を上げた。

「まあ、どうしましょう。最初にワルツというのはお気に召さなかったでしょうか？」ミセス・ピールズはそわそわし、赤くなった顔を必死に扇子であおいだ。

「その逆ですよ」ジョンは答え、エマを腕のなかへ引き寄せた。「妻はワルツが大好きなんです。では、失礼」

ふたりはダンスフロアの中央へ進んだ。エマは深呼吸して左手をジョンの肩に置き、半歩下がって背中を反らすようにして彼を見上げた。

「ワルツは踊ったことがないの。だからゆっくり動いてね。さもないと、あなたの足を思いきり踏んづけてしまいそう」小声でいった。

「ロンドンの舞踏会に参加したとき、誰からもダンスに誘われなかったのか？」

エマは笑った。「カドリールやスコッチリールは誘われたし、メヌエットも踊ったことがあるわ。でもワルツはきちんとステップを習ったことが一度もないの」

「レッスンを受けたことはあるだろう？」ジョンはエマをさらに引き寄せた。

「わたしは末っ子だから。レッスンが必要な年齢になる頃には、うちにはまともなダンス教師を雇うだけの余裕がなかったの。グウェンと結婚したあとにジェイソンがダンス教師をつけてくれたけれど、何度かレッスンを受けたところでわたしが飽きちゃって。ワルツを教わる前にやめてしまったのよ」

体が触れ、エマは少し下がった。「でもね、ワルツを踊るときは手以外の場所に触れるのは不適切だということくらいは知っているわ。右手をつないで、わたしの左手はあなたの肩に、あなたのもう一方の手はわたしの腰に添えるのよ」

「不適切なことをするのも、ときにはいいものさ」ジョンはエマの腰にそっと触れ、背骨に沿って指先で撫で上げた。「その相手が妻ならとくにね」

音楽が高まり、ふたりは踊り出した。ジョンはステップを踏みながらくるくるまわった。エマは息をのんで彼にしがみついた。胸と胸が密着する。「ねえ、少しスピードを落として！　そんなに速くまわされたら、ステップを数えられないわ」

「唇は動いていないようだが」

「声に出さずに数えているのよ。そうすればわたしもパートナーも恥をかかずに済むから。わたしはとても賢い女なのよ、ケンドール卿。ご存じなかったの？」

「いや、きみを見くびってはいけないことは身に染みてわかっているよ」ジョンは囁き、おかしそうに目をきらめかせた。

その発言に、思わず笑みがこぼれた。「気づいてる？　みんながわたしたちを見ているわ」

「もちろん。せっかくだから、一生忘れられないようなものを見せてやろうじゃないか」

ジョンは微笑みながら彼女を見つめ、その熱い眼差しにエマは溺れそうになった。ステップの数もわからなくなってしまったけれど、ジョンに任せておけば問題なかった。

背中にまわされた彼の手に力がこもり、指のぬくもりが伝わってきた。ジョンはエマの体をしっかり支えると、その長身でたくましい体からは想像もできない優雅さで巧みにリードした。

音楽に乗り、彼の腕に抱かれてフロアを優雅にまわるうちに、緊張がほどけていった。エマは彼のリードに身を委ね、じきにふたりは完璧に息の合ったダンスでほかのペアを巧みに避けながら、優雅にフロアを舞いはじめた。

体が密着しているせいで、ジョンの体が発する熱を感じ、コロンのかすかな香りが鼻をくすぐった。背中を支える腕のたくましさに、エマは膝から力が抜けそうになった。彼女は肩をうしろに引いてジョンを見上げた。彼の目が楽しそうにきらめいているのを見て、胸にうれしさが込み上げた。

舞踏会に来てよかったと、不意に心の底から思った。

翌日、ふたりは帰路についた。ジョンはエマと一緒に馬車に乗ることにした。昨晩、舞踏会から宿屋に戻ったのは遅い時刻だったが、ふたりともすぐには眠らなかった。

部屋でふたりきりになるやいなや、ジョンはエマを抱き寄せた。エマは見たことがないほど魅惑的な唇をしていたし、ようやくふたりきりになれたからには、もう彼女への欲望を抑えることができなかった。激しくキスしているうちに欲望はさらにふくらんで、理性はどこかへ吹き飛んだ。

閉まっているドアにエマを押しつけ、シルクのドレスのスカートを乱暴にまくりあげると、繊細な生地が裂けた。下着に手を入れるとエマははっと息をのんだが、すぐに彼と変わらぬ激しさでキスを返してきた。

ジョンは無我夢中でズボンの前をはだけた。両膝をすくい上げるようにしてエマの体を持ち上げ、一気に奥まで突き上げた。

エマは歓喜の声をあげ、その声がすでに熱くなっていたジョンの体に火をつけた。エマの鎖骨のくぼみに顔をうずめ、うっとりするような香りを吸い込みながら、原始的な快感を貪る。

エマもまた彼に合わせて情熱的に体を動かした。エマに肩をつかまれ、上着の上からでも肉に爪が食い込むのがわかった。

ジョンはさらに速く、強く、深く彼女を貫き、その快感に酔いしれた。エマが黄色いシルクのドレスで、女性らしい魅力を放ちながら、宿屋の階段を下りてくるのを見たときから、ずっとこうしたかったのだ。

苦しいほど痛烈にエマを求めていた。エマもまた同じ気持ちらしく、ジョンの腰に両脚をまきつけ、背中を弓なりにして彼を引き寄せた。絶頂に近づいてエマの体が震え出すのを見て、ジョンの興奮はさらに高まった。

高みにのぼりつめ絶叫するエマの口を唇でふさぎ、さらに深く突き立てる。次の瞬間、ジョンは頭が真っ白になるほどの快感にうなり声をあげ――まさにうなったのだ――全身を震わせて自分を解き放った。

ひとつにつながったまま、震えの残る体で荒々しく息をしているうちに、ようやく正気が戻った。快感の霞が徐々に晴れると、ジョンはエマの体をゆっくり下ろして立たせた。

いったい、なにが起こったのだ？　妻への衝動を抑えられず、まるで獣のように奪ってしまった。もちろん、妻が魅惑的でありすぎることも原因のひとつだが。エマが上品ぶったお堅い女性でなくて本当によかった。

胸に抱いたエマの頭を見下ろしながら、荒い息を整えようとした。髪をゆっくり撫でると、エマは満足げなため息をついて強くしがみついてきた。

ベッドに横たわり、エマをしっかり抱きしめて、眠りに落ちる姿を見守るのは、とても自然なことに思えた。ジョンは人生で初めて知るおだやかな満足感に包まれ、ようやく眠りに落ちたのだった。

馬車が深い轍を踏んで大きく揺れ、ジョンは現実に引き戻された。向かいの座席ではエマが読書に没頭していた。エマが白状したところによると、それは身の毛もよだつゴシック小説で、悩み多き乙女と恥知らずな悪党が登場し、超自然的なことが起こるとか。エマはページをめくり、そこで不意に眉をひそめて唇を強く引き結んだ。

「はらはらする場面なのかい？」ジョンは尋ねた。

エマははっとして顔を上げ、恥ずかしそうに笑った。「ヒロインが図書室の本棚のうしろに隠し通路があるのを見つけて、愚かにも好奇心に駆られて入ってみるの。手にしていたろうそくの火が不可解な一陣の風によって消え、秘密の扉がばたんと閉まり、ヒロインは閉じ込められてしまう。そのじめじめした墓場のような場所から抜け出そうと、漆黒の闇のなか、ヒロインは扉の掛け金を手で探っているのよ」

「陰気なヒーローが出てきたりはしないのか？　その男がヒロインを――」

突然、なにかがひび割れる鋭い音と、御者の叫び声と、怯えた馬のいななきが響き、ジョンの声はかき消された。馬車が前に飛び出し、大きく進路を変えた。そのまま傾いて横転し、地面に激突して泥道をすべった。

馬の甲高い鳴き声と、罵りの言葉と、男たちの低いうめき声があたりを満たした。ジョンは落下の衝撃からエマを守ろうと胸に引き寄せた。背中から床に叩きつけられ、一瞬、肺から空気が抜けた。

「けがはないか？」ジョンはあえぎながらいい、切り傷や打ち身がないかと、エマの頭から腕、脇腹から脚へと手を走らせた。

「大丈夫よ」エマは答えた。「あなたがかばってくれたから」

「妻をこの腕に抱くチャンスは、なんだろうと逃さないようにしているんだ」エマの顔に落ちた髪を払ってやりながら軽口を叩いた。

エマは彼の肩にしがみついたまま、引きつった笑い声をあげた。「なにがあったのかしら？」

ジョンは、いまでは頭上にある馬車の扉を見上げた。「車輪が壊れたんだろう。そうだと思いたい」

「轍（わだち）の多い道だったものね」

「長旅のあとにしては、馬車の調子はよかったんだが」

「だったらなぜ……」エマの声が小さくなり、目が見開かれた。「まさか、追いはぎ？」

「それは勘弁してほしい」

夕暮れまでにはまだ何時間かあった。「白昼堂々と馬車を襲うとしたら、よほど大胆で――切羽詰まった追いはぎだろうな」

馬車の外で人の動く気配がした。ジョンは頭のあたりに転がっているかばんに手を入れて拳銃を取り出した。

「ジョン！」

「備えあれば憂いなしだ」彼はそういうと、安心させるように微笑んだ。

誰かが走り寄ってくる足音が聞こえた。ジョンはエマをかばうように位置を変え、銃の撃鉄を起こした。頭上の扉が開き、男がのぞき込んだ。

「旦那様、おけがは？　奥様はご無事ですか？」

「どちらも無事だ」フットマンのスタイルズだとわかると、ジョンは胸を撫で下ろした。スタイルズは眉の上を切ったらしく、かなり出血していたが、それ以外に大きなけがはなさそうだ。

「危うく農夫の荷車と衝突するところでした」スタイルズは説明した。「道を曲がるまで御者が荷車に気づかなかったのです。衝突を避けようと向きを変えたことで車輪にひびが入り、馬車が横転しました」

「けが人はいるのか？」ジョンは尋ねた。

「御者の肩がはずれ、腕の骨も折れているかもしれません。荷車もひっくり返りました。道の向こう側にある用水路に落ちています」

ジョンは拳銃をズボンの腰に差し込むと、馬車のなかをよじ登って体を引き上げ、外に出た。そこで振り返ってエマを見下ろした。エマは馬車の側面に体を押しつけられ、顔は青ざめていたが、目に動揺は見られなかった。

「そこで待っていてくれ」ジョンはいった。エマを外に出す前に状況を確認したかった。「すぐに戻る」

抵抗されるかと思ったが、エマはけなげにもうなずいて見せた。「気をつけて」

想像していた以上に悲惨な光景を目の当たりにし、エマを馬車のなかに残してきたのは正解だと思った。トランクはすべて投げ出され、地面に落ちていた。そのうちのひとつは蓋が開いて中身が泥道に散乱している。

散らばった品々のあいだを足早に通り抜けているとき、自分のベストと予備のブーツが泥の水たまりに落ちているのが見え、ジョンはやれやれと頭を振った。

農夫は道端に座り、血で汚れた布を頭に当てていた。なにかにぶつけたのか頬が腫れはじめていて、焦点の合わない目でがたがたと体を震わせている。

「この男はショック状態に陥っている。毛布かなにか、暖の取れるものを持ってきてくれ」ジョンは叫んだ。

スタイルズが走って、いささか泥で汚れた外套を持ってきた。ジョンはそれを男の肩にかけてやった。厚い布地の感触に男が顔を上げた。

「馬車が来てるのに気づかなかったんです。嘘じゃねえです、旦那様」男はまくしたてた。「慌てて荷車を止めようとしたけんど、間に合わなくて……」

「誰のせいでもない」ジョンはいった。「どちらも運が悪かっただけだ」

「うちの牛が足を引きずっていると、あの人らがいってました。どうか殺さないでやってくだせえ」男はジョンの腕をつかんで懇願した。「一頭きりの牛なんです。あれがいなかったら畑を耕すことも、作物を収穫することもできやしねえ。家族が飢え死にしちまいます」

「まずは牛の状態を確かめよう。もし助からないようなら、楽にしてやるしかないだろう。だがその場合でも、こちらで埋め合わせはする」

幸いにも牛のけがは大事には至らず、ジョンは男に家畜は助かることを告げて安心させると、次に御者の具合を見にいった。近づいていくと、御者が手で右肩を押さえているのがわかった。肩は不自然な角度に曲がっていた。関節がはずれているのは間違いない。さぞや痛むことだろう。

「気つけに酒を一杯飲ませたら、すぐにはずれた関節を戻してやるからな」ジョンはいった。

「あっという間のことだったんです、旦那様」御者の声は小さかった。

「くよくよするな」ジョンは励ました。「おまえのとっさの判断と手綱さばきのおかげで、誰も大けがをせずに済んだんだ」

「旦那様！」スタイルズが近づいてきた。「あの農夫の話では、ここから数マイル先にお屋敷がひとつあるそうです」

「馬に乗る気力はあるか、スタイルズ？」

「お任せください」

「よし。ぼくの馬を使って助けを呼んできてくれ」

ジョンは馬車のところへ戻った。エマを助け出して固い地面に下ろすと、きつく抱きしめた。感情が込み上げ、喉が詰まった。もしもエマの身になにか起きていたら……。

「みんな無事なの？」エマが尋ねた。

「こぶや痣をこしらえた者が数名いる。御者は肩がはずれた。だが、ありがたいことにその程度だ。本当に運がよかった」

ジョンともうひとりのフットマンが散らばった荷物を確かめているあいだに、エマは農夫のそばに腰を下ろした。ジョンが洗い立てのシュミーズを見つけた。エマはそれを引き裂いて、包帯代わりに農夫の頭に巻くといい張った。手当を終えるとエマはふたりの作業に加わって、散乱した荷物のなかから使えそうなものを集めた。

空が暗くなりはじめた頃、スタイルズが何人かの男性使用人を連れて戻ってきた。そのうちのひとりは古風な馬車を走らせてきた。背の高い箱型の馬車で、扉に紋章が目立つように描かれている。金と白と青を使ったその紋章は、ジョンが初めて見るものだった。

先方の御者と短く言葉を交わすと、ジョンは彼らの尽力に謝意を述べた。お仕着せを着たフットマンのひとりが馬車の後部にある立ち台から飛び降りた。彼は馬車の扉を開き、ステップを引き下ろすと、エマを馬車に乗せようと手を差し伸べた。

ジョンはケンドール家の御者のほうに注意を向けた。馬車に乗せるには手助けが必要だが、誇り高い男だから自分からはいい出さないだろう。予想どおり、御者は助けを断ったが、ジョンが強く主張するとようやくうなずいた。

「そちらの準備ができ次第、屋敷へお連れします」先方の御者がいった。

そのとき、エマがまだ馬車に乗っていないことに気づいた。エマは血の気の失せた顔で開かれた扉の前に立ち、体をこわばらせ、身動きひとつしていなかった。息をしているのだろうかと心配になるほどに。

気を失うのではないかと思い、ジョンは妻を支えようと腕を伸ばした。強い恐怖感を伴う体験をしたあとによくある反応だ。事故の数分後、ときには何時間もしてから精神的ショックに見舞われるのだ。

「事故があったすぐあとだから、馬車に乗るのが怖いのかい？」誰かに聞かれてエマが恥ずかしい思いをしないように、ジョンは声を落とした。「ぼくの馬に乗るか？　またがって乗るのがいやなら、横鞍を用意してくれるようぼくから頼んでもいい」

エマは答えなかった。感情を抑えようとしているのか呼吸が浅い。手を握ると、死体に触れたのかと思うほど冷たかった。

「エマ？」

「この紋章知っているわ。ベントン子爵セバスチャン・ドッドのものよ」かすれた声でいった。「この人のお屋敷に行くの？」

ジョンは頭を掻いた。「それは人違いだな。御者によれば身分は伯爵らしい。すまない、ばたばたしていたから名前までは覚えていないが」

エマがこちらへ顔を向け、その目に浮かぶ恐怖にも似た表情にジョンは驚いた。「あちらの御者に尋ねてみてくださらない？　お願い」

その尋常ではない様子に気圧され、ジョンはいわれたとおりにした。

「ティンズデール伯爵様がお持ちの下位の称号がベントン子爵です」先方の御者はそう説明した。

エマの顔が赤く染まった。ジョンはエマの手を取って強く握った。「馬車に乗るのはきみが落ち着いてからにしよう。急ぐことはない。これ以上、きみに負担はかけたくない」

エマは答えず、その場に立ち尽くしていた。

「二、三分、待ってちょうだい」ようやくいった。「二、三分でいいから」

16

ベントン子爵。聞き覚えのある名前が頭のなかでこだました。いいえ、聞き間違いに決まってる。

ティンズデール伯爵兼ベントン子爵セバスチャン・ドッド。

わたしたちはセバスチャンの屋敷に向かうのだ。

全身の震えをこらえ、深く息を吸い込んで、落ち着くのよと自分にいい聞かせた。セバスチャンに会わずに済む方法がまだあるかもしれない。セバスチャン、かつてあれほど恋焦がれた人。思い出すだけでいまだに胸が痛む。

「直接、村へ行ったほうがいいんじゃない？」平静な声を保ち、不安を寄せつけまいとしながらエマはいった。「そうすれば、たとえすぐに馬車を修理してもらえなくても、適当な宿が見つかるでしょう？」

ジョンは首を横に振った。「あの農夫の話だと、先月、村で火事があって宿屋が閉じてしまったそうだ。だから、伯爵の屋敷へ行くしかないんだ。運がよければ、屋敷に住み込みの鍛冶屋がいるかもしれない。あるいは、うちの馬車につけられる予備の車輪があるかもしれない。それもだめなら、村の車大工に頼んで新しい車輪を作ってもらうしかないな」

エマは割れてしまった車輪にちらりと目をやった。大した壊れ方じゃないわよね？

「修理には時間がかかるの？　日暮れまでには出発できるわよね？」

「もう陽が沈みかけている。すぐに暗くなる」ジョンはやさしくいった。「エマ、ほかに泊まるところはないし、伯爵の厚意に甘えるしかないんだ。今晩だけで済むことを願っているが、もしかすると数日かかるかもしれない」

心臓が痛いほど激しく打ちはじめた。エマは心を落ち着かせようと、スカートのしわをならした。

「ええ、あなたのいうとおりね」彼女は引きつった笑い声をたて、ヒステリックに聞こえないことを祈った。「伯爵が寄越してくださった馬車に乗せていただくことにするわ」のろのろと馬車に乗った。ジョンがあとに続く。馬車は揺れながら出発した。エマは目まいを覚え、額に手を当てた。

あちらに着く前にジョンにすべてを話して楽になってしまおうか？　そのほうがショックがやわらぐのでは？　でもどこからどこまで話せばいいのだろう。

これは自分とセバスチャンしか知らないことだ。姉たちも含めて誰にも話したことはなかった。セバスチャンのほうも沈黙を守っているはずだ。

なにも話さなくていいのかもしれない。誰にも気づかれることなく、嘘をつきとおせるかもしれない。長年セバスチャンに恋い焦がれていたことを、夫に明かさずに済むかもしれない。

馬車が道を曲がり、長い私道に入った。前方にある丘の向こうに夕陽が沈みかけ、灰色の大きな石造りの屋敷があらわれた。一見して何世紀も前に建てられたとわかる建物で、中世の城を中心に増築が重ねられている。

堂々として、上品で、古めかしい――どれもセバスチャンがそうなりたくないと避けてきたことだ。エマの震える唇からかすかな笑みがこぼれた。セバスチャンはいつも気ままな遊び人のようにふるまっていた。女性の扱いがうまい魅力的な男性で、その端正な顔立ちで女性たちを焦らし、謎めいた危険な香りで震え上がらせた。

なんでも徹底的にやらないと気が済まない人なのだ。

そのセバスチャンに会えば、恋しさと寂しさで絶望しそうだった日々の記憶がよみがえってしまうだろう。エマは心臓をぎゅっとつかまれたような気分になり、深く長く息を吸った。

馬車が止まった。私道の砂利石を踏みしだきながら近づいてくる、いくつもの足音が聞こえた。こめかみの血管が脈打ち、つばも飲み込めないほど喉が締めつけられた。

大丈夫。ちゃんとやれるわ！

馬車を降りたとき、膝が震えてよろめいた。ジョンがさっと腰に手をまわした。そのやさしい気遣いがエマの罪悪感を深め、秘密を隠しとおす決意を強めさせた。ジョンが知っても、いいことはなにひとつない。

エマは地面に目を落としたまま歩き出した。玄関前の階段をのぼり、ドアを抜けて玄関ホールに入った。黒と白の大理石の床から一瞬だけ顔を上げると、出迎えようと待っているひと組の男女がちらりと見えた。

セバスチャンとその奥様。彼が愛して結婚した女性――いまも深く愛している女性。息ができなかった。両手で自分の肩を抱くようにして視線を上げると、上品な銀髪の男性と目が合った。彼は背筋をしゃんと伸ばして堂々と立ち、のみで削ったような鋭い顎と、人を見通すような黒い目をしていた。

エマは困惑して眉をひそめた。この人は誰？　改めて男性の顔を見直したとき、服装が目に入って使用人だと気づいた。きっと執事だわ。隣にいる女性は、おそらく家政婦だ。以前、セバスチャンに仕えていた人たちとは違う。エマが知っていたふたりは仕事を辞めたか、セバスチャンが伯爵になったときに新しい屋敷についていったのだろう。

「チャズウィック館へようこそ、ケンドール卿。レディ・ケンドール。執事のエバリーと申します。こっちは家政婦のミセス・セントジャイルズです。事故に遭われたそうで、お気の毒に存じます」

「ありがとう、ミスター・エバリー。さんざんな午後でしたよ」ジョンが応えた。「伯爵には助けを寄越していただいたうえにお屋敷にまでお招きいただき、お礼の言葉もありません」

ミスター・エバリーはお辞儀をした。「伯爵様と奥様はロンドンにおいでなのですが、屋敷はどうぞご自由にお使いください。お医者様をお呼びしましょうか？」

「頼みます。妻と私にけがはないのですが、うちの御者が肩を痛めまして。医者にみせたいのです」

ミスター・エバリーはフットマンにさりげなく合図を送って指示を与えた。「ミセス・セントジャイルズがお部屋をご用意しました。お食事もいつでもお召し上がりいただけます」

「エマ？」

名前を呼ばれ、エマは自分を包み込んでいた霧が徐々に晴れていくのを感じた。ロンドン。セバスチャンたちはロンドンにいる。これで秘密は守られるわ。

安堵とともに肺から空気が抜け、膝から崩れ落ちそうになった。ジョンはとっさにエマを支え、心配そうな表情を目にたたえた。

「御者の治療が終わったら、医者を妻の寝室へ寄越してください」彼はいった。

「わたしなら大丈夫」エマは小さな声でいい、自分の足でしっかりと立った。

「そうだね。だが医者がそれを請け合ってくれれば、ぼくも安心できる」

それに逆らう気力も体力もなかったのでエマはうなずいた。ミセス・セントジャイルズについて階段を上がっていくとき、ジョンが馬車の修理を手配してほしいと頼んでいるのが聞こえた。ミスター・エバリーは、屋敷にある鍛冶場へご案内するので職人とお話ください、と答えた。

寝室でひとりきりになると、エマはやわらかいベッドに横になり、リラックスして体を休めようと努めたがうまくいかなかった。本を読んでもみたけれど、お気に入りのゴシック小説にも集中できなかった。熱い湯につかれば気持ちも静まるかと考えたが、使用人によけいな仕事をさせるのは心苦しかった。そんなことを頼めば、わざわざ湯を沸かして、それをここまで運んでこなければいけなくなる。

神経が昂り、気持ちが落ち着かず、檻に入れられた動物のように部屋のなかを行ったり来たりした。立ち止まって窓を開け、そよ風を室内に取り込んで、庭から漂ってくる早春の花の甘い香りを吸い込んだ。

庭へ下りて、手入れの行き届いた小道でも散策しようかと思ったが、外はすでに闇に包まれている。部屋から出ないほうがよさそうだ。

このマナーハウスは昔とちっとも変わらなかった。そんなにしょっちゅう訪ねていたわけではないけれど、ここに来たときは細部まで記憶に留めようと努力した。少年の頃のセバスチャンが廊下を歩いたり、庭で遊んだり、野原や森を馬で駆けるところを、あとから想像するために。

若かりしセバスチャンが大学の寮から戻っているところを想像してみた。さぞや無作法で、うぬぼれていて、若さゆえの自信に満ちた態度をとっていたことだろう。当時はそういうところを好きになり、彼の人生にとって大切で不可欠な存在になりたいと願った。

医者がやってきた。ひょろりと背が高く、おだやかな目をして、やさしく接した。エマは質問に淀みなく答えた。医者はエマの腕と脚を調べ、エマのいうとおり打ち身とかすり傷しかないことを確認した。

医者が帰ったあとは、時間が耐えがたいほどにゆっくり進んだ。つかのままどろんだような気がしたが、目を開けてみると、ベッドに横たわったときから疲れはまったく取れていなかった。ようやく戻ってきたジョンは、エマがもっとも恐れていたことを告げた。

馬車の車輪をすぐに交換することはできなかった。少なくとも一夜は泊まる必要がある、と。

翌朝、鍛冶屋から届いた知らせは、さらに気が滅入るものだった。車輪は修理不能であり、新しいものを馬車に合うよう調整するのに、ほぼ一日かかるというのだ。残りの三つの車輪についても強度に不安があるので、すべて交換したほうがいいという。

村から呼んできた車大工も鍛冶屋と同じ意見だった。ジョンは特別手当をたっぷりはずむから昼過ぎまでに仕上げてほしいと頼み、鍛冶屋と車大工は約束はできないものの全力を尽くすと答えた。

ジョンはエマのことが心配だった。昨夜は出された料理にほとんど手をつけず、食事が終わるとすぐにベッドに入ってしまった。予想どおり、ふたりの寝室には続き部屋が用意されていた。だがエマはジョンをベッドに誘わなかったし、ジョンのほうも、眠る妻を抱きしめていたいのはやまやまだったが、ずけずけと寝室に入っていくようなまねはしなかった。

あんな事故があった直後なのだし、エマには休息が必要なのだ。体の健康がなにより大事だ。軽傷だからすぐに治るだろうと医者はいったが、ジョンの目から見るといつものエマでないことは明らかだった。

今朝の食卓でもエマはまだ落ち着きがなく、動揺している様子だった。ジョンが尋ねると、気持ちが乱れているのは昨日の事故のせいで、ただ早く家に帰りたいだけだという答えが返ってきた。

エマが精神的に不安定になっていることが気になり、ジョンはできるだけ早く帰路につこうと考えた。仮に今夜もここに泊まることになったら、そのときは妻の隣で眠ろうと心に決めた。

エマのことを考えながら側面のドアから屋敷に入り、正面玄関ホールへ行こうといくつか廊下を曲がった。いかにも中世の城らしく、同じような狭い寝室のドアがずらりと並んでいた。次の角を曲がったとき、迷ったことに気づいた。ドアにも、廊下に置かれた調度品にも見覚えがない。

引き返そうと向きを変えたところで、家族の肖像画が並ぶ歩廊(ロングギャラリー)に紛れ込んでしまったことに気づいて足を止めた。そこで留守中だという当主の肖像画はないかと、絵を見ながら長い廊下を進んだ。壁には床から天井まで、額縁に入ったたくさんの絵がかけられていた。

最初に目に留まったのは家族の肖像画だった。父親と母親、年齢も身長もさまざまな六人の子どもが並んでいる。子どもたちは真面目くさった顔で、窮屈そうにポーズを取っていた。服装と髪形からテューダー朝時代のものらしい。今朝見かけた庭園の一部は、この世代の人たちが作ったのだろう。

廊下を進むにつれて世代が下がっていく。世代が違っても、男女を問わず顔立ちや髪や目の色、体つきまでが似ていた。

厳めしい顔をした男性の肖像画の前で足を止めた。長く豊かな黒髪がカールしながら顔の両脇に垂れている。喉元が開いた金色のシルクのダブレットは、襟と袖口にレースがあしらわれ、同じ金色のシルクで仕立てたふいご型の半ズボンは、膝のところをクリーム色のリボンで結ぶデザインになっていた。

脚をぴったりと包むブーツは踵が高く、上部を幅広に折り曲げてシルクの裏地を見せている。最後の仕上げは、豪華な白い羽根飾りがついたつばの広い帽子だ。男は花が咲き乱れる庭に立ち、横には美しい黒毛の馬がいた。

ジョンは肖像画に顔を近づけ、そこに記された日付を見た。清教徒革命の内戦と、チャールズ二世が王位に復権した王政復古のあいだに描かれたものだ。内戦と裁判とチャールズ一世の処刑後、王党派の人々はどうやって爵位を維持し、財産を守り、首をつないできたのだろう。

どうやら伯爵の先祖は、政治的に困難な時代を生き抜いた一族のようだ。

さらに進み、歩廊の中央のいちばん目立つ場所に飾られた一枚の肖像画の前まで来た。ほかの肖像画にくらべて小さめだったが、部屋を圧するほどの存在感を放っていた。そこに描かれた男性に力と威厳と情熱があったからだ。

ウェーブがかかった髪から、その立ち姿に至るまで、思わず見惚れるほどの生命力に満ちていた。目は悪戯っぽく輝き、口元には秘密めいた微笑が浮かんでいる。横柄とか傲慢といったものとは違う自信と自尊心が、さりげなくキャンバスから発せられている。

それも当然だ。モデルの男性は完璧なまでの容姿を持ち、欠点や弱点のないまばゆい存在で、なおかつ驚くほど人間味にあふれているのだから。先祖の肖像画と違って正装はしておらず、白いシャツ、簡素に結んだクラバット、深緑色のシングルの上着、たくましい太腿に張りつく鹿革の半ズボンに黒のヘシアンブーツという装いだった。

「ケンドール卿！　まあまあ、もしかして迷子になられたのですか？」家政婦のミセス・セントジャイルズの声がした。

ジョンは振り返り、にっこりと笑った。「もしかすると、ひとつかふたつ曲がるところを間違えたかもしれません。沽券に関わるので認めたくありませんが。ほら、男というのは生まれつき方向感覚が備わっていると思い込みたい生き物なので」

「殿方はよくそれを冗談にされますわね」ミセス・セントジャイルズは微笑んだ。「ここの絵はお気に召しましたか？」

「すばらしいです。大学で美術史をちょっとかじった程度の知識でも、知っている画家が何人もいました」ジョンはいましがた見ていた肖像画のほうへ顔を向けた。「ただ、この画家の作風には馴染みがないですね。服装からして、こちらが現在の伯爵ですか？」

「ええ、そうです」ミセス・セントジャイルズはうれしそうにうなずいた。「ティンズデール卿です。生命力にあふれた、非凡な作品だと思いませんか？　いまにも絵のなかから飛び出してきそうで。うちのメイドがここへ掃除に来ては、この絵の前でうっとりしているところを何度も見ましたわ」

「本人に似ているのですか？」ジョンは訊かずにいられなかった。「それとも画家が画料を引き上げようとして、いい男に描いたのかな？」

「ご本人もとてもすてきな方ですわ」ミセス・セントジャイルズはうっすらと頬を染めた。

「この絵の美しい写実主義と、見る者に強い感情を引き起こさせる力は、本当にすばらしいといつも思っていますの。もっとも正直いって、これほど完璧なモデルはほかにいませんけれど。この方とくらべたら、みんなちっぽけに見えてしまいますから」

「たしかにすばらしい絵だ」ジョンは同意した。

ミセス・セントジャイルズはうなずき、それからなにかを考えるように小首をかしげた。

「わたしが思うに、この絵を描いたのは女性じゃないでしょうか。きっとモデルに夢中だったんですよ」

「私の第一印象もそれでした」ジョンは一歩下がり、目を細めてしげしげと肖像画を眺めた。「ひと筆ひと筆が愛を語る詩のようだ」

「ええ。ですから、この絵の画家は女性だと思うんです」

「伯爵の奥方でしょうか？」

「それは違います」ミセス・セントジャイルズは首を横に振った。「奥様はさまざまなことをたしなまれる方ですけれど、絵筆をお持ちになっているところは見たことがありません」

「この画家が描いた絵はほかにもあるのですか？」モデルが違っても同じ画風で描いているのかどうか知りたかった。

「いいえ。少なくともわたしは存じ上げません」ミセス・セントジャイルズは答えた。

「この絵に署名はございませんけれど、画風が独特ですから、見ればわかると思います」

「女性の肖像画家というのは珍しい。この画家が世に知られていないのは残念なことだ」

ジョンはつぶやいた。

「名前を知る唯一の手がかりは、組み合わせ文字で描かれたイニシャルです。あまりよく見えませんけれど、右下の隅にありますよ」ミセス・セントジャイルズはそこを指で示した。

ジョンは作品に鼻先がつくほど顔を近づけた。そこには薄いクリーム色でふたつのEの文字が絡み合うような署名があった。

その筆跡とデザインに見覚えがあるような気がした。ジョンは体を起こした。どこで見たのか思い出そうと記憶をたどる。眉根を寄せ、もう一度腰をかがめて、その文字をじっと見た。
E. E.
E. E.
最初のEはエマ？　次のEはエリンガム？
E. E. エマ・エリンガム。
まさか。あり得ない。エマであるわけない。

思い違いだと自分にいい聞かせようとしたが、真実に行き当ってしまったことはわかっていた。エマの油絵は見たことがない。唯一知っているのは、エマが見せてくれた現在開発中のジョンの機械のスケッチだけだ。

そのスケッチの一枚にイニシャルの署名があった。独特の筆跡とデザインが伯爵の肖像画に記されたものと同じだった。

違うと思いたいが否定の余地はない。この肖像画を描いたのはエマだ。モデルに恋をしていた画家はエマだった。あたかも腹に拳を食らったかのように、ジョンは一瞬気が遠くなった。

もう一度、肖像画を見た。エマとこの男のあいだになにがあった？　この館の使用人によれば、伯爵は幸せな結婚生活を送り、子どもも何人かいるという。

だが、それがすべてではないのかもしれない。

「この絵がいつ描かれたものかご存じではありませんか？」ジョンは衝撃を振り払おうとしながら尋ねた。「日付が入っていないので」

「残念ながら存じ上げません。五年前にこのお屋敷で家政婦として働きはじめたときには、もうここにございました」ミセス・セントジャイルズは鼻にしわを寄せた。「ミスター・エバリーに訊いてみましょうか？　彼なら知っているかもしれません」

「その必要はありません」ジョンは慌てて止めた。「ちょっと気になっただけなので」

嫉妬心に火がつき、やがてめらめらと燃え上がった。そしてそんな自分に腹が立った。

心を静めようと何度か深呼吸をしてみても効果はなかった。

エマはなにもいっていなかった。かつて深く愛した男がいたことなど、ほのめかしもしなかった。

恋焦がれた男がいたなどとは。

まだ、未練があるのか？

そう思うと、想像を絶する痛みに襲われた。初夜のときエマは未経験だったが、処女のままでも男と睦み合って性的な悦びを貪る方法はいくらでもある。

いや、ふたりのあいだにはなにもなかったのかもしれない。おたがいのことをほとんど知らないということもあり得る。肖像画のためにポーズを取る伯爵と、一日に数時間、一緒にいただけかもしれない。

エマが絵を描く手順は知っている。まずスケッチをし、それからキャンバスの上でそのスケッチに命を吹き込む。この絵が描かれたのは少なくとも五年以上前だ。当時のエマは若さゆえに感受性が強く、モデルに恋しただけかもしれない。

画家にはときどきそういうことがあるのではないか？

あるいは、もっと真剣な恋だった可能性もある。ほかに好きな男がいたのなら、エマがジョンからのプロポーズを最初は断ったことにも納得がいく。結婚に同意したのは姉に強く勧められたあとだ。スキャンダルになれば恐ろしいことになると、自分が脅迫まがいのことをいったあとだ。

呼吸が浅くなった。エマが結婚を渋った理由は伯爵だったのかもしれない。それなら筋が通る。これ以上ないほどに。誰の屋敷に行くか知ったときにエマが青ざめたことにも説明がつく。

馬車の事故もショックだったろうが、不安になった真の理由は伯爵と再会することだったのだ。でもなぜだ？　伯爵が結婚するとき、今後二度と会わないとふたりして誓ったのか？

そもそも、エマに愛されているのに、伯爵はなぜほかの女性と結婚した？　どんなまぬけでも、爪の先ほどの脳みそがあれば、エマがたぐいまれな女性だとわかるはずなのに。

しっかりしろ、と自分にいい聞かせた。感情が支離滅裂になっている——嫉妬心を抑えることも、受け入れることもできない。何度か深く息を吸い、伯爵の彫刻のように美しい顎を一発殴ってやりたいという馬鹿げた衝動と闘った。

絵に殴りかかったりすれば、ミセス・セントジャイルズに気がふれたと思われるだろう——だがそれも、あながち間違いではない。人生において初めて知る切なさが胸にあふれ、ジョンは手を固く握りしめて、どうしてそんな感情を抱くのか理解しようとした。

エマの愛の深さと広さを知ってしまったことで、胸の奥深くにあるなにかが目覚めた。ジョンははっとした。それこそがふたりの関係に欠けていたエマの一部だ。

結婚するにあたって、礼儀を持ってたがいに尊重し合う、心地よい関係を築こうとエマと約束した。あのときは満足のいく人生をともに歩めたら、それでじゅうぶんだと思っていた。

しかしこの絵を見たことで、それは間違いだったと気づいた。ジョンはそれ以上のものがほしかった。はるかに大きなものが。この絵に込められた感情を自分に向けてほしかった。エマに全身全霊で熱く、激しく、強く愛されたい。

自分が彼女を愛するように。

エマは寝室の窓辺に立ち、眼下に広がるノットガーデンの左右対称の結び目(ノット)模様に見惚れていた。テューダー朝時代になぜこの様式が流行したのかわかるような気がした。緻密に形を決め、そのとおりに刈り込んだ秩序ある模様は、美しいばかりか心まで落ち着かせてくれる。

それは放っておけば荒れて伸び放題になる自然を支配し、美しく整える力が人間にあることを誇示する象徴だった。植物がひし形や三角や長方形に配置され、織物のような、はたまた刺繡のような効果を放っている。エマの口元に小さな笑みが浮かんだ。こうした庭園を維持するには費用がかかるのだと、以前セバスチャンが愚痴をこぼしたことがあったっけ。

春先のこの季節、まだ花は乏しいが、そこをさまざまなハーブや、砂や砂利、小石や砕いた煉瓦などで巧みに補って、庭園の模様と彩りを保っていた。

エマはため息をついた。人生もこんなふうにすんなりと区分けして、秩序を保てたらいいのに。

置き時計が時を告げた。もう午前も半分が過ぎてしまった。ジョンは馬車の修理の進み具合を確かめに出たまま、まだ帰ってこない。よい知らせを心の底から期待しつつ、もう一日――あるいは二日――セバスチャンの屋敷に滞在する覚悟を決めようともしていた。

彼はロンドンにいるのよ。自分に強くいい聞かせた。

でも、いつ戻ってきてもおかしくない。

運命はどこまで残酷になれるものなのだろう？

鬱々としている自分に腹が立ち、窓辺から離れた。寝室を出て階段を下り、玄関ホールを横切って図書室へ向かった。どうせろくに集中できず、なにを読んでいるのかわからなくなるだろうけど、とりあえず本を手にしていれば少しは気持ちが落ち着くはずだ。

記憶をたどり、誰に尋ねることもなく図書室へ行き着いた。最初に目についたのは、誰かが――おそらくはセバスチャンの奥様が――模様替えをしたということだった。

いかにも男性的な重々しさを醸し出していたワインカラーの分厚いカーテンがなくなっていた。そのため陽の光が燦々と差し込んで、軽やかで居心地のよい雰囲気を作り出している。悔しいけれど、こちらのほうが以前よりずっといいわ。

お酒の入ったデキャンターがずらりと並んだサイドボードは昔のままだった。エマは誘惑に負けてそちらへ歩み寄った。

お酒の量がいちばん少ないデキャンターを手に取り、クリスタルガラスの栓を抜いた。中身がほとんど残っていないのは、それだけおいしいからだろう。銀色のトレーに置かれたグラスのなかからブランデーグラスを選び、少しだけお酒を注いだ。ひと口でそれを飲み干すと喉が焼けるように熱くなったが、なんとか咳き込まずに済んだ。

空っぽの胃にお酒が染みわたり、すぐに体が火照ってきた。このすべてを忘れてしまうような強烈な刺激がほしかったのだ。ところが、悲しいことに効果は一瞬で消えてしまった。もう一杯飲もうかと、しばらくデキャンターを眺めていたが、そこでくるりと背を向けた。

お酒で感覚を鈍らせたところで問題が解決するわけじゃない。

暗い面持ちのまま、革装の背表紙に刻まれた書名をひとつひとつ見ていき、次の棚へ移ったところで、そこにあるのはすべてラテン語の書物だということに気がついた。

ドアが開く音がした。腕いっぱいに本を抱えたまま、エマは肩越しに振り返った。目の前に夫が立っていた。

「ジョン」エマはいった。「本でも読んで時間をつぶそうかと思ったの。今日は朝からずっとばたばたしていたから」

「本?」

「ええ。でもなかなか選びきれなくて」抱えていた本をテーブルに置いてからジョンに顔を向けた。「馬車の修理は終わったの? すぐにでも出発できるかしら?」

「鍛冶屋と車大工が頑張ってくれているが」ジョンは首をかしげた。「修理には金も時間もかかるといわれたよ。数日は必要だとね」

エマはぞっとした。セバスチャンがいつまでもロンドンに滞在するという保証はどこにもない。この屋敷にいるかぎり、彼と顔を合わせる確率は、日々、いや刻々と高まるばかりだ。

「そんなに? 困ったわ。村に貸し馬車屋はないかしら。それがだめなら、伯爵家の馬車を貸してもらえないかミスター・エバリーに頼むとか」

「そうだな」ジョンはそばの本棚に肩をもたせかけてこちらをじっと見ている。

エマは胃のあたりがざわつくのを感じた。「こんな本を選ぶなんて、なにを考えていたのかしら。どれもいまのわたしには重たすぎるものばかり。外の空気を吸いに行くのもいいかもしれないわね。館の南側には古風な庭園があるし、静かな小道を行けば東側の小さな湖に出るの。どちらもいい気晴らしになるわ。あなたも一緒にいかが?」

ジョンはエマをじっと見た。「この屋敷のことをずいぶんよく知っているんだね、エマ」

不安が背中を駆け抜けた。「そう？　ほら、ミセス・セントジャイルズがおしゃべり好きなのよ。とくにこのお屋敷の歴史のことになると話が尽きなくて」

エマはジョンの質問をはぐらかした。彼に嘘はつきたくない。嘘をついていい相手ではないのだ。かといって、正直に話すこともできない。

ジョンはエマから視線を離さなかった。「屋敷のなかならぼくも見てまわったよ」

「そうなの？」彼の視線から逃れるように窓のほうに顔を向けると、そこには幽霊のように青ざめた自分がいた。本当にこんな青い顔をしているの？　それともただの光の悪戯？

「屋敷の外は？　お庭には出てみた？」

ジョンが近づいてくるのがわかった。やけにゆっくり歩いてくる。エマは振り返った。ジョンの目には感情がたぎり、色が深くなっていた。

恐怖に喉を締めつけられたようになった。ジョンは知っている！　でも、そんなはずない。誰も知らないことだもの。やめなさい！　きっと気のせいよ。神経が昂っているせいで、ありもしないことを考えてしまうだけ。

「喜んでお供するよ」静かな声でジョンはいった。「案内してくれ、エマ」

恐怖が徐々に薄れ、呼吸が収まってきた。エマは腕を絡めて夫にもたれかかると、図書室を出て、日の光のもとへ歩み出た。

17

ふたりは昼食を終えるとすぐに、村で雇った馬車でチャズウィック館をあとにした。豪華で快適なジョンの馬車とはくらべものにならなかったが、エマにはどうでもいいことだった。あの屋敷から逃げ出すためなら、牛が引く荷車にだって喜んで乗っただろう。

過去から逃げるためなら。

エマは馬車の擦り切れた背もたれに背中を預け、ため息をついた。ジョンは、ふたりのあいだに置かれたエマの手を取って、そっと握った。

「四日後には家に着くからね、エマ」

エマは無理に笑ってみせた。この数時間、ジョンはなにかと気を配ってくれていた。彼女のとまどいをやわらげようとする気遣いとやさしさがありがたかった。とりわけ、彼女が動揺している理由をジョンが知らないことに感謝した。

ジョンが思いやりのあるやさしい人だということは、初めて会ったときから感じていた。そして、そのやさしさが揺るぎないものだと知るたびに喜びを覚えた。

ジョンがまたエマの手を握り、手袋をしていない指先を親指でやさしくさすりはじめた。ゆっくりと、みだらな気持ちを誘うように。エマは顔が赤くなるのがわかった。彼のほうをちらりとうかがった。まぶたを半ば閉じた情熱的な眼差しにぶつかるものと思っていたのに、ジョンはエマのほうを見てさえいなかった。窓に頭を向けていて、ハンサムな顔は真剣そのものだった。

心がよそにあるのは明らかだった。たぶん開発中の機械についてあれこれ考えているのだろう。エマの手を握っていることさえ気づいていないように見えた。まるで彼女に触れるのは本能だとばかりに。

わたしは必要とされている、求められていると思うと、心があたたかくなった。それを窮屈で息が詰まると感じる人もいるだろう。

でも、そんなことはなかった。

ジョンの言葉どおりに、ふたりは四日目には家に着いていた。長いあいだ馬車に閉じ込められていたことと旅の疲れでぐったりしたエマを、サー・ガラハッドの興奮した鳴き声が出迎えた。

大きな黒い犬はリードを振りほどいてエマに飛びつき、危うく押し倒しそうになった。エマは笑いながらその場にしゃがんで、サー・ガラハッドの濡れたキスを顔じゅうに受けた。

「無条件の愛情と献身をこれほど熱烈に示してくれるのは犬だけね」犬の広くて四角い頭に頬を押しつけながら断言した。

ジョンがエマを見下ろした。その顔はどことなくいらだっているように見えた。「きみはそんなふうに思っているのか？」

「ええ、経験に基づく結論よ」エマはサー・ガラハッドの耳を撫でた。「犬は人間のもっとも忠実なる友よ。けっして批判しないし、つねにわたしたちを喜ばせて、愛情を示してくれるもの」

「いいかい、人間だってきみを驚かせることができるんだ、エマ。きみがチャンスを与えてくれさえすればね」

この言葉をどうとらえたらいいのかわからず、エマは夫を見上げた。彼の眼差しがやわらいだ。エマはびっくりして目をぱちくりさせた。

最初は馬車のなかでのスキンシップ、そして今度はなにか含みがあるような謎めいた言葉。一瞬、なにがなんだかわからなくなったが、そのとき盛大に振られる犬の尻尾に脇腹をはたかれて思考が破られた。エマは小さな悲鳴をあげると、サー・ガラハッドの背中をつかんで体を支えた。「わたしがいないあいだ、使用人たちにあまり面倒をかけていないといいのだけど」気まずい雰囲気をごまかそうとしてそういった。

「きっとみんなを震え上がらせたに決まってる」ジョンは怯えるふりをした。「このみすぼらしい獣に我慢してもらうには、使用人全員にソブリン金貨を与えないといけないだろうね」

「この子はみすぼらしくありませんわ、閣下」エマは笑顔で抗議した。「ベルベットみたいにつやつやの毛皮を着た、最高にハンサムな男の子よ」

まるでふたりのやり取りを聞いていたかのように、サー・ガラハッドが顔を上げて毛づくろいをはじめた。エマは笑いながら、ジョンが差し出した手を取って立ち上がった。彼はエマをまっすぐに見つめ、その情熱的な眼差しに五感が研ぎ澄まされていくのがわかった。

ジョンのひげ剃り石鹼のムスクの香りが鼻をくすぐる。つないだ手が火照って、このまま彼に身を寄せてキスしたいという痛いほどの欲望を感じた。

ジョンの目の色がいつもより濃く深くなり、口元を歪めて官能的な笑みを浮かべた。体が焼けるように熱くなり、彼の手と口が与えてくれる快感を想像して視界がぼやけた。

ふたりはいつまでも見つめ合っていた。ジョンの目には生々しいまでに原始的な独占欲がみなぎっていた。そしてわたしの目は――たぶん欲望ととまどいを映しているだろう。

ジョンの手が伸び、指の背で彼女の頰をゆっくりやさしくなぞった。エマは息を弾ませながら、欲求の波に体がゆっくりのみ込まれていくのを感じた。

ひどく不思議な気がした。自分の反応のことではなく――彼女の欲望を一気に搔き立てる力がジョンにあることはとっくに気づいていた――夫がこれほどまでに強い関心を示してきたのは、記憶にあるかぎり初めてだったからだ。それも、こんな人目のある場所で。

いったいジョンになにがあったの？

そのとき、暮れゆく空に稲妻が光り、雷鳴が轟いた。大粒の冷たい雨が雰囲気をぶち壊し、あっという間にふたりはずぶ濡れになった。

ジョンはエマの手をつかんで前へ引っ張った。そして吠えながら先頭を行くサー・ガラハッドを追いかけて、ふたりは子どものように笑いながら玄関までの長い距離を走った。

屋敷のなかに入ると、エマは背中を伝う冷たい雨粒の感触に身をくねらせた。

髪はびしょびしょで、マントの前からのぞいていたドレスの胸元も、透けて見えそうなくらい濡れている。スカートから水滴を払おうとしていると、サー・ガラハッドがそばに来た。

そして全身を激しく震わせた。ジョンは叫び声をあげてうしろによけたが、飛び散る水滴のシャワーを避けられるほどエマはすばしっこくなかった。

ジョンは犬を怖い顔でにらみつけてから、使用人を手招いた。緊張した表情の若いフットマンが前に進み出た。面目を失うことなしにこの巨大な獣をつれていけるかどうか危ぶむような表情が、一瞬顔をよぎった。

あるいは、指の一本も失うかもしれないと考えているのだろうか。

そのときなにかひらめいたらしく、彼は上着のポケットに手を突っ込んでうれしそうにいった。「おやつはいらないか？」

サー・ガラハッドはたちまち頭を上げて、フットマンのポケットをじっと見た。その賢い使用人はポケットのなかで指を小刻みに動かしながら後ずさった。犬はいそいそとあとをついていった。

ポケットのなかにおやつがないことを知ったらサー・ガラハッドがどうなるか心配だったが、やさしい子だから騙された仕返しをするようなことはないはずだ。もちろん、あのフットマンが本当に賢いなら、まっすぐキッチンへ向かってベーコンのかけらをもらい、犬に投げてやるだろうけど。

正直いって、食べられるものならなんだっていい。サー・ガラハッドは食の好みがうるさいほうじゃないから。

「服の下まですっかり濡れているじゃないか」ジョンは嘆き、エマの額から濡れた巻毛を払った。

「濡れた服を脱いでしまえば大丈夫よ」歯が鳴るのを抑えようとしたが、うまくいかなかった。

「奥様にすぐ風呂の支度をしてくれ」ジョンはエマを抱え上げながらフットマンにいった。

その颯爽とした動きを見て、使用人たちの口がぽかんと開いた。エマは階段くらい自分で上がれると抗議しようと息を深く吸い込んだが、そのとき体にまわされたジョンの腕に力がこもった。

筋肉が波打ち、ジョンはしかと彼女を抱えた。その広い胸に体を預けると、幾重にも重なる服の上からでも安定したリズムを刻む鼓動が聞こえた。ジョンは彼女を抱いてやすやすと階段を上がり、長い廊下を抜けて寝室まで運んだ。

部屋ではドリーが待ち構えていた。ジョンがドアを勢いよく開けると、侍女の目はいまにも飛び出しそうなほど大きくなった。

「奥様はご病気ですか？」心配そうな声で訊いた。

「雨に濡れたんだ。風邪をひかせたくない」ジョンは答えた。

彼はエマを床に下ろすと、濡れたマントを素早く脱がせてドリーに渡した。侍女は部屋の隅へ行き、マントを勢いよく振ってから、乾かすために衣装だんすの外側に吊るした。

ジョンはエマの腰に手を当てて向きを変えさせた。ドレスのうしろボタンに手が伸びるのを感じ、エマの顔が赤くなった。

「ジョン」

「ああ」

「ジョン！」

「なんだ？　できるだけ早くやっているんだが、このいまいましいボタンは、とんでもなく小さいな」

エマの口の端が上がって笑みになった。「ドリーがやってくれるわ、ジョン。彼女の手はあなたのよりずっと小さいから」

エマは肩越しに彼を見た。エマが彼のふるまいに驚いたように、ジョンの顔にも一瞬、驚愕の表情が浮かんだ。だがすぐに咳払いして顎を引いた。

「そうか。ではドリーに任せよう」ジョンは自分の外套の裾をいじりまわしながら短く一礼した。「では夕食のときに」

そして出ていった。

ジョンは錦織りの長椅子で妻に寄りそうサー・ガラハッドを見て、どうすれば騒ぎを起こさずにエマのそばからこの犬を追い払えるかぼんやりと考えた。先ほど旅行から戻って以来、このいまいましい生き物は影のようにエマについてまわっている。おまけにダイニング・テーブルを離れるときにジョンがエマの腰に手をまわすと、低いうなり声まであげる始末だった。

エマに叱られると、サー・ガラハッドは反省したようにしゅんとした顔をしてみせた。それなのに客間までのこのこついてきて、女主人の横に陣取り、彼女の膝に頭をのせてくつろいでいる。

ジョンはグラスにブランデーを注ぎ、エマの向かいにある椅子に座った。エマは本を開いて読みはじめた。左手に本を持ち、右手で軽く犬の耳を撫でている。

幸運なやつめ。ジョンはブランデーの残りを飲み干すとグラスを脇に置いた。妻とそのペットを見つめながらしばし考えにふけり、ついには恥ずべき事実を認めた。

ぼくは犬に嫉妬している。なんと落ちぶれたことか!

「今夜のきみはとても美しいと、ぼくはもういっただろうか、エマ?」

彼女が本から顔を上げ、照れくさそうに手で髪に触れた。「わたしたちが家を空けているあいだ、ドリーは髪ごての使い方を練習していたんですって」

なるほど。だが若い侍女は、ほどほどにするということも学んでいた。エマの顔を縁取るおくれ毛はゆるやかにカールして、繊細な顔立ちを損なうどころか、むしろ引き立てていた。

「ドリーはかなり腕をあげたね」

エマはジョンの言葉にうなずくと、本に――そしていまいましい犬にも――注意を戻した。

だがその沈黙は気まずいどころか、ジョンには心地よいものだった。結婚してまだ日は浅かったが、ふたりは夫婦としての程よい距離感や親密さ、肩のこらない会話の仕方――あるいは黙ったままでいることを――を見つけ出していた。

妻への本当の想いに気づいてしまったことで、すべては変わってしまうのだろうか?その危険性はあった。

ジョンは顔の前で指先を尖塔の形に合わせ、しげしげとエマを見た。エマは個性的で、特別な人だ。年若い侍女に自信をつけさせるために、見たこともないほど複雑怪奇な髪形に耐える女性など、ジョンの知り合いのなかにはひとりもいない。

芸術や自然が与えてくれる素朴な喜びを、エマのように情熱と畏敬の念を持って堪能する人をジョンはほかに知らないし、彼の研究の成果を称賛し、彼の仕事に心からの興味を示した人もエマだけだ。自分の家族の名声を重んじ、体面を保つために結婚することを選んだ女性もほかに知らない。

ある感情が弾丸のようにジョンを貫き、焼けるような感覚が胸に広がったが、それは飲んだばかりのブランデーとは関係なかった。強烈で、偽りのない、純粋なもの。

これは愛だ。

ジョンはその兆候をわざと読み違え、自分の感情に気づかないふりをしていた。この気持ちはダイアナに感じていたものとはまるで違う。なぜならエマへの想いはジョンが育んできたものだからだ。単なる崇拝の対象ではなく、血の通ったひとりのすばらしい女性への愛だ。

それを伝えたかったが、エマがどう思うかわからなかった。結婚の条件に愛情は含まれていなかった。プロポーズしたときは、自分に与えられるかどうかわからないものを約束したくなかったのだ。

だがいまは、この愛をエマにどうしても知ってほしかった。そして身勝手にも、エマにも同じ愛で応えてほしかった。もう自分に嘘はつけない。だったら、エマに真実を隠し続ける必要があるだろうか？

いや、ない。

彼女を欲し、必要としていることをいったん認めてしまったら、もうそのこと以外考えられなくなった。ふたりの関係を一歩前に進めたい。そのための最良の方法をジョンは懸命に考えた。

いつものように科学的に分析していてはだめだ。ジョンは素直に認めた。それは致命的な誤りだ。なぜなら愛は合理的でも論理的でもなく——ただそこにあるものだから。

控えめにドアをノックする音でジョンは物思いから引き戻された。ホプソンが部屋に入ってきて、犬が長椅子で体を伸ばしているのを見て目を見開いた。犬にそのような無作法が許されていることを執事が面白がっているのか、ショックを受けているのかはわからなかったが。

「サー・ガラハッドを寝床に連れて行きましょうか、奥様？」ホプソンが訊いた。

「犬小屋のこと？」エマが訊き返した。

その声がひどく悲しげで不安に満ちていたものだから、犬は自分の寝室で寝かせるととんでもないことをいい出すのではないかと、ジョンは一瞬ぞっとした。

「じつは料理人がその犬を大層気に入って、キッチンに寝床を用意しております」執事の口調は、承認しかねるといいたげだった。「たいていは暖炉の前に積み上げた古い毛布にくるまって寝ております」

「それなら、キッチンから屋敷に侵入しようとする輩がいても撃退できるしね」ジョンはまるですべて自分のアイデアだといわんばかりにつけ加えた。

正直いって、エマが喜ぶなら使用人の手柄を横取りしても恥ずかしいとは思わなかった。「それは満足のいく解決策ね」エマはいった。「なんといっても、サー・ガラハッドは家族の一員だもの。夜もわたしたちと一緒にいるのは当然よ」

最後にもう一度サー・ガラハッドの頭を撫でると、エマは犬をつついて長椅子から下ろそうとした。これだけ大きな犬を動かすのは並大抵のことではなかったが、エマはなんとかやり遂げた。

床に下りたとたん、サー・ガラハッドは黒い鼻をひくつかせてホプソンのほうを見た。執事が親指と人さし指のあいだに生の牛肉のかけらを挟んでいることにジョンは気づいた。肉にすっかり興味を奪われたサー・ガラハッドは、エマに見向きもせずに執事のところへ跳ねていった。

うしろ向きに歩きながらもホプソンは礼儀を忘れず、興奮した犬がまとわりついているのになぜかよろけもせずに、しずしずと部屋から出ていった。

「ホプソンのやつ、前にも同じことをやっているな」ジョンの言葉にエマもうなずいた。エマは金糸織りの長椅子から犬の黒い毛を払い落とし、長椅子とおそろいのクッションの表面をならした。「たかが犬一匹のことで大騒ぎしすぎだと思っているわよね？」

「あの馬鹿でかい犬がきみを幸せにしているのならぼくもうれしいよ、エマ」ジョンは胸を張った。「だが甘やかしてばかりいるとそのうち手に負えなくなることは、きみもわかっているはずだよ」

「ええ」エマは口元がゆるみそうになるのをこらえ、悪戯っぽくちらりと彼を見た。「でも、どうしても甘やかしたくなっちゃうのよ」

「ちゃんと警告したからな、奥様。食事のときにあの犬が椅子に座ってテーブルにつくようになったら、ぼくも断固とした態度を取らせてもらうぞ」

鈴が鳴るようなエマの笑い声が部屋を満たした。ジョンは胸が痛くなった。頭のなかがエマへのひたむきな愛でいっぱいで、いつまで隠しておけるかわからなかった。

「愛犬と食卓を囲むところを想像しながら、そろそろ休ませていただくわ」エマはそういってドアのほうへ向かった。

物思いから引き戻されたジョンは、表情をやわらげてエマに手を差し伸べた。エマはためらうことなくその手を取った。

手を取り合って階段を上がり、ふたりの寝室へと続く廊下を進んだ。ジョンの寝室が手前だった。ジョンが部屋に入れるようにと、エマは手をほどこうとしたが、ジョンはしっかりつかんで放そうとしなかった。

エマは驚いて顔を上げた。ジョンが眉を上げた。「吠える猟犬の群れから逃げるキツネみたいな顔をしなくてもいいだろう？　ただ、ぼくの寝室に来ないかと誘っているだけだ」

「寝る前にお酒を一杯飲むために？」

彼はエマに向かって片眉を上げた。「お望みとあれば」

エマは内気な笑みを口元に浮かべた。「強いお酒を一杯飲んだら、きっとすぐに眠れるでしょうね」

ジョンは彼女に身を寄せて囁いた。「困った人だ。ぼくが考えていたのはまったくべつのことだよ」

ジョンは寝室のドアを開け、入るよう促した。エマは突然込み上げてきた感情を抑えつつ部屋に足を踏み入れた。ふたりがベッドをともにするのは、春の舞踏会の夜に情熱的に愛を交わして以来のことだ。

この数日は不安ばかりに気を取られて、ジョンの肌のぬくもりがどれほど恋しかったか気づいていなかった。あの欲望を解き放つ行為はエマを喜びと、ひとときの安らぎで満たしてくれる。

ジョンがエマをしげしげと見つめはじめると、近侍は部屋からそっと出ていった。エマは顔を赤らめそうになるのを必死にこらえた。お茶の時間にトレーのお菓子をつまみ食いしているところを見つかった子どもみたいな気分だった。馬鹿ね。わたしはジョンの妻なのよ。夫の部屋に妻がいてなにがおかしいの?

暖炉には火が燃え、数え切れないほどのろうそくにも火が灯されていた。部屋には煙と蜜蠟が混じり合った匂いが漂い、官能的な雰囲気を醸し出している。

エマはじっとしていられず部屋を横切った。そして鏡台に置かれたものに物珍しそうに指を走らせた。サファイアのついた優雅な飾りピン、ヘアブラシと櫛、ひげ剃り道具。のり状の軟石鹼の入れ物を手に取り、小指の先をひたして白檀とレモンの爽やかな香りを吸い込んだ。

背後でグラスにお酒を注ぐ音がしないかと耳を澄ませたが、聞こえてきたのはジョンが上着を脱いでクラバットをはずす音だった。エマは石鹼の容器を急いで元の場所に戻して振り返った。

そしてはっと動きを止めた。ジョンは一糸まとわぬ姿でこちらを見つめていた。唇を引き結び、ほとんど無表情だったが、目はべつのことを語っていた。その目は欲望に満ちていた。

「ベッドにきみがいなくて寂しかったよ、エマ」

その低くかすれた声に、エマの体に震えが走り、体の芯に熱いものが流れ込んだ。彼女は首をかしげ、恥じらうように微笑んだ。

ジョンの目が熱く燃えた。急いでエマに近づくと、これまでにない荒々しさで抱きしめた。エマは驚きのあまりその場に立ち尽くしたが、やがて両腕を彼の背中にまわして抱きしめ返した。

静かで、やさしさに満ちた瞬間だった。エマの体から力が抜けていき、懐かしい腕のなかでその力強さとあたたかさにひたった。彼の腕のなかがどこよりもしっくりくることに驚き、安心感と自分は大事にされているという思いに感動した。それを告げようと口を開いたとき、不意に背中に冷たい空気が触れた。

悪い人ね！　熱くたくましい彼の胸に顔をうずめることに安らぎを見い出しているあいだに、ジョンの器用な指がドレスのうしろボタンを見事にはずしていた。ドレスの首元から腰までがぱっくり開いている。

「ずいぶんと着込んでいるんだな、エマ」彼はイブニングドレスのボディスを腰までやすやすとすべらせ、ヒップから引き下ろした。

エマは黙ってされるがままになっていた。肌がゆっくりと露わになるにつれ、ジョンの目に宿る欲望の色が濃くなっていく。ジョンが床にひざまずき、彼女の足首をつかんで持ち上げると、エマは素直にきらめくドレスのなかから足を抜いた。

ジョンの手が焦らすようにゆっくりと脚を撫で上げ、太腿のガーターまで達すると、エマは息をのんだ。ジョンはガーターに指をかけて引き下ろすと、ふたたび手を太腿の付け根まで戻して絹のストッキングを注意深く下ろした。悪戯な笑みをエマに投げてから、反対の脚も同じようにした。

彼が仕事を終える頃には、エマは息をあえがせていた。ジョンが立ち上がり、熱っぽい目で舐めるようにエマを見た。シュミーズの薄い生地から乳首の色の濃い部分と、脚のあいだの茂みが透けて見えているのはわかっていた。

一瞬恥ずかしくなったが、ジョンの目はエマがいかに美しいか雄弁に語っていた。それが彼の前に裸体をさらす勇気をエマに与え、ジョンにさらなる喜びをもたらしたようだった。

ジョンはベストのボタンをはずし、シャツを頭から脱いで脇に放った。彼の指が膝丈のズボンのボタンにかかるとエマは唇を舐め、期待で体がうずいた。

彼はエマのコルセットとシュミーズを脱がせると、生まれたままの姿の彼女を腕に抱き寄せた。ため息とともにエマの首に唇を押しつけ、豊かな巻毛を脇によけると、あらわになった肌を唇で探りはじめた。彼の唇と舌の感触に目がくらむほどの快感が背中を駆け下り、エマは筋骨たくましい彼の腕に指を食い込ませた。

ジョンはエマを抱き上げてベッドまで運ぶと、自分もベッドに上がった。エマは体を横たえたが、ジョンはそうしなかった。ベッドの中央に座り、人指し指を曲げてエマを呼んだ。

興味をそそられ、ベッドに手足をついて近づいていったエマは、手をぐいと引かれて彼の膝の上に座らされると、思わず息をのんだ。エマは信頼しきった目でジョンを見上げ、彼のハスキーな声に従って彼の腰に脚を巻きつけた。

一瞬、そのあられもない格好に顔が熱くなったが、ジョンのあたたかい手が全身を這いまわり、やさしく撫でて興奮を掻き立てると、恥ずかしさは欲望に飲み込まれた。

ジョンは彼女の唇に小刻みなキスを落とし、舌で焦らした。エマは身悶えし、ジョンの硬い胸に体をこすりつけた。胸毛にこすれて乳首が硬く尖り、脚のあいだが熱く濡れた。

「こんな体勢でうまくいくの？」エマは囁き、彼の首に腕を巻きつけた。

「最高にうまくいく」ジョンは邪な喜びに目を輝かせた。「約束するよ」

熱く硬いものがお腹に押しつけられると、エマはジョンが入ってきたときの快感を思い出した。ジョンは彼女のお尻をつかんで持ち上げ、彼の上にゆっくり下ろした。

彼の大きさと硬さに驚いてエマの動きが止まったが、やがて体から力が抜けてジョンのものを深く受け入れた。ジョンは両手をエマの腰へずらすと、彼女がリズムを見つけられるよう導き、じきにふたりは同じリズムで激しく動きはじめた。

彼が奥へ奥へと入ってくるとエマはすすり泣き、反射的にきつく締めつけた。体の中心から快感が渦を巻いてせり上がり、興奮が波のように押し寄せて、エマはベッドが揺れるほどがくがくと体を震わせた。

エマのリズムに合わせていたジョンの呼吸が急に止まり、彼もまたクライマックスに達した。彼はエマの頬に頭を押しつけてうなり声をあげた。ジョンが震えながら欲望を解き放つあいだ、エマは彼の髪に指を絡ませ、つややかな髪を撫でていた。

ジョンはエマを抱き寄せて、胸や首、顎や顔にキスを浴びせた。それから耳に口を寄せて囁いた。「きみを愛しているよ、大切なエマ」

この言葉を聞いてエマの胸に純粋な喜びが込み上げたが、すぐに良心の呵責に苛まれた。エマは顔を傾け、涙をこらえながら彼の目を見つめた。

「わたしも好きよ」そう囁き返した。

エマの返事は、望んだとおりの効果を発揮し、ジョンを笑顔にさせた。とはいえ彼女をとらえて離さない不安を無視するのは不可能だった。わたしはジョンのことが好き——とても大切に思っている。ただ、胸が切なくなるほど憧れる〝愛〟という言葉は、自分の気持ちに確信が持てるまでは——絶対に間違いないと思えるようになるまでは——口にする自信がなかった。

エマはゆっくりとジョンの上から下りた。ジョンはベッドに手足を投げ出し、エマは彼に寄り添って胸に頭を預けた。安定した規則正しい呼吸から、ジョンが眠りかけているのがわかった。早く眠ってほしいとエマは願った。さもないと、ジョンはもっと心の内をさらけ出そうとするかもしれない。さらに悪いことに、エマにも同じことを期待するかもしれない。

そんなことになれば、わたしはきっと冷静さを失い、不安が声にあらわれてしまうだろう。エマはそれをひどく恐れた。ジョンを傷つけると考えただけで吐き気がしたし、胸が苦しくなった。だめだ、今夜はなにもいわずにおいて、もっと心に余裕があるときにこの問題と向き合うほうがいいわ。

エマはうしろに手を伸ばして上掛けを引っ張り、自分とジョンにかけてから目を閉じた。だが眠れなかった。ジョンがやさしく告げた言葉と深い感情をたたえた目が、頭から離れなかった。

〝きみを愛しているよ、大切なエマ〟

ジョンの愛情——惜しみなく、すべてを捧げるその愛にわたしは値しない。親切で、気高く、すばらしいジョンは、わたしがずっと認められずにいた心の穴を埋めようとしてくれている。

どうすればいいのかわからなかった。

もっと彼にふさわしい人間になりたかった。このままだと夫を、そして自分を裏切っているような気がした。ジョンに心を開かなければわたしの未来はない。ふたりの未来はない。

ジョンにすべてを話したかった。心からそうしたかった。手に入れられないものをつかもうと手を伸ばすのは苦しいことだ。どんなに頑張っても乗り越えられなかった過去が、無慈悲な亡霊のようにつきまとっている。

でも道はあるはずよ。

目を閉じて心のなかを探ると、切望と絶望を押しのけて答えがあらわれた。それは考えただけでもぞっとするようなことだったが、その答えが正しいことも、どうしてもやる必要があることもわかっていた。

過去と向き合わなければ。

セバスチャンに会わなければ。

18

寝室に淡い日差しが差し込んでいた。ジョンは目を開け、すでに体が気づいていた事実──ベッドにひとりだということ──を確認した。

エマは夜中にこっそり出ていったのだろうか？　それとも明け方まで待って抜け出した？　どちらの考えにもがっかりさせられ、いま自分の置かれている心もとない状況を思い起こさせた。

昨晩、衝動に駆られてエマに愛を告げたが、望んでいたほどうまくいかなかった。エマとの愛の行為はたとえようもないほどすばらしく、ふたりして高みへ昇り詰めた。身も心もすっかり満たされた甘いけだるさのなかで、ジョンは本心を明かした。

エマの返事は〝わたしも好きよ〟だった。紛れもない愛情表現だが、はっきりとは愛を告げていない。それは些細だが大きな違いだった。

ジョンは上掛けを跳ね除け、あたたかいベッドを出た。いまは事の顚末をじっくり考えたい気分ではなかった。

鏡台に置かれた水差しの冷たい水で顔を洗い、ひげを剃ったところで、近侍のギルモアが部屋に入ってきた。ジョンがひとりで身支度を終えたことを知ってギルモアは言葉を失い、主人が冷たい水を使ったことがわかるとさらに心を痛めた。

ジョンは大騒ぎする近侍を無視して食堂へ向かった。エマに会うことを考えると鼓動が速くなったが、食堂にはフットマンしかいなかった。フットマンは急いでキッチンに向かい、使用人を引き連れて戻ると、サイドボードにあたたかい料理をずらりと並べた。

「奥様は寝室に朝食を運ぶよう命じたのか？」ジョンは訊いた。

「いいえ、旦那様」フットマンは答えた。「奥様はアトウッド侯爵夫人のお宅へお出かけになりました」

ジョンは一瞬、ぽかんとした顔でフットマンを見つめた。「こんな朝早くにレーベンズウッド・マナーへ出かけたって？」

フットマンは困惑の表情を浮かべた。「お約束があると奥様はおっしゃっていました」

ジョンは驚き、そのわずかな情報を理解しようとした。「ぼくに書き置きを残していかなかったか？」

「いいえ、旦那様」

こんな朝早くに姉を訪ねていくような急用とはなんだろう？　それになぜぼくにいわなかった？　ジョンはフットマンを問い質したい衝動をこらえた。エマが夫に黙って出かけたのはこの使用人の落ち度ではない。

「奥様はあの犬を連れて行ったのか？」トーストのくずを指から払いながら尋ねた。

フットマンはうなずいた。「奥様が馬小屋へ向かわれたときに、奥様のペットもついていきました」

隣の領地との境界のあたりは安全とはいえ、エマが護衛犬と一緒だと知って安堵した。ぎこちなく息を吐くと、ジョンは早足で馬小屋へ向かった。太陽は地面を照らすほど高い位置にあり、空は青く澄み渡っていた。エマのふるまいにこれほどいらついていなければ、このすばらしい天気も楽しめただろうに。

馬丁頭が出てきて、縁なし帽に手をかけて恭しく挨拶した。

「ヘラクレスに鞍をつけてくれるか」ジョンは愛馬の名前をあげて頼んだ。

馬丁頭は一礼して姿を消した。ジョンは乗馬用の手袋をはめ、馬が連れて来られると感謝の笑みを浮かべた。

「今朝は少し興奮しているようです」栗毛の去勢馬にジョンがまたがると、馬丁頭はそう注意を促した。

「それは好都合だ。思い切り走らせたい気分だったんだ」ジョンはそういうと手綱の握る位置を調整した。

アトウッド侯爵の屋敷へ向かいたい誘惑に駆られたが、恋煩いしている青二才のように妻のあとをつけまわすのはみっともない。そこで侯爵の屋敷とは逆方向へ馬を走らせた。

重い蹄の音を轟かせながら馬を駆り、野原を横切って突き進むと心臓が早鐘のように打った。顔に風を、背中に太陽の温もりを感じ、新鮮な大地の匂いをかぐのは爽快な気分だった。遠くで雄鶏がひと声鳴いた。ねぼすけめ。夜はとっくに明けているぞ。

生け垣の脇を通りかかると鳥が飛び出し、大きな声で鳴きながら逃げていった。地面の起伏が激しくなったときだけ、しぶしぶ手綱を引いてスピードを落とした。ヘラクレスは汗をかき、鼻息も荒かった。

馬も人も休憩が必要だと判断し、ジョンは馬から降りた。手綱をゆるく手に持ち、ヘラクレスの口がこすれて傷つかないよう注意しながら歩きはじめた。のどかだった。憂いはまだ晴れていなかったので、ジョンは歩をゆるめて周囲の美しさを楽しもうとした。

「ジョン」

警戒心が頭をもたげ、声のほうに素早く振り向いたジョンは、口先まで出かかった罵り言葉をのみ込んだ。木の下にいるのはダイアナだった。ボンネットの黒いリボンがそよ風になびいている。喪服を着ていても、生き生きとして愛らしく、信じられないほど若く見えた。

「ダイアナ！　家からこんな離れたところでなにをしているんだ？」

「あなたに会いたくて」ダイアナは慎重な足取りでゆっくり近づいてきた。「尾根に沿って馬を駆るあなたを見かけたものだから、ここで待っていれば会えるんじゃないかと思ったの」

ジョンは訝しげに眉をひそめた。「屋敷を訪ねてこなかったのには、なにか理由があるのか？」

ダイアナの手が喉元に上がった。「前回の訪問が気まずい感じで終わってしまったでしょう？　だから、ふたりだけで話すのがいちばんだと思ったの。少し歩かない？」

ダイアナのことを考えると、一瞬、不安で肌がちくちくした。ダイアナの瞳は深い悲しみをたたえ、孤独のオーラが死装束のように体にまとわりついている。さっさとこの場を立ち去れ――理性はそう告げていたが、紳士としては窮地にある女性を見捨てることはできなかった。

ジョンは懸念を脇へ置いてうなずいた。

ダイアナの後方に目をやると、低く垂れた木の枝に彼女の馬が繋がれているのが見えた。ジョンも同じように自分の馬を繋いだ。露に濡れた草深い小道を行くと、ブーツに水滴がついていきた。ダイアナの歩幅に合わせてゆっくり歩いたが、腕を差し出すのは親密すぎる気がして控えた。

ふたりは橋を渡った。そこはジョンが子どもの頃、父と並んで釣りをした場所だった。懐かしい思い出に気分が明るくなった。この領地で、両親の愛情をたっぷり受けて育った自分は幸せ者だ。神の思し召しがあれば、ジョンもいつか自分の子どもに楽しい思い出を作ってやれるだろう。

突然、ダイアナが濡れた草に足を取られて悲鳴をあげた。ジョンはとっさに彼女の腰に腕をまわした。ダイアナはよろけてジョンの胸に倒れ込み、上着の襟をつかんで体を支えた。目と目が合い、ダイアナは上目遣いでなまめかしく彼を見つめた。

「あなた前にいったわよね、わたしを愛さない男は目が見えていないんだって」物憂げにいった。「覚えてる？」

くそ。こんなに接近しては、いやでも彼女のことを意識してしまう。心をかき乱され、同時に腹が立った。ダイアナめ、今度はなんのゲームをしているつもりだ？

「ちゃんと覚えている」ジョンは冷ややかな視線を返した。「だがいまのぼくは妻のことしか目に入らなくてね。最愛の妻しか」

そういうと上着の襟から彼女の手をはずしてうしろに押しやり、ダイアナに興味がないことを――これっぽっちもないことを――はっきり見せつけた。

彼女は観念したように大きなため息をひとつついた。「あなたとのことはとっくに手遅れだってわかっていたわ。あなたはまわりの女性が羨むくらいに、わたしを愛し、大切にしてくれた。わたしのそばでわたしを笑わせ、幸せにすることほど大事なことはこの世にない。わたしを見つめるあなたの目はいつもそういっていたわ。なのにわたしは一時の衝動に駆られて、愚かにもそのすべてを手放してしまった」

過ぎたことは忘れるべきだと頭の隅ではわかっていたが、訊かずにいられなかった。

「なぜあんなことをした？」

ダイアナは両手をより合わせた。「わたしは世間知らずな子どもで、頭のなかはロマンチックな空想でいっぱいだった。それでジェラルドのことをわたしの理想の人だと思ってしまったの。ハンサムで、向こう見ずで、勇気があって。刺激的で、ちょっぴり意地悪で、危険な香りがして。彼の洗練された雰囲気に憧れ、その魅力に目がくらんだ。彼は繰り返しわたしにいったわ。愛のない便宜的な結婚をしたら、きっと後悔するって」

ジョンは身がすくむ思いだった。「まいったな、ぼくはそんなに退屈で冴えない男だったのか？」

「違うわ」ダイアナは身を乗り出し、探るような目で彼を見た。「あなたは紳士だった。放蕩者に口先だけでおだてられて、わたしの頭はおかしくなっていたの。この一年、後悔しない日はなかった。わたしがもっとましな人間だったら、あんな浅はかな娘じゃなかったらって、心の底からそう思っていたわ」

彼女の話を聞いて、名誉挽回したような晴れがましい気持ちになるかと思ったが、打ちひしがれたダイアナを目の当たりにしていては無理だった。「後悔はさらなる不幸を招くだけでなんの意味もない」

「名言ね」ダイアナは短く笑った。「実行するのは難しいけど」

「この一年で学んだことがあるとすれば、自分の幸せの責任は自分にあるということだ」

「ねえ、ジョン。あなたはその忠告に従っているの？」彼女の声は低く真剣だった。「あなたはいま幸せ？」

「幸せだ」ジョンはきっぱりと答えたが、それが真実の一部でしかないこともわかっていた。だが、エマとの幸せは手の届くところにあると信じていたし、かならず手に入れるつもりだった。

「よかった。あなたは幸せになるべき人だもの」ダイアナは目を伏せたが、そこでなにかを決意したように顔を上げて胸を張った。「もうじきここを離れるの。爵位と土地は次期ブレイヤー男爵に引き継がれるから。今月中にこちらに到着する予定で、それまでに屋敷から立ち退かないといけないと弁護士にはっきりいわれたわ」

「ご両親はとっくにきみを許しているはずだ」ジョンは目を鋭く細めて彼女を見た。「なぜ実家に戻らないんだ？」

ダイアナは身震いした。「歓迎されないもの。でも白状すれば、わたしもそのほうがいいの。両親と暮らしたら、わたしの不始末でふたりがどれほど迷惑したか、繰り返しお説教されるだけだから。ささやかだけど、未亡人の遺産相続分がもらえたの」口調をやわらげて続けた。「惨めな生活になるかもしれないけど、少なくとも誰にも依存しないで済むわ」

「きみはまだ若い。きっと再婚できるよ」ダイアナが残りの人生をひとり孤独に過ごすことなど想像できなかった。

ダイアナは噴き出した。「いまいちばんいらないのは新しい夫ね」

「ご主人との生活は悪いことばかりじゃなかったはずだよ、ダイアナ」ジョンはいい返した。

「そうね、でもいいこともなかったわ」彼女は両手を腰に当てて肘を張った。「ジェラルドはきまぐれでわたしにいい寄って、意味のないロマンチックな言葉でわたしの頭をいっぱいにした。彼にとってはすべてがゲームで、あなたからわたしを引き離せるか挑んだだけだったの。そして成功したとたん、わたしへの興味を失った。そこでわたしはようやく目が覚めたの。彼はわたしを捨てるつもりでいたけど、婚姻していることが遺産相続の条件だと知ってわたしと結婚したの。彼にとって都合がよかったから。それ以外の理由はないわ」

「それできみは？」

ダイアナは胸いっぱいに息を吸い込んだ。「結婚する以外に道はなかった。わたしは堕落した女で――ジェラルドからいやというほど聞かされた言葉よ――まともな結婚は望めない傷物だから。それでも結婚すれば彼も変わるんじゃないか、態度を改めるんじゃないかと、馬鹿げた期待を捨てきれずにいた。残念ながら、わたしの期待ははずれた。彼はわたしに慈悲を乞わせるのが好きで、ほんの些細な思いやりを求めて媚びへつらうわたしを見て笑っていたわ。

彼は競馬と賭けトランプに目がなくて、怒ると暴力をふるった。狂暴な性格だったし、女遊びが好きで、ありもしないお金を使うことには才能があったわね。だから、ジョン、さっきの質問の答えはノーよ。悪いことばかりだったの」

ジョンはダイアナの告白にたじろいだ。いまだ癒えていない心の傷と、その危うさに気持ちが揺れ動いた。だが彼女にかけてやれる慰めの言葉も、過去の苦しみを癒すすべもなかった。

「きみの話を聞いたら、この手でやつを殺さなかったことが残念に思えてくるよ」ジョンはつぶやいた。

ダイアナはショックを受けたようだった。「あなたはそんなことができる人じゃないわ」

「彼が殺害された晩に屋敷でぼくを見たと、きみのところの使用人が証言したんだ」なぜいまさらダイアナにこんな話をしているのだろう？　彼女がそれを信じていないことを確かめたいからだろうか？

「ええ、そのことであなたに話さないといけないことがあるの。心から恥じて、後悔していることが」ダイアナは不安そうに彼を見た。「ヘクターがフットマンたちにお金を握らせて、ジェラルドが殺された晩に彼の書斎からあなたが出てくるのを見たと、嘘の証言をさせたのよ」

ジョンは実際に殴られたかのような衝撃を受けた。「どういうことだ、ダイアナ？　きみはぼくを絞首刑にしたかったのか？」

「違う！」ダイアナは熱を込めて否定した。「ヘクターがなにをしたか知ったのは事件の数日後よ。そのときにはあなたはもう釈放されていた」

心が疑惑で満ちていて、ジョンは信じられないといった表情で彼女を見た。「そんな恐ろしい謀（はかりごと）を巡した目的はなんなんだ？」

ダイアナの唇がわなないた。「ジェラルドが殺されたことは、ヘクターにとって最後のとどめだった。またスキャンダルが起きれば一族は破滅して、二度と名誉を回復できないところまで追い込まれると断言したわ。あなたへ注意をそらせば、しばらくは難を逃れられると考えたのよ」

「馬鹿げている」

ダイアナは力なく両手を上げた。「ヘクターの計画には続きがあったの。わたしがフットマンたちを出頭させて、供述を撤回させる手はずになっていたのよ。よく考えたら、あなたを見たと思ったのは大きな間違いだったとね。あなたを救えば、あなたや、もしかしたら上流階級の人たちも、わたしを見直すかもしれないからよ。結局、あなたにわたしの助けは必要なかった。あなたを救ったのはミス・エリンガムだった」

「真実を話すことでね」ジョンは苦々しげにいった。新事実で頭がくらくらしたし、そのすべてを理解するのに苦労していた。「それで、いまそのフットマンたちはどこにいるんだ？」

ダイアナはひどく不安そうな顔で咳払いした。「わからないの。本当よ。知っていたら話しているわ。ヘクターが計画を変えたので怖くなって逃げ出したんだと思う。兄はあの人たちに強要したの。最初の証言は変えず、尋ねられたらかならずあの晩にあなたを見たという嘘を繰り返すようにって」

ジョンはごくりとつばを飲んだ。「なんだってきみはそんなことに加担した？　真実を知ったときにどうして治安判事にいわなかったんだ？」

「わたしの言葉を誰が信じる？　わたしは移り気で衝動的な、身持ちの悪い女なのよ」ダイアナの声は痛々しかった。「仮にわたしが真実を話してもヘクターが否定したはずよ。しかもフットマンたちもいなくなってしまった。証拠はなにもなかったの」

「ヘクターはなぜそこまでぼくが憎いんだ？」

ダイアナは肩をすくめた。「ジェラルドが死んだときに兄があなたを利用しようと考えたのは、ゴシップがうちの家族ではなくあなたに集中することを期待したから。だから最初の計画ではあなたに害が及ぶことはないはずだった。

でも、あなたがミス・エリンガムと結婚したことでなにかが変わった。ヘクターは激怒していたわ。兄がよく彼女のことを話していたのは知っているわよね。自分の花嫁にしようと考えていたんだと思う」

ジョンは胃がねじれたようになったが、すぐに声をあげて笑った。エマがヘクター・ウィンスロープみたいな思い上がったおしゃべり男と結婚するなんて、馬鹿馬鹿しいにもほどがある。

彼はダイアナに目を向けた。ほかにもまだ隠していることがあるのだろうか？

「きみの夫を殺したのは誰なんだ、ダイアナ？」

「わからない。たぶん彼にお金を貸していた人じゃないかしら」彼女の頬がじわじわと赤くなった。「ジェラルドは賭け事が好きだったの。あいにく全然勝てなかったし、いつだって負けた分を払いたがらなかったわ」

またしてもジョンはジェラルドが死んだことを気の毒に思えなくなった。ジェラルドの死をはじめとするいくつかのことがきっかけで、奇妙なことが次々に起こり、最終的にジョンはエマと結婚することになったのだ。

ぼくはそのことを生涯感謝するだろう。

「話してくれてありがとう、ダイアナ」

「じゃ、わたしを許してくれる？」その声には期待と不安が奇妙に混じり合っていた。

「ああ」いまはまだ彼女のしたことを許せないが、理解はできたし――少しの努力で、いずれ許せるようになるだろう。ヘクターに関しては話がべつだが。

小道をぐるりとまわって、歩きはじめた場所に戻ってきた。ジョンは両手を組み合わせ、馬に乗るダイアナに足がかりを作ってやった。ダイアナはいらだつ馬をなだめながらジョンを見下ろした。彼女の目の奥を無数の思いがよぎったが、それを言葉にすることはなかった。

ダイアナはなにもいわずに馬を進め、速足からギャロップに変えて全速力で走らせた。自分のことしか考えていなかったダイアナは、たしかに他人を気遣える大人の女性に成長していた。彼女のために、ジョンはその変化をうれしく思った。

それでも馬で走り去る彼女を見ながら、ジョンの頭は動かしがたい事実でいっぱいだった。もしもダイアナと結婚していたら、豊かで充実した人生を彼女に与えられただろうし、きっと幸せにしたと思う。

だがジョンが彼女から同じものを得ることはなかっただろう。

レーベンズウッド・マナーの車寄せに着いたときにはエマの不安は薄れはじめていた。エマは昔から行動的な女性だったし、セバスチャンに会うと決めたからには、できるだけ早くそのための計画を立てたかった。

グウェンとジェイソンはいまロンドンにいる。だからロンドンにいるいちばん上の姉を訪ねたいとジョンにいうのはおかしな話ではなかった。とはいえ、夫によけいな疑念を抱かせたくはないし、ドロシアの協力が得られればその問題は解決できるはずだった。

もちろん、急なロンドン行きの本当の理由を姉に明かさずにおくのはかなりの難題だ。それでもエマは、ドロシアが問題解決のほうに興味をそそられて、旅の本当の理由にまで気がまわらなくなることを期待していた。

ところが屋敷の正面玄関からなかに入ったとたん、運命はかならずしも意地悪でも不公平でもないことがわかり、エマは驚くと同時に喜んだ。運命がすばらしい幸運をもたらしてくれることも、ときにはあるのね。

カーターの父親であるハンスボロー公爵が、前日の晩に到着していたのだ。彼はロンドンに戻る支度をしているところで、上の孫のフィリップとニコールを連れて行きたいといいだしたのだ。ドロシアは喜んで孫を溺愛する公爵にふたりを預けることにしたが、カーターは心配していた。

乳母がひどい風邪をひいて喉を痛め、子どもたちについていけないのだ。エマは自分の幸運が信じられなかった。彼女は即座に付き添いを買って出て、子どもたちが公爵のタウンハウスに落ち着き次第、グウェンとジェイソンの屋敷に滞在すると申し出た。

公爵はすぐにでも出発したがっていたので、エマは急いで支度を整えると請け合った。話がうますぎて、本当のこととは思えなかった。あとはジョンにこのことを知らせるだけだ。

あいにく、夫は留守だった。それでエマは、一時間以内にロンドンへ発つから荷造りをするようにと、目を丸くしているドリーに告げた。

エマがせかせかと玄関ホールを横切ったとき、ジョンがドアから入ってきた。

「今朝はきみが食事の席にいなくて寂しかったよ」彼はいった。「お姉さんのところは楽しかったかい?」

「じつは、お知らせがあるのよ」感情が昂り、うまく言葉にならなかった。エマは咳払いしてから話しはじめたが、早くしゃべろうとするあまり舌がもつれた。「今朝、ドロシアのお屋敷に着いたら、カーターのお父様のハンスボロー公爵がロンドンに戻る準備をしていらしたの。公爵はフィリップとニコールをどうしても一緒に連れていきたいというのだけど、子どもたちの乳母がひどい風邪で喉をやられてしまって、ついていけないのよ。だからわたしが子どもたちに付き添ってロンドンへ行き、公爵のタウンハウスにふたりが落ち着くのを見届けると申し出たの」

ジョンは唖然とし、つかのま彼女を見つめた。「今日発つつもりなのか?」

その声には困惑が色濃く滲んでいた。恐怖がうなじを這い上がり、エマは歯を食いしばった。いきなりロンドンへ行くといい出した理由を根掘り葉掘り尋ねられたら、嘘をつきとおす自信はない。

けれど、なにがなんでも、セバスチャンへの複雑な感情を知られるわけにはいかなかった。なにしろエマ自身も完全には理解していないのだから。

「すぐに発てば、日が暮れるまでには着けるわ」エマは慌てていった。「荷造りはドリーがほぼ終わらせてくれたし。ほら、グウェンお姉様はわたしたちの結婚式に出席できなかったし、そのあとすぐにわたしたちはミスター・オグデンに会いに行ったでしょう。グウェンにすごく会いたいし、これはまたとない機会だと思うの。グウェンを訪ねることができて、そのうえドロシアの役にも立てるのだから」

「そんなにロンドンへ行きたいならぼくが連れていくよ」ジョンはそういって彼女の髪を手で梳いた。

「お仕事が正念場を迎えているときに、そんなことはお願いできないわ」エマはいい張った。「ほんの二週間足らずのことよ。あっという間に帰ってくるわ」

ジョンの答えを待ちながら、エマは緊張で肩に力が入るのを感じた。もし彼が許してくれなかったらどうしよう？

彼を説得するうまい言葉を探していると、運命がまたしても助け舟を出してくれた。サー・ガラハッドが黒い物を口にくわえて、跳ねるようにして玄関ホールに入ってきたのだ。そのうしろからジョンの近侍が犬の名前を大声で叫びながら走ってくる。

エマとジョンはまごついて顔を見合わせた。

「ガラハッド、サー・ガラハッド、いったいなにをくわえているんだ?」ジョンが呼びかけた。

ジョンの声を聞くと、サー・ガラハッドは横すべりしながら止まって向きを変えた。それから首を左右に振って、口にがっちりくわえたなにかを激しく振りまわした。

「いやだ、あの子なにを捕まえたの?」エマは怯えたようにいった。「小さな動物だったらどうしよう」

「旦那様のブーツでございます」ギルモアが胸を激しく上下させながら答えた。「その犬が噛んで離さないのです」

エマとジョンは同時に近侍に目を向けた。

「ぼくの気に入りのブーツの片方のようだな。どうやって手に入れたんだ?」ジョンは訊いた。

「申し訳ございません、旦那様」近侍は言葉に詰まった。「いつの間にかお部屋に入り込んでいたようで、気がついたときには隅でブーツをくわえていました。ブーツを取り上げようとしたところ、いきなり部屋から飛び出していったのです」

エマは眉をひそめた。サー・ガラハッドみたいな大きな犬に気づかないなんて酔っ払いくらいのものよ。ギルモアはいったいなにをしていたのかしら?

エマはサー・ガラハッドにちらりと目をやった。いまは床に腹這いになって、二本の前肢でブーツをしっかり押さえて踵の部分を満足そうに噛んでいる。

ギルモアが前に進み出ると、サー・ガラハッドはぱっと立ち上がった。ブーツをくわえたまま跳ねるようにその場を離れ、ギルモアがついてくるのを確かめるように振り返った。

「あの子、あなたが遊んでくれていると思っているのよ」エマはいった。

「遊んでなどおりません」ギルモアは強情そうな顔できっぱりといった。

エマは目をすがめ、ブーツを巡る戦いに決着をつけることにした。犬はまた腹這いになって略奪品をかじっている。

「ガラハッド、いい子だからそれを見せてちょうだい」彼女はなだめるようにやさしい声でいいながら近づいた。

サー・ガラハッドが顔を上げて首をかしげた。そして盛大に尻尾を振りはじめたが、ブーツを奪えるくらいのところまでエマが近づいたとたん、さっと立ち上がって走っていった。

「どうやらブーツの味が気に入ったらしいな」ジョンは顔をしかめた。「あのブーツはやつにくれてやれ。どうせ修理もできないくらいに傷んでいるだろうから」

「あなたの靴職人の住所を教えてくれれば、ロンドンから新しいブーツを持ち帰るけど」エマは申し出た。

ジョンは眉間に深いしわを寄せた。

エマは彼を見つめながら、不安と罪悪感にのみ込まれそうだった。

「荷造りが終わりました、奥様。ご旅行用のお召し物も用意してございます」ドリーのか細い声がした。

エマは振り返った。侍女は邪魔にならないよう、かなり離れた階段の足元に立って両手を握りしめている。

「すぐに行くわ」エマはこの混乱に乗じることにした。「迎えに来られる公爵をお待たせするわけにはいかないもの」

ジョンに反対する間を与えずに階段を駆け上がった。ところが三十分後に玄関ホールに下りていくと、夫はほぼ同じ場所に立っていた。

エマはジョンの腕に腕を絡めてもたれかかると、公爵の四頭立て馬車が停まっている車寄せまで出て行った。フィリップとニコールは興奮して、文字どおり馬車のなかで跳ねていて、公爵はふたりを落ち着かせるのに苦労していた。

「どうやらにぎやかな旅になりそうね」エマは明るくいった。

突然、ジョンが彼女を引き寄せ、やわらかな体を強く抱きしめた。エマは顔を上げ、つま先立ちになってキスを待ち受けた。ジョンは両腕をまわしてしかと抱きしめ、激しく深いキスをした。エマが彼の感触を忘れてしまうのではないかと案ずるように。

ようやくジョンが体を離した。エマはぼんやりと彼を見上げた。心が千々に乱れた。

「早くぼくの元へ帰っておいで」ジョンはぶっきらぼうにいうと、背中を向けてつかつかと立ち去った。

19

早くに目を覚ましたエマは、ロンドンにあるグウェンとジェイソンのタウンハウスで客用寝室の窓辺に座り、夜が明けるのを見ていた。空がゆっくりと白み出し、庭にある観賞用の池の水面に朝の光が反射して、周囲の草花に金色の光を投げかけた。

窓を押し開けると、約束に満ちた新たな一日の始まりを告げる爽やかな空気の匂いがした。元気が出て、頭のなかのもやもやが少し晴れた。

いよいよ今日だわ。

昨夜、公爵家の馬車で流行の先端を行くメイフェア地区を抜けてグウェンのタウンハウスの玄関前に到着したときは、エマもドリーも旅の疲れでぐったりしていた。大きなタウンハウスで、その堂々たる正面部（ファサード）にドリーが圧倒されているのがわかった。

屋敷に通され、使用人たちに丁重に出迎えられると、侍女は目をさらに丸くした。事前に連絡していなかったこともありグウェンとジェイソンは外出中だったが、エマはかえってほっとした。この突然の訪問について、とりあえず説明せずに済んだからだ。

幸い、使用人たちはエマのことをよく知っており、すぐに客用寝室に通された。お風呂で旅の疲れを癒やし、軽めの夕食を部屋で済ますと、エマは書き物机に座ってセバスチャンに短い手紙をしたためた。

一時間もしないで返事が届いた。そこにはエマの招待に応じ、明日の午前に訪ねていくとあった。エマはため息をもらした。それまでに自分の心を理解できればいいのだけれど。セバスチャンになにをどう話せばいいのだろう。ぐるぐると考えては打ち消して、昨夜はほとんど眠れなかった。そのことで頭がいっぱいで、セバスチャンを呼び寄せた理由をグウェンにどう説明するかまでは頭がまわらなかった。

これまでずっとセバスチャンへの想いを胸に秘め、家族にも巧みに隠してきたので、どこから話せばいいのかわからない。

短いノックの音に続いて寝室のドアが開いて、グウェンが部屋に駆け込んできた。寝間着のままで、上に羽織ったインド産の白いモスリンのガウンの裾をなびかせながら、すべるようにして部屋を横切った。

「ああエマ、うれしい驚きとはこのことね」

エマは満面の笑みで姉を抱きしめた。「突然訪ねてきたりして迷惑じゃなければいいんだけど。でも急にロンドンに来るチャンスが訪れたものだから、手を伸ばしてしまったの」

「会えてうれしいわ」グウェンの顔は喜びに輝いていた。「まあ白状すると、ケンドール卿が一緒じゃないと聞いたときは、かなりがっかりしたけれど」

エマはばつが悪そうな笑みを作り、言い訳を並べた。「ジョンも残念がっていたわ。今回は仕事が忙しくて来られなかったけれど、次回はかならずといっていたわ」

「ぜひそうして。ジェイソンもわたしも彼のことをもっと知りたいと思っているの」

エマは鏡台の前の椅子に腰かけ、グウェンは向かいにある絹張りの長椅子に腰を下ろした。打ち解けた気安い空気は居心地がよく、たくさんの秘密を打ち明け合った少女の頃を思い出させた。

親しい仲とはいえ、ロンドンに来た本当の理由を姉にどう切り出したものかエマはまだ迷っていた。

沈黙に耐えきれなくなり、エマはついに口を開いた。「昨夜はジェイソンとどこへ出かけていたの？」

「ヘブンシャー公爵家の舞踏会よ」グウェンは答えた。「例のごとくものすごい人だったけど、ジェイソンとダンスをしたり、深夜の庭園をふたりきりでそぞろ歩いたりして楽しんだわ。あそこのお庭はそれはもうすばらしいの」

「そうらしいわね」

「今回の滞在にはなにか具体的な計画があるの？　それともあなたのことを独り占めできるのかしら？」

打ち明ける絶好のチャンスだったのに、好奇心に満ちた目でじっと見つめられると落ち着かない気分になった。「じつは、あまり長居はできないの」

「そうなの？　でもまだ着いたばかりだし、最近見つけた仕立て屋を訪ねる時間くらいはあるわよね。たぐいまれな才能の持ち主でね、シンプルだけど着る人をもっとも輝かせるドレスを作ってくれるの。引く手あまたで注文が殺到しているらしいけれど、頼み込めばきっとあなたのために時間を割いてくれるはずよ」

エマは大きなため息をつくと無理やり笑みを浮かべた。「それはすてきね」

「本当に？」グウェンは優雅な眉を吊り上げた。「だったら暴風雨の日にハイキングに誘われたような顔をしているのはなぜかしらね？」

「ごめんなさい」エマは首から顔まで赤くなるのを感じた。「まだ旅の疲れが残っているの。好奇心と元気のかたまりみたいなフィリップとニコールと一緒だったものだから。公爵と子どもたちだけで送り出すのをカーターが渋っていた理由がいまならわかるわ。あのやんちゃなふたりの相手をしていたら、出発して一時間もしないうちに公爵は疲れ果ててしまったでしょうからね」

昔から子どもの話題に目がないグウェンは、すかさず自分の子どもたちの愉快なエピソードを披露したが、あっという間に大きくなってしまうのが寂しいと、話の途中で何度となく嘆いた。

「子どもたちと離れるのは耐えられないとジェイソンがいうものだから、ここにも連れて来ているのよ。あなたが来ていることはまだ話していないのだけど、きっとすぐに知られてしまうわね。あなたが朝食を食べ終えて元気をつけるまでは邪魔しないようなんとか押さえておくつもりだけど、そのあとはきっと大騒ぎになるから覚悟しておいて」

エマはにっこりした。「それはすごく楽しみだけど、少し待ってもらわないと。お昼前にセバスチャンが訪ねて来ることになっているの」彼女は姉の視線を受け止めた。「かまわないかしら？」

「セバスチャン？　セバスチャン・ドッドのこと？」

エマは大きくうなずいた。

「どうして？」

「彼に会わないといけないの。ロンドンに来た理由はそれよ」

グウェンは目に困惑の色を浮かべてエマを見返した。「エマ、どういうことなの？」

心臓を冷たい手でつかまれたような気がした。エマはそわそわとほつれ毛をいじりながら姉を見つめた。

「セバスチャンについてお姉様たちが知らないことがあるの。ずっと黙っていたことが。誰にも打ち明けていないことが」エマは急に乾いた唇を舐めた。

グウェンが真顔になった。「話してちょうだい」

エマはうなずき、大きくひとつ深呼吸した。そして話し出した。言葉につかえてやり直したが、急に堰を切ったように言葉があふれ出した。

セバスチャンに失恋して、何年ものあいだ悲しみの淵にあったこと。胸の奥に痛いほどの焦燥感を覚え、自分に自信が持てなくなってしまったこと。

プライドを傷つけられただけだと自分にいい聞かせようとしたけれど、エマの心の傷は、経験豊富な年上の男性から相手にされなかった若い娘が感じる痛みより、はるかに深かったこと。

エマはさらに、この予期せぬ結婚にジョンと自分が抱いている複雑な心境についても語った。過去の痛手から立ち直り、臆病な自分を克服したいと心から願って、なんとかそれに成功したことも。

自分の弱みをさらけ出すすべを学び、夫が与えてくれる愛を受け入れて、同じだけの愛を返したいと思っていることも話した。

すべて話し終えたときには、部屋は不気味ともいえるような静けさに包まれていた。性も根も尽き果てたエマは椅子にぐったりもたれかかって目を閉じた。涙がひと粒頬を伝うのがわかったが、払いのけることはせず、涙もそれ以上こぼれなかった。

やがてエマはゆっくりと目を開けた。分別をわきまえた姉には、きっといいたいことが山ほどあるだろうが、いまはなにも聞きたくなかった。ところがグウェンが見せた反応は目を見張るものだった。ただ両手を広げ、愛情を込めて妹を抱きしめたのだ。それはエマがなにより必要としていたものだった。

ノックをする前にレーベンズウッド・マナーの玄関扉が勢いよく開き、アトウッド家の執事は並外れた聴力の持ち主なのだろうか、とジョンは思った。それとも、執事という職務に誰よりも忠実なのか。

「いらっしゃいませ、閣下」執事はジョンから帽子と外套を受け取った。「旦那様が書斎でお待ちでございます」

「ありがとう」ジョンは上着の袖口からのぞくカフスをまっすぐにすると、執事のあとについて見慣れた廊下を進んだ。

「ケンドール卿がお見えでございます」執事は告げた。

アトウッドは目を通していた帳簿を閉じ、デスクの奥で立ち上がった。握手を交わし、ワインを受け取ると、ジョンはデスクと向かい合う椅子に座り、あかあかと燃える暖炉のあたたかさを楽しんだ。

「ボウストリートの調査員から連絡が入った」アトウッドはデスクの上に積まれた書類の山をずらして、いちばん下にあった羊皮紙を引き抜いた。

「行方をくらましたフットマンが見つかったのか？」ジョンは尋ねた。

「ああ」アトウッドは乾杯のしるしに無言でグラスを上げてからワインに口をつけた。

ジョンもそれに倣い、ワインのなめらかだが濃厚な味わいを舌で楽しんでから喉に流し込んだ。「ヘクター・ウィンスロープに金を握らされてぼくに関する嘘の証言をしたことを、ふたりは認めたのか?」

アトウッドは眉根を寄せると、うなじをこすった。「きみのところにも調査員から報告書が届いたのか?」

「いや。昨日の朝、ダイアナに会ったんだ。彼女がすべて話してくれた」ジョンは侯爵の探るような視線をまっすぐに受け止めた。

「なんてことだ。彼女もぐるなのか?」

「正確には違う」

アトウッドはしばらくジョンを見つめたが、その謎めいた答えについてそれ以上訊いてはこなかった。

「報告書には、ブレイヤーを殺害した人物の身元については手がかりがほとんどなく、見つけ出すのは難しいかもしれないとあった——われわれが出した結論と同じだな。驚くには当たらないがブレイヤー男爵には敵がごまんといたから、容疑者を絞り込めないんだ。だからな、ケンドール、その容疑者リストからきみを完全にはずすためには、偽証したフットマンをここへ連れてきて、治安判事の前で真実を話させ、きみに対する疑念をきれいさっぱり拭い去るのがいいと思うんだ」

それが賢明かつ堅実なやり方で、ジョンもまさに同じ結論に達していた。ところがいまになって迷いが生じた。ダイアナの無気力な声を聞き、目の奥に浮かんだ苦悩の色を見たときに同情で胸がふさがったことを思い出したのだ。

「急を要するわけでもないし、この情報を明かすのは少し待ってくれ」ジョンはきっぱりいった。「ダイアナは数週間以内にこの地を去るというし、これ以上彼女に惨めな思いはさせたくない。もうじゅうぶん苦しんだんだ。ダイアナは悪いことはなにもしていない。罪はヘクターひとりが背負うべきだ」

「本当にそれでいいのか？」

ジョンはうなずいたが、そこでこの奇妙な注文をどう判断すればいいのかアトウッドが決めかねていることに気づいた。「ヘクターのことはあとからちゃんと手を打つ」そう請け合った。「なにしろ今回の裏切り行為を知ってからというもの、ウィンスロープの名前を聞くたびにやつの首を両手で締め上げるところを想像しているんだからな」

アトウッドはにやりとした。「当然の反応だ。だが思うだけにしておけよ。一件の殺人の容疑を晴らす方法だって、最近になってようやく見つかったんだ。またべつの容疑を晴らすことになるのはごめんだぞ」

ジョンの唇から低い笑い声がもれた。「ぼくも逮捕されるのは一度でじゅうぶんだ。退屈な田舎紳士の地味な生活に一日も早く戻りたいよ」

「田舎暮らしは退屈でも地味でもないがね」アトウッドはそこで考え込むような顔をした。「いまも例の農機具の開発を続けているのか？　そんな怪しい機械を作るのは神の思し召しに反することだと、牧師がミスター・ホーンズビーや信徒の半分に吹き込んでいるぞ」

ジョンは腹立たしげに鼻を鳴らした。「偏狭な人間は進歩や革新を受け入れることができないんだ。だが誰がなんといおうとぼくの決意は揺るがない」

アトウッドは好奇心に目を輝かせた。「その機械、見てみたいな。領地で使うのに一、二台ほしいくらいだ」

「完成した暁には喜んで実演してみせるよ」

「もう誰かに見せたのか？」

「助手のミスター・ノリスとエマだけだ。エマは何枚かスケッチしていた。機械が完成したら絵に起こすらしい。正直いって、金属と歯車でできた地味な機械のどこに絵心を掻き立てられたのかわからないが、エマがそれで幸せなら……」

ジョンは肩をすくめた。彼は発明の秘密性と公正性を危険にさらす覚悟でエマにスケッチを許した。だがそのことを理解する者はほとんどいない。その発明品が試作段階にあればなおさらだ。それでもエマが喜ぶならジョンもうれしかった。エマの幸せがなにより大事だからだ。

「エマはまた絵を描きはじめたのか？」アトウッドの口元に笑みが浮かんだ。「そいつはすばらしい！　ドロシアが聞いたら喜ぶぞ。それにしても、また妙なものを題材に選んだものだな。エマが描いた静物画や風景画も見たことはあるが、いちばん好きな題材は人間だといつもいっていたのに」

感情のこもったティンズデール伯爵の肖像画がよみがえり、ジョンは嫉妬に駆られて奥歯を食いしばった。「エマはこれまでに肖像画制作の依頼をたびたび受けていたのか？」

アトウッドはつかのま考え込んだ。「ぼくの知るかぎり、報酬をもらって絵を描いたことはないはずだ。モデルはみんなエマの知り合いだ——家族とか親しい友人とかね。最後に完成させた肖像画はぼくの父のものだったんじゃないかな。二年前のクリスマスに父にプレゼントしてくれたんだ。見事な作品だった。ほんの少し美化されていたが、それでも本人にそっくりだった。父は大いに気に入っていたよ」

ジョンは胃が飛び出しそうになった。エマのモデルは家族か親しい友人だけ？　伯爵はそのどちらだ？

「旅の途中で馬車の車輪が壊れて、ティンズデール伯爵の屋敷で一晩世話になったんだ」

妻と謎めいた伯爵の関係を明らかにすることに不安を感じつつも、そう探りを入れた。

「エマは伯爵と親戚関係にあるとはいっていなかったが」

「ティンズデール？　ああ、ベントン子爵、セバスチャンのことか。彼がいまでは伯爵だということをつい忘れてしまってね。父上がご存命だった頃の称号と相続後の爵位がすぐには結びつかないんだ」アトウッドはワインをすすった。「呼び名はなんでもいいが、セバスチャンはグウェン、ドロシア、エマの親類じゃない。彼はぼくの幼馴染で親友だ。イートン校で知り合って、その後オックスフォード大でも一緒だった。ふたりしてしょっちゅう面倒ばかり起こしていたよ。独身時代はとくにね。セバスチャンはすばらしい男だ。独特のユーモアのセンスの持ち主でね。ぼくの結婚式で花束をキャッチしたのは彼なんだ。まあ、それはまったくべつの話だが」

　アトウッドは低い声で笑った。「エマとセバスチャンはずっと前からの知り合いだ。彼女が話さなかったなんて驚きだよ」

　それこそジョンが知るのを恐れていたことだった。彼は椅子の上で身じろぎし、なんでもない風を装った。あの肖像画はエマとモデルのあいだに深い心のつながりがあることを明かしていた。心の底ではそれが真相だと知りながらも、エマと伯爵の付き合いは肖像画が完成するまでの一時的なものかもしれないという希望にすがっていたのだ。

　しかしふたりが長年の知り合いだとわかったことで、その希望も潰えた。さらに気がふさぐのは――エマがその事実を夫の自分に隠す必要があると感じていることだ。

「幸い、馬車の事故でエマがけがを負うことはなかったが動揺はしていた」ジョンはいった。「そのせいで伯爵と知り合いだということをうっかり話し忘れたんだろう。それに伯爵は留守にしていて会えなかったしね」

アトウッドはうなずいた。「伯爵位と一緒にヨークシャー州の辺境にある広大な土地も相続したんだ。あのセバスチャンが田舎暮らしをしているなんて、いまだに想像できないよ。本人はそちらのほうが肌に合っているといっているがね」

「伯爵はヨークシャーにはいなかった。使用人の話ではロンドンに出かけているとのことだったよ」

ロンドン。エマが昨日慌てて出かけていったのもロンドンだ。偶然だろうか？　それとも、このときとばかりに密会しているのか？

エマの突然のロンドン行きによからぬ目的があるかもしれないと思うと、背中がぴりぴりして、耳の奥でごうごうと血が流れる音がした。

エマはなにを隠しているんだ？

さまざまな可能性が頭のなかを駆け巡ったが、どれも不快で腹立たしく、受け入れがたいものばかりだった。

いいかげんにしろ！

事実に裏打ちされていない結論に飛びつくのは非論理的だと、自分にいい聞かせようとした。いまは社交シーズンだ。ロンドンには数多の貴族が集まっている。

信じろ。エマを信じるんだ。エマがロンドンへ行ったのは、本人の言葉どおり、甥と姪に旅の付き添いが必要だったからだ。姉の家に滞在して、延び延びになっていた再会を楽しんでいると信じるんだ。

さもないと、いますぐロンドンへ飛んでいって、嫉妬に目がくらんだ恋煩いの男みたいに、とんでもなく馬鹿なことをしてしまいそうだ。

呼吸が徐々に落ち着いてきた。エマが帰ったら話をしよう。そして伯爵との関係——過去と現在の——の真実を尋ねるのだ。憶測であれこれ考えても消耗し、傷つくだけだし、エマへの愛情を危険にさらすことになる。

「お客様がお見えでございます、レディ・ケンドール」

エマは読むふりをしていた本から顔を上げると、グウェンの執事が差し出した銀のトレーに目を落とした。トレーの中央に白い名刺が伏せて置いてあった。

そこに印刷されている名前は知っていたものの、エマは執事の期待に応えて名刺を手に取り、裏返した。胸が苦しくなり、指先が震え、目の前で文字がぐるぐるまわって見えたが、なんとか平静を保った。

かろうじて。

「お会いすると伯爵様に知らせてください」エマはいった。

執事は恭しく一礼して出ていった。ひとり残されたエマは、悶々としながら自分の正気を疑い、苦しい試練に備えて気持ちを引き締めた。幸い、気が動転するようなことをあれこれ考えて頭がいっぱいになる前に、客間のドアが開いてセバスチャンが入ってきた。

エマは立ち上がり、つばを飲み込んでから指を組み合わせた。当然のことながらセバスチャンは歳を取っていた。だが美しく歳を重ねていた。髪はまだ黒々として豊かだったが、こめかみのところにうっすら交じる銀色のものが大人の貫禄を醸し出していた。

目尻には小さなしわが刻まれていたが、目はエマの記憶にあるままで、生き生きとした陽気な光を放っていた。肩はいまも広く、引き締まった脚はたくましく、お腹も出ていない。内に秘めた力強さは歳を重ねても衰えることなく、エマの憧れだったスマートな物腰も昔のままだ。

「やあ、エマ」

セバスチャンが微笑み、エマは心がとろけそうになった。挨拶の言葉を返そうと口を開いたが、感極まってなにもいえなかった。

「座ろうか？」しまいにセバスチャンにいわれた。

エマはうなずき、無言のまま彼を応接セットのところへ案内した。セバスチャンはエマが腰を下ろすのを礼儀正しく待ってから彼女の向かいに座った。

「会ってくださってありがとう」エマは組み合わせたままの手を見下ろしながらいった。

「なにをおいても駆けつけるよ」セバスチャンは答えた。「この日が来るのを何年も待っていたんだ」

「最後にお会いしたときは、ずいぶんとみっともないまねをしてしまって」エマは小声でいい、脳裏に焼きついた記憶に顔を歪めた。

「あのときき みは傷ついていた」セバスチャンは労るようにいった。「ぼくが傷つけたんだ。そのことをきみはずっと悔やんでいた。何年もうしろめたく思っていた。きみがどこでなにをしているかは、友人のカーターを通じて知ることができたから、きみが愛情深い家族のもとで元気に暮らしているとわかって、わずかだが罪悪感がやわらいだ。だがきみが幸せかどうかはわからなかった」

エマの鼓動が速くなった。セバスチャンはわたしのことを考えてくれていた。わたしを心配し、わたしの幸せを願ってくれていた。わたしを大切に思ってくれていたんだわ。

またしても長い沈黙が落ちた。

エマは腕を組んで絨毯を見つめた。「あなただけのせいじゃないわ、セバスチャン。あなたはわたしに気を持たせたこともなければ、馴れ馴れしくしたり、不適切な態度を取ったりしたこともなかった。わたしに友情以上のものを期待させるようなことはいっさいしなかった。

お世辞をいったり、からかったりしたことは――まあ、少しはあったかもしれないけど、あれはあなたの体に染み込んだ習慣みたいなもので、無意識にしていることだと理解できるようになったわ」

セバスチャンは激しく首を振った。「ぼくにとってきみは信頼できる人だった。だから慰めがほしくなるときみのところへ行って、からかったり、ふざけたりしてしまった。ぼくはきみを大人の女性として扱ったが、きみはまだ若く、多感な少女だったんだ。あれは不適切なおこないだった」

「あなたはわたしを友人だと思ってくれた。わたしたちが分かち合ったものは、唯一無二のかけがえのないものだった。それなのに、わたしがあなたに熱烈に恋してしまったせいで、すべてを台無しにしてしまったのよ」エマは切なそうにいった。

「ああ、エマ、そんなふうにいわれるとつらくなる。ぼくはそんな値打ちのない男なんだ」セバスチャンの声には苦悩がありありと滲んでいた。

「なにもいわずにおくべきだったのよ」エマは嘆いた。「それなのに、たとえ報われなくても、この愛を告げずに死ぬのはいやだと思ってしまったの。もっとも、頭のなかで思い描いていたエンディングは、現実とはまるで違うものだったけど」

セバスチャンの顎の筋肉が引きつった。「あの日、ぼくはきみにひどい仕打ちをした」

「あの日、あなたは傷ついた心を癒やすためにお酒を飲んで二日酔いだった。タイミングが悪かったのよ」

セバスチャンは懐疑的な顔をした。「だとしても、きみを傷つけずに済む、もっとうまいやり方があったはずだ」

エマの口の端が上がり小さな笑みを作った。「あの状況では難しかったと思うけど」

「できることなら、きみにあんな思いはさせたくなかった」

「いまならわかるの」エマは顎を上げた。「わたしは誰よりも必要としていた人から、慰めを得たかった人から拒まれた。それがなによりつらかったんだと思う。そして自分でも気づかないうちに、そのどうにもならないことをこじらせてしまったの。

あなたに拒絶されたことを考えると胸が傷んだ。だからその痛みに気づかないふりをして逃げ出したの。そうやって自分を守っていたのね。

おかげで心にできた傷のまわりにやがて硬い殻ができて、傷口はほとんど見えなくなったわ。でもわかったの、そうやって目をそらしているせいで、過去が心を、人生を侵食していったんだって。過去に心を支配されて、べつの男性に抱いていたかもしれない好意に影を落としてしまったのよ」

セバスチャンは膝の上に両手をついて身を乗り出した。「それでいまは？」

エマはほうっと小さくため息をもらした。「その殻を破ったわ。過去を変えることはできないけれど、もう未来を恐れたくはないから」

「なにかぼくにできることはあるかい？」

エマは苦笑した。「もうしてくれたわ。あなたに会うことは、この旅を終えるために必要な最後のピースだったから。これからもわたしの心の片隅には、セバスチャン、あなたがいるわ。でもそれ以外の心はすべて夫に捧げるつもりよ」

セバスチャンの表情が険しくなった。「彼がそれに値する男であることを願うよ」

エマはひとり悦に入った。「ジョンはすばらしい人よ。彼の妻になれるなんて、わたしは本当に幸運な女だわ」

ふたりは立ち上がった。セバスチャンはエマの手を口元に上げて、そっとキスを落とした。そのやさしい仕草に、エマの心に心地よいぬくもりが広がった。だがそれはジョンに同じことをされたときのぞくぞくするような感覚とはまるで違った。

いま初めて過去と未来がひとつに合わさり、目の前がぱっと開けた。セバスチャンに恋したのは少女の頃のわたし。いまのわたしはジョンを愛している。

一刻も早くそのことを彼に伝えなくては。

20

一週間後。ジョンは怖い顔で窓の外をにらみながら、ロンドンへ向けて発つべきだろうかとまたしても思案していた。ティンズデール伯爵——セバスチャン——がエマの古い知人だと知ってからというもの、あの肖像画を思い出すたびに虫酸が走った。

エマがロンドンへ出かけたのはあの男に会うためだという確たる証拠はなかったが、偶然というにはできすぎていて、その可能性を排除できずにいた。そしてそう思うたびに胸の奥で心臓が縮み上がるような気がした。

正気を失わずにいるには忙しくしているのがいちばんだ。ところが、いくらほかのことを考えようとしても、エマの幻がそれを邪魔した。先日サンルームに入ったときも、石の床の上を歩くエマの軽い足音がたしかに聞こえた。

客間に足を踏み入れれば、長椅子に座って本を読んでいるエマが見えた。わざわざ三階まで上がって彼女のアトリエのなかをのぞいたときは、スケッチを見つめながら、鉛筆を走らせるエマのほっそりした指を想像した。

夜は遅くまで寝つけず、ベッドの上で何度も寝返りを打った。目を閉じるとエマの香水の匂いがたしかにして、シルクのようになめらかな肌を感じ、彼女の声が聞こえた。

エマが恋しくて絶えず胸が締めつけられ、エマから愛されている自信が持てないことが、さらに事態を悪化させた。ジョンは顔をしかめた。こんな状況にはもう耐えられない。つねにいらいらして、エマが伯爵のことを秘密にしていた理由を憶測して頭がおかしくなりそうだった。なにかを殴りつけたいと思うこともたまにあった。そうすれば体のなかに溜まった鬱憤を発散できるかもしれない。

一週間。エマがロンドンに発って一週間、戻るまでにあと一週間。永遠にすら思える。サー・ガラハッドまでがしょんぼりしていて、ジョンは元気づけてやろうと、エマがロンドンに出発する日の朝にだめにされたブーツの片方を犬に投げてやった。サー・ガラハッドは最初こそうれしそうにブーツを嚙みちぎって遊んでいたが、数時間もするとまたしゅんとうなだれてしまった。いまではジョンのそばから離れず、一日中あとをついてくる始末だ。犬の存在に不思議と慰められ、孤独が少し薄れたが、それもほんのいっときのことだった。

机の上に広げた計画書に目が留まり、ジョンはしぶしぶ書面に目を通した。ミスター・オグデンが送ってよこした蒸気エンジンの修正案は期待が持てそうなものだったが、どうにもやる気が起きなかった。

作業場に行くことも考えたが、こんな集中力を欠いた状態では重大事故につながりかねない。機械をいじるより紙と鉛筆で仕事をするほうが無難だろう。

そのときサー・ガラハッドが大きな頭を上げて、ひと声吠えた。馬車の車輪の音に、ジョンは椅子から立ち上がって窓に近づいた。鮮やかなブルーのドレスがちらりと見え、女性が馬車から降り立った。

エマだ！

とっさにサー・ガラハッドのまねをして部屋を飛び出し、玄関ホールでエマを出迎えようかと思ったが、ジョンはそれをぐっとこらえた。ここで彼女がやってくるのを待とう。エマの声が流れてきた。楽しそうに犬に話しかけている。エマの注目と愛情を一身に浴びて、サー・ガラハッドはきっと得意満面だろう。

ジョンは耳をそばだて、エマが次にどこへ向かうか見定めようとした。そのとき書斎のドアが勢いよく開き、ジョンは答えを知った。エマがつかつかと部屋に入ってきた。かたわらにはサー・ガラハッドがべったりくっついている。ほっそりした美しい女性と馬鹿でかい犬の組み合わせは絵になった。

ジョンは指を鳴らし、暖炉のそばに伏せるよう犬に合図した。サー・ガラハッドはエマを惚れ惚れと見つめ、口角を引き上げて笑っているような表情を作った。そして女主人に何度か頭をやさしく撫でてもらったあとでジョンの命令に従った。

「ただいま、ジョン」

「エマ」彼女の目に浮かんだあたたかな表情を見てほっとしたものの、不安も拭いきれずに、ジョンは堅苦しい態度で礼儀正しく一礼した。「おかえり。すごくすてきだよ。それは新しいドレスかい？」

エマはまばたきし、当惑顔でドレスを見下ろした。どうやらジョンが気づいたことにびっくりしているらしい。「グウェンが贔屓にしている仕立て屋を紹介するといって聞かなくて。何枚か新しいドレスを注文したの。よかったかしら？」

「きみはなにを着ても似合うよ」強烈な独占欲を感じ、ジョンは思わず息をのんだ。エマはすでに彼の世界の中心になっていた。彼女を失うわけにはいかない。「姉上とそのご家族も変わりなく？」

「おかげさまで元気にしていたわ。みんなに会えてうれしかったけど、やっぱりうちがいちばんね」

「そうか」ジョンはやさしい声でいった。「予定よりずっと早く戻ってくれてうれしいよ。ただ、そもそもなぜロンドンへ行く必要があったのか、そこのところがよくわからないんだが」

エマは周囲に目をやり、ジョンと目を合わせるのを避けた。エマがそわそわと手を動かすのをジョンは見ていた。これほど緊張しているエマを見るのは初めてだった。気持ちが沈んだが、ここは自分を律して平静を保たなければ。エマに自分のペースで話をさせよう。彼女が気持ちを明かしてくれるのをゆっくり待つんだ。

どんな話だろうと聞く覚悟はできている——たとえそれがティンズデール伯爵のことをいまも忘れられずにいるという告白だとしても。ところが考えただけで胸に鋭い痛みが走り、思わず膝をつきそうになった。

ジョンは机と向かい合う位置にある椅子をエマに勧めた。それからグラスに飲み物を注いで彼女のところへ持っていき、足元にしゃがんだ。

「あなたにいいたいことがたくさんあるのに、どこからはじめればいいのかわからなくて」エマは困ったようにいうと、グラスには口をつけずに脇へ置いた。

「きみが描いた伯爵の肖像画のことからはじめたらどうかな？」ジョンは彼女の手を取り、そっと握った。「伯爵の領地で立ち往生したときに見たんだ」

エマの唇から喉が詰まったような音がもれた。「どうしてわたしが描いたものだとわかったの？」

「きみのイニシャルがあった——あのサインは独特だからね」

「なるほど、若い頃の虚栄心のせいで尻尾をつかまれたわけね。肖像画にサインを入れたのはあれが最後だったのに」エマは苦笑した。「あの絵はどうなったんだろうとよく考えたわ。処分されていればいいと密かに願ってた。せめてどこかの屋根裏部屋で埃をかぶっていればよかったのに」

「それは犯罪行為に等しいほど罪なことだ」ジョンはいった。「あれはすばらしい作品だからね」

「あれは感情過多の作品よ」エマの声が小さくなった。「制作を依頼したのはセバスチャンのお祖母様よ。完成する前に亡くなられてしまったけれど」

「それがどうして伯爵の手に渡ったんだ？」

エマは表情を曇らせた。「お祖母様が亡くなった数カ月後にわたしがプレゼントしたの。その日セバスチャンはひどい二日酔いで、しょぼしょぼした目で熱いコーヒーをひっきりなしに飲みながら、痛む頭を抱えていたわ」

「彼の反応は？」

「言葉を失っていた」エマは疲れたように小さく息を吐いた。「わたしの熱い想いにまったく気づいていなかったのね。きみは大事な友人で、妹みたいな存在だといわれたわ。恋愛対象として見ることはできないって」

エマの心痛が伝わってきてジョンはたじろいだ。その痛みを拭い去ってやれる方法があればいいのだが。「どうして彼のことを話してくれなかったんだ？」

エマは激しく首を振った。「話せなかった。話すどころか、思い出すだけでもつらかったの」

「ロンドンで彼に会ったのか？」

「ええ」消え入るような声でいった。

みぞおちのあたりがざわつき、手足が冷たくなった。「まだ彼を愛している？」

「いいえ、いまはべつの人を愛してる」エマはつかのままぶたを閉じ、それから目を開けてまっすぐに彼を見た。「あなたを愛しているわ、ジョン」

強烈な喜びが胸を貫き、息がうまくできなかった。エマの声に込められた決意に心を打たれ、無防備な瞳を見て謙虚な気持ちになった。失恋のつらさや、人を信じ、希望を抱くことを学び直す難しさはジョンもよく知っている。だからこそ、こうして二度目のチャンスを得られたことが、より貴重で、愛おしく思えた。

ジョンは咳払いしてから話しはじめた。「きみを愛しているよ、エマ。きみはぼくのすべてだ。この胸を埋め尽くす感情は言葉ではとてもいいあらわせない。きみがロンドンへ出かけたのは伯爵と会うためかもしれないと考えて、身を引き裂かれる思いだった。エマ、きみを失うなんて耐えられない」

「わたしはどこへも行かないわ、ジョン。セバスチャンと会うことを黙っていてごめんなさい。自分で決着をつけないといけないことだったの。過去を完全に吹っ切るために」

「吹っ切れたのか？」

エマは身を乗り出して彼の唇に唇を押しつけた。強引で独占欲を感じさせるそのキスは、ありえないことにジョンの心にエマの存在をさらに深く刻み込んだ。ジョンは激しいキスでそれに応え、奪っては与えて、すべてをさらした。ようやく唇をはがして彼女を見上げたとき、ジョンは生きる力が湧いてくるのを感じた。

「ああ、ジョン、すごく幸せよ。あなたへの愛が深まっていることはしばらく前から気づいていたけど、ついに過去と決別できたことを確かめる必要があったの。そのとき初めてあなたとしっかり向き合って、好きなだけあなたを愛することができると思った。愛であなたに報いたかったの」

そういってこちらを見つめるエマは、ジョンが見たことのない顔をしていた。喜びと愛で瞳をきらめかせ、笑みを浮かべた唇は震えている。

「この感情が怖いんだね」ジョンは囁いた。「ぼくも同じだ。だけどね、エマ、ぼくはあの肖像画のなかにきみの愛の力を見たんだ。そしてぼくがほしいのはこれだとわかった。あの愛を得るためなら、ぼくはなんだってする」

エマは微笑んだ。「わたしはあなたのものよ、ジョン。あなたがわたしのものであるようにね。どうかそのことを忘れずにいて」


エマはやさしさに満ちたジョンの目を見つめた。彼の妻になったときにひびが入りはじめた心の壁が、いま完全に崩れ落ちた。

生まれ変わったような気がした。長いあいだ不安と孤独を抱えて途方に暮れていた。ジョンがいればもう寂しくない。エマは計り知れないつながりを感じた。ジョンの目は彼女と同じ欲望を、秘めたる願いを映し出していた。

受け入れられたい、愛されたいという願い。叶わぬことなのではないかと不安に震えながらも、勇気を出して愛をつかみ取ろうとしている。こんなすばらしい男性と結婚できてわたしは最高に運がいい。エマは彼の胸に、心臓がある左胸にゆっくり手を当てた。

「あなたに愛してもらえて光栄だし、謙虚な気持ちにもなるわ。だから十倍の愛を返すつもりよ。四六時中あなたのそばにいて、ともに生き、一緒に歳を重ねたい。あなたから発明のアイデアを聞いて、それが実現するところをこの目で見たい。あなたとダンスや乗馬を楽しみ、同じベッドで眠って、あなたの子どもを生んで育てたい。そしてあなたがくれたこの愛を一生大切にすると誓うわ」

「そうしてもらわないと困る」ジョンはぶっきらぼうにいってエマを腕のなかに引き寄せた。「きみ以外の人にあげるつもりはないからね」

その後の数日は夢のようにすばらしかった。エマとジョンは起きている時間はほとんど一緒に——ベッドのなかかそれ以外の場所で——過ごした。ふたりは同じ激しさで求め合い、エマは昼夜を問わず何度となく愛されて、満たされたけだるさのなかで喜びに頬を染めるのだった。

情熱的な時を過ごしたのはベッドのなかだけではない。ジョンは作業についてエマに相談し、意見を求めた。エマはスケッチブックをジョンに見せたが、そこにはジョンの発明品のほかに新しい肖像画のモデル――サー・ガラハッドだ――のスケッチも数枚混じっていた。

ある晩、ふたりはドロシアとカーター、ホーンズビー夫妻、牧師夫妻を夕食に招き、なんとか及第点を収めた。地元の社交界に受け入れてもらうには、ジョンにまつわる根強い噂――わけのわからない発明に熱中している変わり者――や、ブレイヤー男爵殺害に関与しているかもしれないという疑惑を払拭する必要があると考えてのことだった。

「今日も作業場に来るかい、エマ？」

エマはコーヒーカップをソーサーの上に戻すと、テーブルの向かいに座る夫に目をやった。

「こんなにいいお天気だし、今朝はイーゼルをパティオに持ち出して絵を描こうと思っていたんだけど」

ジョンはわかったというようにうなずいた。「昼食までには戻るよ」

エマは顔を上に向けてジョンのキスを受けた。その長く深いキスにエマはあやうく椅子の上で身悶えしそうになり、二階の寝室に引き返す時間はあるかしらと思った。

ジョンが屈託のない笑い声をあげ、エマは心をあっさり読まれたことを知った。ところがエマは恥じらって頬を染めるどころか、じゃれるように夫の肩をぴしゃりと叩いた。

「いい子にしていたら、今日のランチは二階でとってもよくってよ、ケンドール卿。たっぷり時間をかけてね」

ジョンの目が欲情に燃え、この提案を気に入ったことがわかった。おとなしめのキスをしたあとで彼は部屋から出ていった。

エマは朝食を終えるとベルを鳴らしてフットマンを呼び、画材を運ぶのを手伝ってもらった。キャンバスに降り注ぐあたたかな日差しに元気をもらい、最新の構想に命を吹き込んで充実した時間を過ごした。

数時間後、制作にひと区切りついたところで休憩することにした。絵筆を置いて体を引き、客観的な目で自分の作品を見つめる。構図と色はいいけれど、遠近感に改善の余地があるわね。

ここであれこれいじるより、少し時間を置いたほうがよさそうだ。エマは立ち上がり、強張った体を伸ばした。お昼までにはまだ間があるし、少しそのへんを歩いてこよう。エマは庭園を通り抜け、芝生を横切った。

誰か散歩に付き合ってくれないかと、あたりを見まわした。サー・ガラハッドがいないかと目を凝らしたが、忠犬の姿はどこにもなかった。たぶんジョンにくっついて作業場へ行ったんだわ。

サー・ガラハッドがエマのことを熱愛しているのはわかっていたが、彼女が留守のあいだにジョンに寝返ったらしく、最近は彼にべったりなのだ。とはいえ、ジョンを選ぶ愛犬の気持ちもわからなくはなかったから、さほど嘆きはしなかったが。

四阿（あずまや）のところまで来たので、少し休んでから引き返すことにした。四阿のなかに設えられた石のベンチに腰掛け、アーチ型の天井を見上げて、タイルを使って描かれた複雑な模様に感嘆した。

「レディ・ケンドール！　こんな天気のいい日に偶然お会いできるとは、なんて幸運なんだろう！」

森の際からヘクター・ウィンスロープがあらわれ、こちらに近づいてくるのを見て、エマの気持ちは一気に沈んだ。なんてこと！　ヘクターに出くわすなんて。せっかくのいい気分が台無しだわ。

「他人の土地に不法侵入していらっしゃるわよ、ミスター・ウィンスロープ」エマはきびしい口調でいった。「夫に見つかる前に尻尾を巻いて逃げたほうがいいと思いますけど」

ヘクターは急に立ち止まり、驚き傷ついた顔をした。「ずいぶん冷たいことをいうんですね。なぜかな。ぼくらは友人じゃないですか」

「いいえ、友人ではありません」エマはベンチから立ち上がった。「ジョンがすべて話してくれましたわ。ブレイヤー卿が殺された夜、あなたがフットマンにお金を握らせて嘘の証言をさせたことを」

「ご主人は自分の立場をよくするために、ぼくの行動を捻じ曲げて解釈しているんですよ」ヘクターは四阿に入ってきてエマの前に立った。

「夫は本当のことを話してくれたんです。はっきりいって、ミスター・ウィンスロープ、あなたは自分が犯した罪の責任を取るべきです」

「罪？　なんの罪です？　あの使用人たちは宣誓したうえで証言したわけじゃない。単に自分たちが見たと思ったことを当局に話しただけだ」ヘクターはしたり顔でいった。「それは罪にはなりませんよ」

たしかにそうかもしれない。エマは悔しさのあまり拳を握りしめた。「あなたは心底、性根の腐った人間よ」

ヘクターの顔に困惑の表情が広がった。「全部ぼくたちのためにしたことだとわかっているくせに、愛しいエマ」

「わたしたちのため？」びっくりして声がひっくり返った。

「恥ずかしがらなくてもいいんだ」ヘクターはエマの腕に両手を置いた。「ケンドールがきみを不幸にしていることは知ってる。誰だって知ってる」

この人なにをいっているの？「わたしはジョンと結婚して最高に幸せです」エマはきっぱりいってヘクターの手を振りほどいた。

「ぼくに嘘をついてはいけないよ、愛しい人。失意の底にあっても気丈にふるまうことには感服するけどね」ヘクターはまたしてもしたり顔で、わかっているというように目配せした。「だってほら、ケンドールはぼくの妹と会っていたんだよ。ふたりきりでね。きみがロンドンへ行っているあいだに森のなかで逢い引きしたんだ。じきによりを戻して熱烈な情事に走るはずだ」

「嘘よ」そういいつつも、一瞬、強烈な嫉妬を感じた。ジョンとダイアナが？ いいえ、そんなことはあり得ないし、そんな嘘で愛する夫への信頼をぐらつかせてたまるもんですか。

それでもダイアナと会っているジョンの幻影につかのま気を取られ、するとヘクターがその機に乗じてキスしようとした。エマはぎょっとし、間一髪のところで顔をそむけたが、ヘクターの湿っぽい唇が頬をかすめた。

ヘクターはめげずに、もう一度つかみかかってきた。「ほら、照れないで。今度はちゃんとキスしよう」彼はエマのやわらかい二の腕に指を食い込ませて自分のほうに引っ張った。

「いますぐその手を離して！」エマは声を張り上げた。ヘクターのふるまいに驚き、嫌悪感が込み上げる。

ヘクターはそれを無視し、さらに強い力で彼女を引き寄せた。彼のぶよぶよした丸いお腹に体がぶつかり、エマは背中を弓なりにして彼の腕から逃れようとした。

「その薄汚い手を妻から離せ、ウィンスロープ！　いますぐに！」

ジョンの怒号に驚いてヘクターはエマから手を離し、ジョンの拳が大きな音をたててヘクターの顎にめり込むとエマは悲鳴をあげた。

ヘクターはうしろに吹き飛び、バランスを取ろうと必死に両腕を振りまわした。だが努力も虚しく、硬い大理石の床に尻餅をついた。ヘクターは怒りの声を発しながらよろよろと立ち上がると拳を構えた。

エマがちらりと目をやるとジョンは笑みを浮かべていて、ヘクターをさらに痛めつけるチャンスが巡ってきたことを喜んでいるように見えた。

「きみはなにか誤解している」ヘクターが叫びながら振り出した拳はジョンにかすりもしなかった。

「そうかな」ジョンは対抗してヘクターの腹にパンチをお見舞いした。

ヘクターは苦しそうにあえぎながら、手ぶりでエマを示した。「ぼくはなにもしていないとご主人に説明してくれ」

エマは肩をすくめて腕組みをした。ヘクターは鼻と口から血を流していて、その光景にエマは野蛮な喜びを感じた。

「わたしが頼んでもあなたは手を離してくれなかった。それどころか、さらに強い力でわたしの腕をつかんだわ」

ジョンの表情が険しさを増した。「けがをしたのか、エマ?」

エマは答えにためらい、その短い間のせいでヘクターはまたしても狙いすましたパンチを食らうことになった。ヘクターは体をふたつに折って前のめりで硬い床に倒れ、もう立ち上がらなかった。

ジョンがそばに来て彼女を抱きしめた。エマはほっとして彼の胸に体を預け、首筋に顔をうずめた。それからふたりしてヘクターを見下ろした。

ヘクターは顔を歪め、顎の具合を確かめるように恐る恐る手をやった。顎に大きな痣ができていて、裂けた唇から血が滴り落ちている。

ヘクターは痛みにうめきながらなんとか立ち上がると、悔しそうに目をぎらつかせた。大きく荒い息をしている。それに引き換え、ジョンの呼吸はほとんど乱れていなかった。

「レディ・ケンドールとぼくは一年以上、相思相愛の仲なんだ」ヘクターは大きな音をさせて鼻をすすると、押し当てていたハンカチーフをはずした。そして真っ赤に染まったハンカチを見て青ざめた。

「それなのに彼女はきみに貞操を奪われ、無理やり結婚させられた」ヘクターの歪んだ顔には肥大化した傲慢さがあふれていた。「きみが邪魔しなければ、彼女はぼくと結婚して幸せに暮らしていたんだ!」

「そんなことあるわけないじゃないの!」馬鹿げた言い草に激怒してエマは叫んだ。

「それ、本気でいっているわけじゃないよね？」ヘクターは腫れ上がった唇を閉じて前に進み出た。

与太話はもうたくさんだとばかりに、ジョンがヘクターのクラバットをつかんで床から持ち上げた。「それまでだ、ウィンスロープ。二度と妻に近づくな。さもないと想像するだけで震え上がるようなやり方で一生後悔させてやる」

ヘクターが飛び出さんばかりに目を見開いた。ジョンが手を離すとヘクターは床に落ちたが、なんとか立ったままでいた。ヘクターは無言のままそそくさとその場を離れ、追いかけてきたジョンにまた叩きのめされるのではないかと気が気でないのか、何度も振り返りながら逃げていった。

エマはため息をついて夫にもたれた。「前から尊大でおしゃべりな人だと思っていたけど、ここまでするとは夢にも思わなかったわ。ヘクターはきみに気があるようだと、カーターによくからかわれたけど、まさかここまで妄想をふくらませていたなんて。わたしは一度だって思わせぶりな態度を取ったことはないのに」

「きみの圧倒的な魅力にはどんな男も抗えないんだ、とか気の利いたことをいいたいところだが、いまはまだ怒りが収まらなくてね。ウィンスロープの腕のなかから抜け出そうともがくきみを見たときは、正気を失うんじゃないかと思った」

「あなたはわたしのヒーローね」エマはジョンの手に手を重ねた。

ジョンは彼女の鼻の頭にキスを落とした。「きみを探しに来ていなかったらどうなっていただろうと考えるとぞっとするよ」

「大したことにはならなかったはずよ。まあ、一度くらいはヘクターにキスされていたかもしれないけど」その可能性にエマは身震いした。

「そんなおぞましい記憶はただちに消し去らないといけないな」

ジョンはエマの唇についばむような、けだるげなキスを何度も落とした。エマはキスを深めようと背伸びをし、ジョンは喜んでそれに応じた。

これまでのキスとなにか違う、とエマは感じた。たしかに情熱的なのは変わらないし、膝から力が抜けて興奮でみぞおちのあたりがぞくぞくするのも同じだ。

でもそれだけではなかった。そのキスは愛と夢と希望に満ちていた。永遠を意味するキスだった。

ともに歩む永遠を。

二カ月後

八月の太陽がゆっくりと顔を出す頃、豊かに実った麦の穂が揺れる畑の片側に人々が集まった。離れているようみんなに指示したあと、ジョンとミスター・ノリスは畑の反対側に刈り取り機を配置した。

エマと義母のシビルは数歩下がって両手をきつく握りしめた。ジョンが機械後部の蒸気エンジンをスタートさせると、ぼんと大きな音がした。刈り取り機の歯車がゆっくりと動き出した。歯車の回転が一定の速度に達するとジョンは運転席に上がり、慎重に機械を畑のなかに下ろした。

鋭利で重いブレードが前後に大きく揺れながら、太くて背の高い麦の穂を刈りはじめると機械音はさらに大きくなった。機械が畑の端まで来たときには幅十二フィートの区画の小麦が刈り取られ、きちんと一列に積み上げられた麦穂が、集められて脱穀されるのを待っていた。

「たったの五分だ！」ミスター・ホーンズビーが興奮気味に叫んだ。「同じ量を手で刈っていたら、熟練の作業員でも半日はかかるのに」

機械が音をたてて近づいてくると、ジョンが集中するように目を細めているのが見えた。これから大きく方向転換するのだ。エマは息を凝らし、ジョンが方向転換に成功すると、ようやく息を吐き出した。機械が畑を引き返しながら隣の区画の穂を刈りはじめると、ジョンは満面の笑みを浮かべた。

旋回機構は、さらなる改良が必要だとジョンが強く主張した装置のひとつだったから、このきわめて重要な実演会でうまく動いてくれたことにエマは大いに安堵した。

機械の脱穀部の組み込みに失敗したことでジョンはひどく落ち込んだが、蒸気エンジン搭載の刈り取り機だけでも大いに価値があると、エマとミスター・ノリスで一週間以上かけて説得したのだ。

そして、実際そのとおりだった！　機械が畑の端までたどり着き、ジョンがエンジンを切って運転席から飛び降りると、耳をつんざくほどの拍手喝采が起こった。

誰もが前に駆け出してジョンとミスター・ノリスを称賛し、切れ目なしに質問を浴びせた。

「なにをあんなに心配していたんだか」エマと一緒に人の輪に加わりながらシビルは息子をたしなめた。「あなたの機械は申し分なく動いたじゃないの、ジョン」

「じつにすばらしい」カーターが叫んだ。「一台ほしいんだが、仕上がるまでにどれくらいかかる？」

ドロシアが手を伸ばしてエマをぎゅっと抱きしめた。「さぞかし鼻が高いでしょうね」

「ええ」エマは答え、頬が痛くなるほど大きな笑みを浮かべた。

人々の頭越しにジョンと目が合った。最高に幸せそうな夫を見て、エマの胸は高鳴った。

その夜、祝賀会がはねたあとで、エマは布でおおったキャンバスをジョンの寝室に運び込んだ。ジョンはガウンのサッシェを結ぶと、興味津々の顔でついてきた。

エマは寝室のいちばん目立つ場所までキャンバスを運び、椅子の真ん中に立てかけてから、不安そうな顔でジョンを振り返った。「あなたにプレゼントがあるの」

「そうみたいだな」

「気に入ってもらえるといいんだけど」

それだけいうと、エマはいきなり布を取り払った。ジョンは息をのみ、つかのま完全に言葉を失って妻の作品を見つめた。

そこに描かれた刈り取り機は堂々として、詩のように美しかった。車軸も歯車もいまにも動き出しそうで、その壮大な力を再現していた。だがジョンから言葉を奪ったのは、機械の横に立つ男の肖像画だった。

それはジョンだった。

鏡に向かったときに見える男とはちょっと違う。エマが見ている彼は驚くほど自信にあふれ、はっとするほど魅力的だった。いちばん大きな鉄の車輪にもたせかけた力強い手はひどくセクシーで、謎めいた眼差しは神秘的で、性的な魅力を感じさせた。

モデルと画家の関係は明白だった——エマがジョンを愛し、賛美していることがひと目でわかった。ジョンの顔に子どもっぽい笑みが広がった。この絵にくらべたら、エマが描いた伯爵の肖像画が色褪せて見える。

ジョンは咳払いした。「正直、この絵を見ていると自分が神になったような気がするよ。きみの目には本当にぼくがこんなふうに見えているのか？」

「いいえ。この絵はあなたへの愛と称賛の念をほんの一部しかとらえていないわ」エマは不安そうな目をした。「気に入った？」

「気に入らないはずないよ」

エマはほっとして大きく息を吐いた。ジョンは彼女に腕をまわしてきつく抱きしめた。強烈な喜びが全身を満たすのがわかった。今日、刈り取り機が完成したことで夢がひとつ実現した。だが妻の愛と献身を得られたことは――。

そう、奇跡だ。

エピローグ

四年後

庭から漂ってくるライラックの甘い香りにエマは鼻をうごめかした。急に吐き気が込み上げ、彼女は足を止めた。お腹を押さえ、近くの石のベンチに座り込んで、吐き気が治まるのをじっと待った。

探索していた茂みのなかからサー・ガラハッドが頭をもたげ、どうしたのという顔を向けてきた。エマは苦しげに顔を歪めて吐き気をなんとか押し戻した。サー・ガラハッドは主人の苦痛を察知して飛んでくると、心配そうにエマの手に鼻面を押しつけた。

「大丈夫よ」エマはそういうと、平らなお腹に手を当てた。「これは病気じゃないの。いわゆる〝おめでた〟というやつだから」

彼女は深く息を吸い込んだ。顔がにやけるのがわかった。赤ちゃん。まさに今朝、医者から妊娠を告げられて、喜びの涙を流したところだった。結婚して四年、諦めかけていたことがついに現実のものとなった。

ジョンとわたしは親になるのだ！

幸い、ジョンは新たなプロジェクトにかかりきりだったので、体のだるさと朝晩の吐き気と突然の眠気を知られずに済んでいた。不注意に期待を抱かせ、失望させることが怖くて、妊娠が確実になるまではなにもいいたくなかったのだ。

サー・ガラハッドが尻尾を振り、うれしそうにひと声吠えた。エマが顔を上げると、こちらに歩いてくる男性に向かって猛然と走っていく忠犬の姿が見えた。

ジョンだった。

これだけ月日が経っても、不意に彼の姿が目に入ると、いまだに息をのんでしまう。

ジョンは身をかがめてエマの頰にキスすると、親指でそっと彼女の口の端に触れた。

「きみはここにいると母に教えられてね。それで美しい妻を昼食のテーブルまでエスコートしようと思ったんだ」

食事のことを考えただけで胃がうねった。エマは生つばを飲み込み、しばらく目を閉じていた。気がつくと、ジョンが背中に手を当てていた。

「具合が悪いのか？」

エマはさっと彼を見上げた。「ええ。いえ、大丈夫。ちょっと吐き気がしただけだから」

ジョンは心配そうに眉根を寄せた。「気分が悪いなら早くいってくれればよかったのに。ホプソンにいって、ただちに医者を呼びに行かせる」

「いいの」エマは急いで屋敷に戻ろうとするジョンの腕をつかんだ。「お医者様には今朝もうみてもらったから」

「どうしていってくれなかった？」心配のあまり声が上擦っている。

エマは顔をしかめた。こんな形で知らせるつもりじゃなかったのに。「子どもができたの」

ジョンは青ざめた。「いまなんて？」

「ちゃんと聞こえたはずよ」そう囁いたとき、涙が一粒エマの頬を伝い落ちた。「わたしたちの赤ちゃんが生まれるのよ」

ジョンの眉間のしわが消え、その顔に愛に満ちたやさしい表情が広がるのを見て、エマは感情を抑えきれなくなった。目の奥がちくちくして、涙がとめどなくあふれ出した。ジョンは彼女を両腕で抱きしめ、エマは彼の肩に顔を押しつけて泣いた。

しばらくして、ジョンは少しだけ体を離すと、興奮に目を輝かせてエマの全身を眺めまわした。「ああ、エマ、もっと早く教えてくれればよかったのに。そうしたら昨夜ベッドであんな……」声が途切れた。

「あら、照れているの、旦那様？」エマは目に涙を浮かべたままからかった。

「真面目な話だ、エマ。昨夜は激しくしすぎた。もっと気をつけないといけなかったのに。これからはそうする、本当だ。それとも子どもが生まれるまでは夫婦生活は完全に断ったほうがいいんだろうか？　医者に意見を聞かないといけないな」

「やめて！」エマはジョンの肩をぴしゃりと叩いた。「それに、お医者様にはもう訊いたから。先生がいうには……つまり、その……しても大丈夫だって」

「誰が照れているって、レディ・ケンドール？」

「もう、ジョンったら。わたしたち似合いの夫婦ね」目と目が合った。ジョンの目は内に秘めた熱い感情で輝いていた。「こんなに幸せなのは生まれて初めてよ。幸せすぎて怖いくらい。この幸せがいつか消えてしまうんじゃないかって」

「どんな人生の困難も、ふたりでならかならず乗り越えられるよ、愛しい人」

その力強い言葉と確信に満ちた声に励まされ、エマはジョンの顔を両手で挟んだ。「あなたを愛しているわ、ジョン。心の底から愛してる」

「ぼくも心からきみを愛しているよ」ジョンは思案するような顔をした。「考えずにいられないんだ。きみがいなかったらぼくはどうなっていたんだろうって」

「天才発明家として、味気ない隠遁生活を送っていたんじゃない？」エマは笑顔でそういった。

「間違いないな」

トーマス・ガブリエル・エドワード・バーウェルがこの世に生まれ落ちたのは、予定より一週間遅い雪の降る冬の午後だった。

元気な泣き声が階下に届くと、祖母の目はうれし涙に濡れ、伯母と伯父は歓声をあげ、使用人たちは笑顔になった。しかし天にも登る喜びを味わっていたのは、健康なわが子を愛し、慈しむことができるようになった彼の両親だった。

四週間後、一同はトーマスの初めての行事を祝うために村の教会に集まった。洗礼式のあいだ未来のケンドール子爵はずっと眠っていて、聖なる水を頭にそっと注がれてようやく目を覚ました。

祖母はトーマスを抱いて誇らしげに教会から出ていき、ふたりの伯母がそのまわりをそわそわとついてまわっていた。

「次は誰がぼくらの息子を抱くかで、きみの姉上たちとぼくの母はまた揉めているみたいだな」馬車に乗り込もうとしている女性たちを見ながらジョンがいった。

「わたしはむしろお義母様に驚いているわ。グウェンかドロシアが坊やを抱こうとするたびに烈火のごとく怒るでしょう」エマはいいながら笑った。「大げさに怒ってみせているだけだってことは姉たちもわかっているはずだけど、それでも逆らえないみたい」

「ぼくはグウェンの戦略に舌を巻いたね。もうじき家に帰る自分はほかの人たちより坊やと過ごす時間を多くもらってしかるべきだと、事あるごとにアピールして」ジョンはいった。「ほら、どうやらそれが功を奏したようだよ」

首尾よくトーマス坊やを抱っこする権利をものにしたグウェンを見て、エマはにっこりした。「いまからあの調子じゃ、一歳の誕生日を迎える頃にはぐずぐずに甘やかされていそうね」

「たしかに」

ふたりは同時に立ち止まり、手をつないで、愛情たっぷりの家族に囲まれているわが子をしみじみ眺めた。不意にエマの目に涙があふれた。

「あの子が愛おしくてたまらないわ、ジョン。トーマスは間違いなくわたしの最高傑作よ」

「ぼくらの最高傑作だ」ジョンはやさしく訂正した。「そしてあの子はもう、夢見ていた以上の幸せをぼくらにもたらしてくれたよ」

訳者あとがき

アドリエンヌ・バッソの『恋の始まりはやむを得ない結婚から』（原題：*Every Bit a Rogue*）をお届けしました。楽しんでいただけたでしょうか？

ケンドール子爵ジョン・バーウェルは幸せの絶頂から不幸のどん底に突き落とされました。結婚式当日に花嫁がべつの男と駆け落ちしたのです。傷心の子爵はその後社交界から遠ざかり、屋敷に引きこもって、得体の知れない実験に没頭しているとか。

参列者のひとりとしてその悲劇を目撃したエマ・エリンガムには、子爵の悲しみが痛いほどわかりました。彼女もまた失恋の痛手から立ち直れず、生きがいだった絵が描けなくなっていたからです。

そんなふたりを引き合わせたのは、なんと〝機械〟でした。

じつはジョンが没頭していたのは画期的な農機具の発明で、偶然その発明品を目にしたエマは、数年ぶりに絵画への情熱がよみがえるのを感じます。「この美しい機械をスケッチしたい！」彼女はジョンの作業場へ押しかけて何度も訴えますが、そのたびに冷たく追い返されます。

そんな折、ジョンが殺人容疑で逮捕されるという事態に。彼の無実を証明できるのは、事件当夜にジョンとふたりきりで作業場にいたエマだけでした。自分を犠牲にして彼のために証言したエマの体面を保つべく、ジョンは結婚を申し込みますが……。

愛のない形だけの結婚は、当時の上流階級では珍しいことではありませんし、やむを得ない事情から結婚を強いられた男女が次第に心を通わせ、ついには深い愛情で結ばれるという展開は、ヒストリカルロマンスの定番ともいえます。ですが、本書がそれらの作品と一線を画しているのは、なんといっても主人公ふたりの造形でしょう。

ヒーローのジョン・バーウェルは子爵でありながら発明に没頭する、いわゆる〝オタク〟です。貴族らしい華やかな生活には見向きもせず、朝から晩まで作業場にこもって発明に情熱を注ぐそのひたむきな姿は、危険な香りのする放蕩者や尊大で自信家のヒーローに慣れている読者のみなさんには、新鮮に映るのではないでしょうか。

ヒロインのエマも、舞踏会やパーティへ出かけるより、ひとりで静かに絵を描いていたいという〝変わり者〟です。

かつて愛に傷ついた経験を持つふたりは、激情とは無縁のおだやかな関係を築こうとしますが、日々の暮らしのなかでおたがいのことがわかってくるにつれ、心の奥に封じ込めたはずの情熱がゆっくりと燃え上がっていきます。

本書は、エリンガム三姉妹がヒロインを演じるシリーズの最終作になります。
How to Enjoy a Scandal（二〇〇八年）ヒロイン／長女グウェンドリン
How to Seduce a Sinner（二〇一〇年）ヒロイン／次女ドロシア『放蕩貴族に恋して』（オークラ出版）
A little Bit Sinful（二〇一一年）ヒーロー／ベントン子爵セバスチャン・ドット（エマの想い人）
Every Bit a Rogue（二〇二〇年）ヒロイン／三女エマ　本書
ただし、それぞれが独立した作品になっているので、本書だけでもじゅうぶん楽しんでいただけます。

著者のアドリエンヌ・バッソは、財務コンサルタント、マーケティング・アナリスト、司書などのキャリアを経て、結婚後にロマンス作家に転身した異色の経歴の持ち主です。もっとも、幼い頃から読書と空想が大好きで、初めて物語を書いたのは小学五年生のときだといいますから、彼女にとっては自然な成り行きだったのかもしれませんね。
ヒストリカルはもちろん、コンテンポラリー、ヴァンパイア・ロマンスなど、幅広い作品を手がける実力派で、シリーズ物以外の単発作品にスピンオフやクロスオーバー作品が多いのも特徴といえるでしょう。一冊読んだら次の一冊も読みたくなる——そんなアドリエンヌの作品を引き続きご紹介できればと願ってやみません。

二〇二一年八月　　阿尾正子

恋の始まりはやむを得ない結婚から
2021年10月15日　初版第一刷発行

著 ………………………… アドリエンヌ・バッソ
訳 ……………………………………… 阿尾正子
カバーデザイン …………………… 小関加奈子
編集協力 …………………… アトリエ・ロマンス

発行人 ………………………………… 後藤明信
発行所 ……………………… 株式会社竹書房
〒102-0075 東京都千代田区三番町8-1
三番町東急ビル6F
email : info@takeshobo.co.jp
http://www.takeshobo.co.jp
印刷・製本 ……………… 凸版印刷株式会社
